交叉的彩虹

朱辉 著

江苏凤凰文艺出版社

图书在版编目（CIP）数据

交叉的彩虹 / 朱辉著. —南京：江苏凤凰文艺出版社，2022.1
ISBN 978-7-5594-6253-4

Ⅰ.①交… Ⅱ.①朱… Ⅲ.①短篇小说-小说集-中国-当代 Ⅳ.①I247.7

中国版本图书馆 CIP 数据核字(2021)第 180019 号

交叉的彩虹

朱辉 著

出 版 人	张在健
责任编辑	李 黎
特邀编辑	郭 幸
装帧设计	有品堂_刘俊　张俊香
责任印制	刘 巍
出版发行	江苏凤凰文艺出版社
	南京市中央路 165 号，邮编：210009
网　　址	http://www.jswenyi.com
印　　刷	苏州市越洋印刷有限公司
开　　本	880 毫米×1230 毫米　1/32
印　　张	9.625
字　　数	166 千字
版　　次	2022 年 1 月第 1 版
印　　次	2022 年 1 月第 1 次印刷
书　　号	ISBN 978-7-5594-6253-4
定　　价	52.00 元

江苏凤凰文艺版图书凡印刷、装订错误，可向出版社调换，联系电话 025-83280257

目 录

动静 / 1

游刃 / 71

埋伏 / 125

对方 / 175

青玉案 / 243

动　静

1

夕阳透过浓荫，穿过那排巨大的玻璃窗射进大厅，在墙上的那些油画上形成了一些细碎的光斑。随着外面树叶的轻微晃动，那些光斑轻轻地飘移着，仿佛一群金色的蝴蝶。大厅里弥漫着晦明相间的金黄色调。

现在是下午四点钟，离闭馆尚早，但大厅里已经人迹寥寥。三三两两的观众，东一个西一个地站着，这里看看，那里望望，一圈看过去，默默地出去了。临出门时，他们看到了大厅外面的两个年轻人，一个正蹲在大厅门口的台阶上吸烟，另一个站在一棵梧桐树下，仰着脖子学着树上的鸟叫。他蓄着长发，看不清他的脸。走出老远，还能清晰地听见他嘴里发出的鸟叫声。

这是马可，抽烟的那个是任晖，都是麦城小有名气的画家。大厅里举办的是一个四人画展，其中就有他们两位。他们说好了，每天来两个人看看，借以了解观众的反应。今天轮到他们两个值班。这是画展的第四天，但已是门庭冷落。想起前两天那种人流如潮观者如云的情景，那简直像是一个梦。为了这次画展，他们跑了多少路，耗费了多少心血，只有他们自己才知道。光是准备作品，他们每人都埋头苦干了一年多的时间。他们请了官员，请了记者，甚至还约了不少朋友来捧场。官员们大多没到场，这本在他们意料当中，只要他们抬一抬手，发放个"通行证"，那已是谢天谢地了。开幕式那天，各大新闻单位的记者倒是差不多全到了，消息也发了不少，但可以想见，那些报纸除了他们四个各自收藏了一套之外，早被人扔到废纸堆里去了。但不管怎么说，前两天的情况还是很像样的。和前两天的火爆场面相比，这个落寞的大厅此刻也像是一个梦。一个热闹的梦和一个寂寞的梦交替着出现，这是麦城年轻画家们深夜睡眠的常见状态。

树间的那只小鸟有一声没一声地叫着，马可学得腻了，嘴间突然发出一声尖锐的嘬哨，小鸟吃了一惊，扑棱一声飞走了。马可看看任晖，他还在那儿闷头吸烟。

马可踏上了台阶,走进大厅。

三百多平方的大厅,被分割成几个相对独立的空间。这里的每一幅画马可都是熟悉的。布置展厅时,为了展品的位置,几个朋友还闹了点小不愉快。后来马可提出,用抓阄的办法决定。就这样,每个人的作品都被分散着安排在大厅的各个地方。一进门,迎面看到的就是一幅马可的作品,画面50×45cm,画的是一只螃蟹,色彩热烈、浓艳。螃蟹张牙舞爪地面对着观众,嘴里吐着白沫,八只脚无一例外地穿着一只鞋子。这幅画标明"无题",但在马可心里它是有名字的。马可本想把它命名为"欲望",或者干脆就叫"售鞋商的欲望",但任晖说:你是画漫画的吗?你快堕落成一个漫画家了!在任晖的讥笑下他放弃了。无题就无题吧,至少这幅画显示了他作为一个先锋画家扎实的写实功底。这幅画缘自他的一次经历。那次他去"天地鞋宫"退换一双只穿了一个星期就露出了大拇指的鞋子。开始很费了一番口舌,但马可坚持寸步不让,对方只好无可奈何地给他换了。马可要走时,卖鞋的小姐又喊住了他,诚恳坚韧地向马可推荐她柜台里的其他品种。她那么热情,马可倒不好走了,况且小姐又长得那么漂亮。他正好缺鞋,就又买了一双。他开了票正要去付钱,小姐又拿出了一双鞋子。马可有点烦了。他笑眯眯地说:小姐,现在我身上已经有了三双鞋，你不会以为我是只螃蟹吧？小姐的脸被他说得通红……一束光线正好照在那只螃蟹上，随着光斑的移动，螃蟹好像蠢蠢欲动。这时一个中年人走了过来，站在马可身后，默默地看着这幅画。马可闪开身子，在他的脸上扫了一下。他并不具体希望能看到什么，但是中年人那张木无表情的脸，还是让他感到了一丝难以言说的失望。

墙上参差有序地挂着他们的作品，或者说，就是挂着他们自己。他们在这儿，在这个大厅，把他们自己公开了。画家？画家是什么？公众讥笑着问——就是那些长发披肩浑身沾满油彩的家伙吗？所以他们要把他们的精神展示出来。他们追逐潮流，或者回溯传统，然后他们把思想和技巧固定在画布上，挑那些最好的，把它们挂了出来。他们希望能够有人赏识这些画，曾经有几个外国人来这里看过，似乎也看中了几幅，但现在还没有下文。

参加画展的四个人，彼此间非常熟悉。几乎每一幅画，他们都能说出它的来历。

西面墙上的那幅《梳妆台前的女人》，曾经是开展第一天的焦点。那么多的人站在它前面，远观，近看，仔细地打量着。画上是一个半裸的女人，披着睡衣，背对着画面，抬起右手梳理着她的长发。她的面容映在镜子里，显得模糊而慵懒，画面上方，有一束晨曦射下来，半裸的人体透出细瓷般的质感。马可认为，这是任晖最为出色的作品。但它给任晖惹了麻烦。就在昨天早上，任晖的女友找到这儿，把他叫了出去。过了好长时间，任晖回来了。他的脸上带回了一个清晰可辨的手印。任晖曾说过，画画是他探索世界的一个通道，同时也是他和世界发生联系的一个通道，包括女人，现在正是由于一幅画，给他带来了来自女人的一个耳光。任晖黯然地说，她临走时说了，她再也不想见到我了，除非是在法庭上，那还要看她有没有兴趣。他满脸沮丧地说道：连女人都不理解我，我还画了干什么呢？

　　这是昨天的事了，到现在任晖脸上的手印也还没有褪掉，那幅画却再也没有人感兴趣了。那个中年人此时也走到了这幅画前，他歪头看了一眼，摇摇头叹口气走开了，不知道他是什么意思。这年头任何一个有点门路的人都可以搞到他所希望看到的那种画报，如果你有钱又有胆，甚至可以在某些场所看到一些鲜活的货色，这种只可远看不可近观的油画又有什么意思呢？所以这幅画的前面只热闹了一天，就风流人散了。

　　马可在大厅里转了一圈。他不想让人看出他就是作者。如果观众对你的画了无兴趣，倒对画家本人，甚至只是对你头上的长发感到好奇，那实在是一件很尴尬的事情。马可现在看上去完全是一个局外人。他神色冷漠地从大厅的西头向东边一直看过去，一幅幅画从他的眼帘中依次闪过。这些画依稀汇集了西方主要绘画流派的各种画风，斑杂而纷乱。夕阳下的大厅里，有梵高，马蒂斯，杜米埃，霍克尼，毕加索这些人的幽灵在晃动，但他们此刻是孤独的。参展的四个人虽然私交很好，但在艺术见解上却个个固执己见。这当然很正常，真正的沟通是不可能的，强求一律也是危险的，但有一点现在已经明确无疑，那就是，他们这一次殊途同归，谁都没有找到自己的知音。

任晖比其他人更倒霉。画展的失败和恋人的分手把他弄得像霜打了一样，神色委顿。今天上午，画展上的观众比现在还稍多一点，这家伙突发奇想，他出去转了一圈后，脖子上挂了一张纸牌回来了。纸牌上用红笔写了几个大字：寻人启事，寻找任军。当时满场哗然。他剃的是个光头，满脸络腮胡子，好些人都以为他是个神经病。观众把他围得水泄不通。天啦，天啦！怎么这么多人？马可拼命往里挤。大厅里本来冷冷清清，现在倒显得人多了。马可好不容易才挤进去，把任晖拽了出来。马可气喘吁吁地问他：你这怎么回事？任晖认真地说：我这是行为艺术，我说不定要改行了。马可说：你这是什么鸟艺术？任晖指着胸前牌子上的"军"字说：我找的是任军，它少了个"日",丢了半边,我要把它找回来。马可骂道:我看你是发疯了!这时展览馆的工作人员也闻讯赶到了,他警告说,如果再胡闹,就要把画展提前撤掉。任晖讪讪地把纸牌拽下来,飞起一脚,把它踢到树梢上去了。

这是整个画展中的一个令人啼笑皆非的高潮,但即使是这样的高潮也需要激情,他们现在连这样的激情都已经没有了。夕阳的光线已经很淡,只有朝南的那一面还泗出一片水彩般的亮色。有几个观众正陆陆续续地往外走。马可走向展厅的东端,那儿还有他的几幅作品。这次画展明天还有最后一天,但明天的场面可想而知。明天,他也不想再来了。最终这些画当然要被他背回去,背到他那个位于城西的小屋里去,但在这个大厅里,他还想最后再去看望看望它们。

大厅的东端光线更暗。墙上的油画影影绰绰,像是开着一扇扇窗户,黑夜里的窗户。拐过一个花架,首先进入马可视线的是一个人,一个身着米黄色风衣的纤长的背影,正站在他的一幅油画前,侧着头,一动不动。她留着披肩的长发,一根鹅黄色的丝带松松地绾在发间。马可的心里动了一下。这是谁?她是什么时候来的?刚才在门口怎么就没有注意到她?

马可在大厅已经待了好长时间,却一直没有看到她。看来是那个一人多高的花架挡住了他的视线。这么说,她已经在这个位置站了好一阵了。她一直待在这里,也许一直都在看着他的这幅画,这令马可心头一热。

墙上的那幅名为《即景之一》的画是马可的心血之作。他自认为这幅画既反映了他的思想,也代表了他的风格。画面上是一条人流如潮、楼群倾斜的灰色街道,从上面斜着俯瞰下去,只能看到一片攒动的人头。在人潮的两端,各有一只手高举着,遥相呼唤。在呈旋涡状的人流的涌动下,那两只手似乎越离越远。画面上所有的人都面容模糊。马可站在她的背后,打量着自己的那幅作品,也打量着那个女孩的侧影。他走到墙角,找到墙上的电源开关,轻轻地按了下去。大厅里顿时灯火通明。

所有的画在那一瞬间都呈现出了它们绚丽的色彩。

那个女孩扭过头,看了马可一眼,轻声说:谢谢你。

马可笑了笑。此时他看清了女孩的面容。她长眉入鬓,乌黑的头发掩住了她的半边脸。不能算特别漂亮,但是很耐看。严格说,她已经不能算女孩了,大概有二十七八了吧。马可往前站了站,说:其实你不用谢我,我就是这幅画的作者,我应该把灯打开,让你看得更清楚一点。

你就是马可?她指着画下面的标签问。

是的。这幅画怎么样?

我说不清，反正我挺喜欢。这是"之一"，还有其他的呢？我怎么找不到？

马可说：就这一张。这是最近画的。

她的声音非常动听，凭直觉，马可知道这显然是受过多年训练的声音。有些声音也受过训练，比如寻呼小姐们，但是她们叽叽喳喳，像小鸟在叫。她的声音仿佛一管圆号，比一般女孩的低沉，但有金属般的质感。

他们这就算认识了。他们开始交谈。马可因为抽烟太多，嗓子沙哑而浑浊，这样的声音和女孩的声音穿插在一起，显出一种奇异的韵律。马可知道了，她叫彭卓，是电影厂的配音演员。马可很少看电影，他依稀见过这个名字。彭卓听说他看过自己的影片，显得很高兴，但立即又神色黯然地说：都是些小角色。马可由衷地说：但是你的声音是真好听。我还从来没有和这样的声音谈过话呢。

他们谈得很投机。最后他们互留了地址走出大厅时，大厅里早已空空荡荡。出门时马可四处张望着找任晖，锁门的那个工作人员告诉他，任晖早就先走了。

这是他们的初识。至今，马可还能清晰地回忆出当时的每一个细节。他就这么认识了彭卓。在这个世界上，恋人们的初识机缘不一，千姿百态，但最终的结果却只有两种：要么白头偕老，要么分道扬镳。马可的故事，现在才刚刚开始。

2

画展结束后，马可的房间里摆满了他参展的那些作品。一共是十一幅。马可把它们围成一圈，倚在墙壁上。这些画曾经被公众冷漠的视线扫视过无数次，但视线并非画笔，画面上并未增添任何新的印记。它们怎么样出去，又怎么样回来了。

马可的房间里充满了颜料的气息，这种气息是那么浓烈，使得马可仿佛一个职业厨师那样倒了胃口，好几天的时间他都没有办法重新开始工作。

马可的房间里很凌乱。到处都是画框、画布、颜料、刮刀，还有其他一些乱七八糟的东西。马可经常坐在房间中央的那块小地毯上，抽着烟，视线茫然地射出窗外。麦城的春天已经来了，各种树木都已经返青，鸟儿们欢快地鸣叫着，满城的春意。但是这样的春意并没有飞进马可的房间里来。他只是感到，空气似乎比前一阵湿润了些。马可的房子是租来的。一间平房，位于城西的艺术学院附近。麦城的城西地带聚集了很多尚未成名的艺术家。你在这儿的街道上，经常可以遇到一些背着写生架、头发凌乱、衣着随便的年轻人。马可时常推开窗，朝窗外的那条石子路张望着。他看到一男一女两个年轻人，左手拎着画框，骑着车子兴高采烈地从他窗前一掠而过，他的心里仿佛有一块陈旧的绸缎，一根纤长的指甲从上面轻捷地划了过去。

有一些什么显然被触动了。画展过后的第四天，马可重又拿了画笔。他画的是一张素描。记忆中的某个影子通过他的笔触轻捷地流注到他面前的纸上。中午，阳光灿烂的时候，他的画完成了。他扔下炭条，用一枚图钉把画钉在墙上，退后几步，仔细地端详着。眼帘中夕阳勾勒出的背影令马可心中涌上了一丝难言的感动。

他坐在地毯上吸了根烟，然后他走出了家门。

他在街上吃了个盒饭，就在那个小吃摊附近找到一个公用电话，给彭卓打了个电话。

除了几天前那次不期而遇的相识，这是他们的第一次约会。彭卓接到这个电话，似乎并没有感到意外。虽然没有联系，但他们彼此并没有忘记对方。他们约好在艺术学院门口见面。半小时后，马可远远地看见了马路对面彭卓身着风衣的身影。

他的心怦怦跳了起来，挥着手向她喊了一声。彭卓看见了他，但是马路上车来车往，仿佛一条截不断的河流，彭卓一时无法过来。终于等到一个小小的间隙，马可小跑着冲到了马路对面。

彭卓的脸红扑扑的。风很大，她的长发在风中凌乱地飞舞。马可冲她伸出手，她微笑着，双手紧紧按着抖动的衣袂说：我们还要握手吗？马可笑了起来。那我们到哪儿坐坐？他问。彭卓说：就到艺术学院去走走吧。

马路上依然川流不息。马可很自然地牵住了她的手，小心翼翼地过了马路。

正是上课的时间，学生们成群结队地走向各个教室，没有人向他们多看一眼。他们找了块草坪坐下了。彭卓告诉他，最近她接了个角色，正在熟悉剧本和台词，等两天就要开始排练了，今天正好出来散散心。马可说：真羡慕你还有领导给你们分配工作，我是不知道该画什么，更不知道怎么画了。彭卓说：怎么会呢？你不是画得挺好吗？他们开始很轻松地闲聊。他们对对方所从事的工作都不太熟悉，常常会向对方提出一些饶有兴味的问题，下一些似是而非的推测。就像是两条鱼，各自围绕对方所栖息的那团水草游弋、探寻，这样的交谈令他们两人都感到十分愉快。不知不觉时间悄悄地流走了，太阳已经西斜，下午第二节课的下课铃响了，学生们簇拥着走出教室，分散到学校的各个地方。草坪上的人多了起来。不少学生在他们周围成双结对地打着羽毛球，扔着飞碟。碧绿的草坪上，触目可见飞扬的色彩。他们都在类似的校园环境中生活过许多年，这让他们产生了一种恍若隔世的感觉。彭卓说：我们走吧。两人站起了身。马可说：我住的地方离这儿很近，到我那儿去坐坐吧？彭卓迟疑着说：我晚上还有点事。马可开玩笑地说：不会是别的约会吧？彭卓红了脸，她说：当然不是。你这么说，我倒要到你的小窝去看看。

走过这条马路，往西一拐，他们走上了那条石子路。她的鞋跟在石子路上发出节奏鲜明的敲击声，清脆地跟在他们身后，仿佛一串引人遐思的省略号，马可好像就是那个读书的人。马可的房间里很暗，推开房门，一束夕阳首先越过他们射进了房间，照在一幅画上，那幅《即景之一》。马可把灯打开，招呼彭卓坐下，然后忙着洗杯子泡茶。彭卓站在房间中央，默默地看着那幅夕阳下的油画。扑面而来的是一群扭曲的人体和灰色的背景，令人觉得压抑。彭卓说：你这儿真挤。马可说：是啊，我都不知道该怎么处置它们。他苦笑着说：幸亏我只是个画画的，要是个木匠，闷头干了这一年，这房里肯定堆积如山，连我自己都不知道摆哪儿了。彭卓笑了起来。

这时候她发现了墙上的那幅素描。她站起身，走近了，端详着。马可坐在地毯上，注视着她。一抹夕阳正好照在她的面颊上，她侧一侧脸，避开了。他们沉默了片刻。此后他们的话题离开了绘画。他们随意谈着一些其他事情。天擦黑时，彭卓说她要走了，不久就要排练，她还想再琢磨琢磨。马可留她吃饭，她说不行，家里人会等她。马可没有再坚持。

送走彭卓，马可回到自己的小屋。天已经全黑了。桌子上那两杯残茶还在袅袅地飘着热气。那张素描醒目地挂在墙上，马可看着它，看着那个背影，心头飘来一丝奇异的感觉。她的动听的声音依然残留在马可的耳边。

也许每一个故事都可以看成是一本书。如果说马可和彭卓的初次邂逅是一本书的封面，那他们的第一次约会就可以看成是这本书的扉页。此后的一段日子，他们的交往日渐频繁。大多数时候是马可约她，有时候彭卓也会主动来找马可。这段时间的交往和很多人曾经经历的过程并没有多大的区别，这样的过程我们可以将其省略。直到一个多月以后的某一天，彭卓留在了马可的房间。

那时天已经很晚，马可房间的那个闹钟已经指在了十一点。房间中间的那盏吊灯被拉得低低的，灯罩上的花纹映在天花板上，好像动物园里的栅栏。他们随意地坐在地毯上，喝着咖啡。某种情绪仿佛笔洗里的水，在他们之间泅润开来。马可轻轻地拥住了彭卓的肩,彭卓颤抖了一下,缓缓放下手里的杯子,回过身,猛地抱住了他。

他们的动作激烈起来。灯罩被谁碰了一下,开始剧烈地晃动、旋转。明明暗暗的光线在他们身上反复扫过。马可伸手把灯关掉,他们移到了床上。那是一床席梦思,直接摆在地上。片刻间,地毯上就扔满了他们凌乱的衣服。黑暗中的墙角传来了席梦思那吱吱嘎嘎的忙于应付的声音……

终于,房间里的一切都寂静了下来。一束月光,从窗户射进来,照在席梦思的一角。马可抽着烟,烟头在他的嘴边明灭着,时而照亮他的半边脸。马可问:刚才你喊的什么?——麦克儿?麦克儿是谁?

彭卓吃吃地笑了起来。她手往马可胸前一点说:麦克儿就是你。你就是麦克儿。马可本来就像是个外国人的名字嘛!她的指甲在马可胸前划动,嘴里念叨着:麦克儿,麦克儿。

从来还没有人这样叫过马可。这样的称呼从彭卓那念惯了外国人名字的嗓子中传出,令马可感到陌生而新奇。这个房间,这张床上的两个人,包括他自己的名字,所有的一切,都让他产生了一种难以捉摸的奇异感觉。彭卓把被子往身上拉拉,喃喃地说:麦克儿,麦克儿,以后我就叫你麦克儿。

他们都很忙。彭卓的那部影片因为管理部门的某种原因而暂时搁浅了，但厂里还在争取，彭卓正好借机把剧本再熟悉熟悉。她希望能找到新的感觉，使自己能有一个跨越。即使是在马可这儿，她也把本子带来，在房间里踱来踱去，念念有辞。

马可也重新开始了工作。他一时还难以从上次画展的阴影中摆脱出来，他只是觉得他应该画。参加画展的几个人，除了任晖以外，都已经开始新的创作。任晖整天像是没睡醒，叼着根烟，在朋友圈子里晃悠。朋友们背地里都把他当个笑话在谈。马可觉得这对自己而言是一记警钟。你天生就是个画画的，除了画画，你还能干什么呢？只有拿起画笔，马可才感到踏实，但他不知道该画什么，更不知道该怎么去画。

其实这个问题仿佛他自己的影子，几乎时刻都没有离开过他，但他什么时候也没有像现在这样，心里虚虚的，毫无把握。但是他总得画呀，为了尽快进入状态，马可那段时间画了不少素描，彭卓正好是现成的模特儿。彭卓自己忙自己的事，时不时走到马可身边来看看。她看着那支神奇的炭条在纸上轻快地划动，自己的轮廓，细部，甚至衣着的皱褶，一点点在纸上呈现出来了，她觉得十分有趣。她挑那些中意的，把它们挂在墙上，坐、立、蹲、卧，整个房间触目可见她自己姿态，那些画相当传神地凝固了她瞬间的表情，栩栩如生，在这样的环境里，有时候，她突然间会觉得自己的举手投足都具有了某种意义。她虽然给那么多电影配过音，那些角色或多或少都融入了她的心血，但她还从来没有在银幕上露过面，哪怕只是一个镜头，一瞬间，现在她置身于自己影子的包围中，生活在自己的世界里，那种压抑的缺憾被马可的画笔无意间地补偿了。她沉浸在这样的情绪中，当然无法体察马可内心的烦躁和焦虑。到后来，马可终于有点心不在焉了。他一直寻找着的那种感觉仍然不见踪影，创作的欲望离他越来越远。他手捏着炭条，总是走神。他叹口气，把炭条扔下了。炭条滚到地上，跌成了几段。彭卓诧异地问：麦克儿，你怎么了？不舒服吗？马可说：没什么，我就是觉得手有点酸。

有一天早晨，马可先起了床。他看着正准备穿衣的彭卓，突然说：你不要忙，等一下再穿。彭卓不解地停住了手。他手忙脚乱地摆好画夹，凝神观察着彭卓侧卧的姿态。彭卓明白过来，掩住自己的胸部，坚决地说：不行，你不能这样画。这像什么样子！

马可连忙走上去拥住她，急切地说：彭卓，你就让我画吧。不要多长时间就好。

彭卓说：你为什么一定要这样画呢？就像以前那样，我穿着衣服，难道不行吗？

马可说：你看这房间的光线，你现在的姿态，天生就该画下来。彭卓，我求求你了。

彭卓想了想，还是摇摇头。

马可知道她担心什么。他说：这样好不好，你让我画，画完了我交给你，如果不满意，你就把它撕掉，如果你觉得还行，你就自己收着。这画是你的。

彭卓不解道：那你为什么还要画呢？

马可说：我就是想画。你相信我，画好了我一定给你保管。真的，我就是想画。

彭卓叹口气，答应了。她依着马可的指点，侧卧在床上，摆好了姿态。马可除了在一年多以前的一次荒唐经历中画过一个不知姓名的女人外，他已经有好几年没在画夹前面对一个女人的裸体了。她配合得很好，虽然没有职业模特那么老到，但她脸上却又多了职业模特所没有的那种娇羞和天然……炭条在纸上流畅地划动，渐渐地，彭卓觉得身上开始发冷，毛孔阵阵地暴了出来。她轻轻地动了一下。

马可说：好了，就好了，你快穿上衣服吧。我再补几笔就行了。

彭卓披上衣服走到画前，看着画，她惊呆了。她的躯体横卧在画面上，柔和的光线射在她身上，造成了一些神秘的阴影。长发掩在胸前，纤长的手臂搭在臀上，勾勒出一道富于层次的线条，整个身体仿佛一道含黛掩翠的连绵的远山。她紧紧地抱住马可，喃喃地说：麦克儿，麦克儿，你画得真好。谢谢你。

马可疲惫垂下头，他觉得累得不行。身体里的某种东西好像被掏空了。他从画夹上把画取下，递给彭卓说：说话算数，给你。彭卓接过画，轻轻吹去上面的炭粉，说：我真想把它挂在这儿，不过——她突然间涨红了脸——不行，别人会看到的。我要把它带走。

彭卓把画小心地放到她的包里。她张开双手，紧紧抱住了马可。不用彭卓的评价他也知道，这幅素描画得很好。他以前还从来没有如此仔细地观察过彭卓的裸体。是那么美。这就是我刚才画过的那个女人吗？她就是画上的那个女人吗？不知道为什么，马可一时无法回应彭卓蓬勃的热情。

3

窗外就是那条石子路，路边长了一排柳树，微风下，一根柳条在马可的窗前晃动着……一两根，三四根。柳条密了，柳条长了，柳条上渐渐长出了浓密的树叶，蝉儿也多了，浓荫遮住了窗子。夏天到了。

彭卓的那部片子终于还是上了马。这是一部爱情片，一个伤感的故事，很俗套。但是影片里巨星云集，对她而言这是个机会，她当然应该抓住。她干得很投入，自己感觉也很出色。和这部片子比起来，以前她配的那些小角色简直都不值一提，她宁愿忘了他们。她到马可这儿不像以前那么勤，就像个常常出短差的女人，回来了总是很累。她回来了，鞋也不脱就躺到床上，让马可给她一杯水，咕咚咕咚地喝下去，然后兴致勃勃地跟马可讲她在厂里的事情。那些大腕的明星总是有机会用他们的花絮占据别人的谈话的。其实彭卓并不是每次都那么累，但她愿意适当地夸大自己的忙碌。她忙，而且忙得很快活。

天热了，而且越来越热。马可的房间条件很差，他有一台台扇，是从朋友那儿拣来的二手货，但是风力有限，已经不会摇头；墙角的席梦思掀了起来，铺了张席子在地上，上面挂了个小微风吊扇，扇叶坏了，总是发出一阵"啪啦啪啦"的声音，像是一只挂在绳子上的垂死的鸟。房间里又闷又热，像个蒸笼。他们散热的唯一办法就是尽可能少穿一点，但这样一来房间的门和窗户就不好再开了。马可自己倒是不怕别人看见什么，只要彭卓一走，他就把门窗通通打开，到厕所里用凉水把自己淋个透，他呼吸着窗外吹来的凉风，觉得房间里的热气简直就是彭卓带来的，他突然间有点害怕彭卓下次再来了。

也许他这个人天生就该独居，至少在夏天，他更希望自己一个人住。长期的生活已经养成了他喜欢一个人独自面对画布的习惯。彭卓不在的时候，他大部分时间都是半躺在席子上看书，他希望能从那些书里找到某种答案，或者某种启示。有时候他觉得心里有了某种朦胧的东西，但一旦坐到画架前，所有的感觉又都消失了。那些书和画册展示的历史或者现状是那么纷杂，他们已经画了那么多，而且画得那么好，几乎穷尽了一切可能，马可甚至怀疑自己还要不要再画下去了。马可已经画了很多年，回首过去的路，他看见无数的后来者正挤在他的身后，任何试图往回走的企图都是不可能的。出发了，你就只有往前走，没有驿站，也没有退路。岔道重重，歧路无灯，他只是觉得茫然。对自己的技法他是自信的，所以彭卓的裸体并没有给他带来长久的兴奋。他画了一些新的画，但开始构思时的热情似乎难以燃烧持久，一连好几幅都半途而废了。

彭卓到他这里来，他们常常一起做饭吃。她系着围裙，看上去像个主妇，但她是个不太能干的主妇。那些油盐酱醋大多是她自己买来的，但她常常找不到它们，把马可支使得团团转。"麦克儿，油呢？锅里都冒烟了！""麦克儿，铲子在哪儿?"马可给她帮着忙,常常走神。他突然觉得找到了他所寻找的那种感觉,恨不得立即就操起画笔。马可心不在焉地吃着饭,越来越觉得自己想画,而且一定能画出好东西。饭菜虽然很不可口,但他吃得很快。彭卓看了很高兴,唠唠叨叨地和他说着外面的事儿。后来觉得奇怪,问:你怎么啦?马可说:没什么。今天的菜很好吃。他很快把饭吃完了,坐在一边发愣。他奇怪,彭卓怎么就有这么多的话要说呢?每天在电影厂说了那么多台词,还没说够吗?这些事儿有什么意思呢?彭卓感觉到了他的兴趣索然,生了气,怏怏地走了。马可长松一口气,他几乎是迫不及待地坐到画架前,做好了一切准备工作。可是奇怪的是,这时候他往往又遇到了困难。一层无形的布幔挡在他和画夹的中间,布幔沉重而飘忽,他无力撩开它。他觉得无从下笔。

　　想起来,他倒是有点羡慕彭卓。拿到一个本子,她所要做的就是品味剧情,琢磨台词,然后把自己靠上去,用自己的声音把影片的原声替下来。剧中人物的感情就是她的感情,喜怒哀乐,亦步亦趋。马可承认,她的声音是动听悦耳的,常人难以企及,但说到底,她不必发出她自己的声音。可她又是多么幸运啊,她的激情和技艺完全依附于剧中人物的表现,不管怎么说,她是有所附丽的。马可把自己的感觉向彭卓说了,不想引来了彭卓言辞尖刻的抨击。这是他们第一次激烈的争吵。

彭卓涨红了脸,冷笑着说:你这种观点,只说明了你对配音一无所知。

马可说:我是不懂。可我的这种观点代表了大多数人的看法。

彭卓说:这只能说明你和大多数人一样无知。

马可说:你别这么激动好不好?我是说,我真的羡慕你。我画画,可是没有人给我一个蓝图。

你少冷嘲热讽!她指着马可那几张没有完成的画说,如果我这样说你的创作,你还会这么冷静吗?

马可突然间厌烦起来,说:那就算我没说好了。

彭卓说:可是你说了,而且,你就是这么想的。她的手在空中一挥,划一个圈圈,你的这些画,你自己也清楚是怎么回事儿。

马可虚弱地低下头去。他呻吟似的说了句什么,彭卓没有听清。

争吵的过程中她一直在喝水。她抬手把杯子里最后一点水喝光,转身上了厕所。她没有关门,一阵淅淅沥沥的水声传了出来。马可觉得声音是那么大,盖住了房间里电扇破败的响声。他想起了晨光中的那个美轮美奂的裸体,茫然地抬眼寻找那幅画,似乎突然想起,那幅画已被她带走了。但这个声音无疑正是那个身体里发出的,一种浑浊的声音。他一时间恍若坠在一个梦中。

彭卓从厕所里走出,气呼呼地说:我要走了。走到门口,又回头说:厕所坏了,我弄不起来。

她走了。马可走到厕所,看到便池里黄黄的,有一层泡沫。他皱着眉头,接了一盆水,把它冲干净了。

他们很快还是和解了。这种介于单身和家庭生活之间的半共同生活已经成了一种习惯,而习惯是很难改变的。在昼夜不绝的蝉鸣中他们迎来了麦城最为炎热的季节。房间里燠热难耐,人整天都在淌汗。空气好像掺满了可燃气体,划一根火柴就会点着。马可降温的办法就是到厕所去冲一个凉水澡,然后坐在那台破电扇前发愣。他实在是不敢多动。那段时间马可感到自己的头经常发晕。冲冲凉水似乎会好一阵,但很快头又开始发木。看书或是做其他什么事情的时候,他总是走神,感到精力难以为继。他怀疑是不是长期的劳作使自己患了颈椎病,他的脖子酸得很厉害,用力歪一歪,颈项咯咯作响,顶着他脑袋的好像是一根在太阳下已经晒得发脆的鱼骨头。他整天犯困,但是躺到床上却又无法入睡。下午的时候,天阴下来了,乌云盖住了天空，闷闷的雷声从云的裂隙里传来，风变得潮湿起来，分量重了，吹在人身上显出重重的湿意。马可走出家门，站在门口的小路上，他看到街上的行人纷纷加快了脚步，转眼间豆粒大的雨点噼噼啪啪打在地上，小路上被砸出一片麻点。待身上稍有点潮，马可回到了家。这是盼望了很长时间的一次雷雨，屋顶上的雨声越来越密，一块铁皮被打得炒豆般暴响，渐渐地响成了一片，屋檐的水哗哗地流下来了。屋里的温度还是很高，但总算慢慢有了一丝凉意。马可把身上的水擦干，泡了两袋方便面，草草地吃了，躺到了床上。这是难得的一个可以睡个好觉的夜晚，他想早点睡。他头脑里的那些乱七八糟捉摸不定的念头也实在是该好好地清一清了。

在这样的夏天，谁知道还有几个好觉可睡呢？

马可终于睡着了。对一个身心疲惫的人来说，雨声是最好的催眠曲。雨声把一切都冲走了，沉淀在一个黑沉沉的地方。这是一夜无梦侵扰的睡眠。马可早上醒来的时候，他首先听到了床头的那只小闹钟的嘀嗒声，雨不知什么时候已经停了。

马可从床边上站起来，突然他觉得了一阵眩晕。房间里的一切，那些围绕四壁的画，全都倾斜着晃动起来。怎么啦？我这是怎么啦？马可有些着慌，他稳稳神，重新坐到床上。这样好像好一点了。他回想起以前，他的头有时也会发木，但是时间都很短，现在的情况以前还从来没有出现过。雨后的身体很舒适，皮肤上干干爽爽，仿佛原先一直裹在身上的湿衣服被风阴干了，相比之下，脑子显得更不清楚，他大口地吸着气，试图把大脑里某些浑浊的东西冲掉，但是不行。坐了好一会儿，马可才觉得稍稍好了一点。

下午时，彭卓来了。她看上去情绪很好，这越发显出马可的萎靡不振。你怎么啦？彭卓问。马可勉强笑了笑，说：我没事，可能是这一阵天太热了。

所以我说你这儿实在是太简陋了，她指指那台电扇，你应该去买一台空调，一台单冷的窗机就行，否则这夏天怎么过？

马可说：我知道。一台窗机也要两千块钱吧，你知道我画画是很费钱的。

彭卓没有再说什么。这种半共同的生活并没有增加他们太多的开支，他们早已过了泡茶馆蹦老迪打保龄球的年龄，他们只是在一起吃吃饭，大部分时间都是买菜回来自己做。但是举目看去，这个小小的屋子还是太寒碜了。那么多的别人的空调昼夜运转着，把热空气推了出来，推到了空调以外的空间里来，他们只能在别人排出的热气里生活。这是没有办法的事情。满房间都是那些画，但是它们不会制冷。这是个敏感的问题，他们无法深谈。

暴雨所带来的短暂的凉意很快就被蒸发了，他们身上又开始淌汗。那是个有月亮的夜晚，他们关了灯，开着窗户，并排着躺在床上。床上的微风吊扇有节奏地吵着，他们听不到蚊子飞来的声音，它们不知从什么地方钻出来，阴险地叮他们一口。彭卓趴在马可胸前，抚摸着说：麦克儿，你现在想吗？

他们似乎已经好长时间没有好好做爱了。马可含混地应了一声。欲望升腾起来，但他脑子有点发蒙。某一根神经好像被打了结，血液被阻隔了。他轻轻地抱住了彭卓。彭卓推开他，下了床，一件件脱着身上的衣服。马可开始激动，他看到了彭卓贴身的黑色胸罩。他站起来，把自己的衣服也脱下了。他躺在床上等待着。

就在这时，一只蚊子叮在了他大腿上，狠狠咬了一口。他一掌拍死了它。

蚊子很大，他的掌心有点发黏。再抬眼看时，月光下的彭卓已经脱光了，正赤裸着向他走来，但是他的腿痒得厉害，一种无法忽略的痒。仿佛一只气球，被锥子狠扎了一下，气球里的气嘶嘶泄了出来，他倚在床头，闪开自己的眼睛，看着他们扔在椅子上的衣服，沮丧地叹了口气。月光下的衣服凌乱地搭在椅背上，仿佛那就是欲望本身，衣服脱掉了，欲望也就离他而去了……

他们都睡不着,彭卓轻轻地叹着气,但是马可已经无所作为。他朝床里侧过身子说:我们睡吧。

毕竟下过一场雨,天气比平日还是稍稍凉快了一点,房子的四周的水洼传来阵阵蛙鸣。迷蒙中,马可听到彭卓起了身,给闹钟上了弦。睡意沉甸甸地压在他身上,他终于睡着了。

醒来时已是红日满窗。他一时没有清醒过来,他动了一下身子,身边的彭卓突然间被惊醒了。她猛地坐起了身,一看床头的闹钟,闹钟已经停了,停在夜里三点。她找到枕边的手表看了一下,气急败坏地说:你这是什么破钟!

马可迷迷糊糊地问:你怎么啦?

彭卓说:今天我要去看样片,他们肯定不会再等我。你耽误事儿了!

马可这时完全醒了。他看看闹钟,它稳稳地站在那儿,似乎这屋里发生的一切都与它无关。彭卓手忙脚乱地穿好衣服,飞快地跑到厕所。马可问:你不会是关上了闹铃的弦吧?

彭卓从马桶上站起来,对着墙上的那面小镜子描着脸。她说:两个弦我全上了,不信你自己看。

马可拿起闹钟,用手拨了一下,确实两个弦全上紧了。他把钟轻轻晃了晃,指针走了几步,又停了下来。这个钟他用了很长时间,今天它终于坏了。他似乎看到了里面那些复杂的部件,无数的齿轮紧密地咬合着,不知道什么地方出了问题。

这时他听到了一声脆响,原来是彭卓忙乱中把镜子碰到了地上,镜子摔破了。彭卓捡起一片碎镜子,继续画着眉毛。马可走过去,不知说什么好。彭卓说:真是越忙越多事。你这钉子根本就没钉牢。马可看着她,她的两边眉毛还只描了一边,看上去十分怪异。彭卓画好最后几笔说:你这里的东西全都坏了!她拎上包,急匆匆地走了。

马可坐到椅子上,他的头微微有些发晕。他不敢闭上眼睛,眼一合上那一片巨大的黑暗就会旋转起来,只有盯着某一个东西看着,他的视线才会像绳子似的把他拽牢。是啊,全坏了,真是什么都坏了,连我这个人都坏了。

4

彭卓两天后再来时带来了一面大镜子。她的情绪非常好。马可往墙上钉着钉子,彭卓给他扶着。镜子里的彭卓看上去容光焕发。那是一种压抑不住的成功的喜悦。样片的效果非常好,领导们看了也非常满意。那个大名鼎鼎的明星在巨大的银幕上尽情表现着她或奔放或隐忍的情感,她的台词尚未出口,彭卓就在心里把它默念了出来。她用自己的声音推动着故事的演绎，那种感觉奇特而美妙。影片不久就将在全国上映，可以预期，肯定会在平淡的电影市场燃起一个热点。看过样片的第二天，厂里把他们这拨人召集起来开了个会，宣布又一部影片马上又要投入制作，由于彭卓的出色表现，她再一次争取到了一个角色。这一次是"女一号"，一个真正的主角。她兴致勃勃地说：麦克儿，你说巧不巧，这次和我配对手戏的那个男主人公叫什么？——他就叫麦克儿！

是吗？

等两天我就能拿到本子，你到时候帮我对对台词，你本来就叫麦克儿嘛。

我这破嗓子会给你败兴的，马可皱着眉头说，到时候再说吧。

人在高兴时往往注意不到别人的情绪。马可此刻的内心意兴萧索。他画不好，不知道该怎么画，没有谁能够帮他。他明白这一点，也并不指望谁真的来帮他一下。可他自己现在无论在体力或脑力上都是一个虚弱的人。他有想法，有冲动，可是这些东西都在心里，似乎无法流进他脑子里，有什么东西在那儿堵住了。彭卓的周身洋溢着喜悦，像一种无形的射线向外辐射着，相形之下，马可神色黯淡，仿佛阳光下怯怯的鬼影。马可早晨没有吃早饭,他站起身说:该吃饭了,我去做饭吧。

彭卓说:我今天不在这儿吃,有个同事请我。

马可说:是吗?

彭卓说:你自己简单地弄一弄吧。要不要我帮忙?

马可说:不用了。我有方便面。

彭卓出门时,突然想起了什么说:你就不想知道请我的是谁?

马可说:我不知道。是谁?

彭卓说:是电影厂的一个美工。也是画画的。他画商品画。

马可"哦"了一声。

彭卓说:咦,你为什么不能画画商品画?我听他说这种画是流水作业,很好卖的。

马可说:我知道。可我不想画这种东西。

彭卓说:画这种东西又怎么啦?你不要不屑一顾的样子嘛。至少你可以换换脑筋。

马可看看表说:时间不早了,你可别迟到了。

彭卓朝床头的闹钟看了一眼,闹钟还停在那儿,还是指在三点的位置。她想说什么却又没说,拎上她的手袋走了。

她的脚步渐渐远去。马可透过窗户看见了她的背影。一袭白色的长裙，在正午强烈的阳光下移动。初次相识时她穿的是一件风衣，在他的印象里，那是一个凝固的形象，仿佛一帧静物。她走上石子路，拢一拢长发，加快步子走远了。路上的石块被磨得圆溜溜的，火辣辣的太阳照在上面，阵阵热浪蒸汽般地升腾着，仿佛它们是刚刚从火炉里拿出来。阳光实在是太刺眼了，马可离开窗户，这时候的窗户宛若是一个画框，路上有三个行人，拖着一根长长的竹竿，神情漠然地从他的窗前依次走过。他们步调一致，走得整整齐齐，像是一串被一根操纵杆串着的木偶。中间一个人突然被地上的石子绊了一下，三个人的脚步全部乱了，磕磕绊绊，显得很滑稽。马可笑了出来。这倒真是一幅好画。他有一种说不出的感觉。长长的竹竿拖过去了，刷啦啦的声音渐渐远去，终于被聒噪的蝉鸣淹没了。

傍晚时分，彭卓回来了。马可没想到她现在还会回来。他正在乒乒乓乓地敲着钉子，把画布往画框上绷。门虚掩着，彭卓一撩门帘就进来了。她的身后跟着个男人。

彭卓说：这是马可。身后的那个男人看来是个自来熟，他向马可伸出手说：我是程卫，早就听彭卓说起过你。马可和他握了手。程卫是个光头，看来不是剃的，是天生的谢顶，胡子相当浓密。他随意地穿着件T恤，胸前绣着个鳄鱼，一望而知是件名牌。马可赤着膊，穿得很少，他赶紧扯了件西装短裤套上了。他请程卫坐下，给他们倒了两杯水。

马可说：我听彭卓说，你是干美工的，我们算是同行。

程卫端起杯子一口就把水喝光了。他抹了抹毛茸茸的大嘴说：我认识很多哥们，都是画画的，××，××你认不认识？

马可说：听说过，好像还见过一次，不太熟。

他妈的，他们现在可是发了！程卫站起来，环顾一下屋里说，看看你的东西吧。他站在屋子当中，四下打量了一圈。彭卓给他端来一杯水，递到他手上，察看着他脸上的表情。马可被他看得浑身不自在。程卫问：都在这儿了？

马可没有说话。彭卓说：差不多吧。程卫点点头对马可说：你的功底很好。听说你们搞了个画展，有没有卖出几幅？

马可说：有几个老外来谈过，现在还没定。

程卫说：麦城的这些老外，我知道，他们不懂！他们要买的，是你专门给他们画的东西。他们就懂这个。

彭卓插话说：那就是商品画对不对？

程卫说：对！他转身对马可说，老兄，凭你的功底，画这种画你是小菜一碟，你放心，绝对没问题。他不知从哪儿摸出个巴掌大的本子扬了扬说，这是我的联络图，麦城所有销售网都在这上面。你只要画出来，销售的事绝对没问题。

33

他连说了两个"绝对没问题",马可的心里涌上了一丝不快。他淡淡地说:我想我可能不行。我从来没画过这种东西。

程卫期待地看着他。彭卓说:以前没画过,以后不就行了?程卫刚才不是说了吗,你的功底没有问题。

马可突然不耐烦地说:这我知道。他低声嘟哝道,难道我还要别人告诉我?

彭卓被他当着人这么一冲,很没面子,她涨红了脸说:那你为什么不画?

马可说:没有别的原因,只是我现在还不想画。他看程卫有些不快,说,真的,我最近身体不大好,我想休息一段时间。彭卓还想说什么,程卫把她拦住了。他说:人各有志,你不想画就算了吧,不过,你完全可以过得好一点,对不对?我们今天算是认识了,你什么时候想画,就找我。马可说,那当然。他解释道:我倒不是瞧不起画商品画,我只是最近不太舒服,我不是瞧不起。程卫说:哪里哪里,我不在乎这个。你想,我这个人会在乎这些吗?其实呀,只要你的画最终要卖,那画就是商品对不对?他还要说什么,裤兜里的手机响了。马可听他说"马上就去",心里如释重负。

程卫把手里的小本子塞回口袋,说他要走了。彭卓送他。出门时她回头瞪了马可一眼。马可装着没看见。他目送他们两个走远,看到他们轻轻谈论着什么,程卫幅度很大地做着手势。声音远远地传来,仔细辨认可以听到一鳞半爪,但马可不想听。他拿起没完工的画框,继续钉他的钉子。乒乒乓乓的声音传出很远,彭卓和程卫回头朝他的屋子的方向看了一眼。

彭卓回来时马可正坐在凳子上抽烟。画框上的布已经绷好了,倚在椅背上。马可见了她,没有说什么。彭卓用手指弹弹紧绷绷的画布,讥诮地说:手艺不错嘛。又在构思什么大作了?马可说:不知道,反正不是你的朋友订购的那种东西。

彭卓说:你别说这个,我倒不提了,你还说什么?

马可说:我可没要你把他领到这儿来。他根本不懂画。

彭卓说:天下就你懂。

马可说:我看不惯他那副嘴脸!

彭卓说:唷,你还了不起了你!他怎么了?你不要不识好歹!

马可霍地站起,嘴唇哆嗦着,一时不知该说什么。他颓然坐到椅子上,他身下的椅子吱吱嘎嘎一阵乱响。马可说:好了,好了,我不识好歹,我辜负了你。你现在别理我好不好?

彭卓看他气成这样,不再跟他吵。她到厨房里找了个网兜,团在手上,出去了。马可坐在椅子上,没有动。半小时后,彭卓回来了。她提着一网兜蔬菜,胸前被汗印湿了,衣服贴在身上。马可招呼说：回来了？跟在彭卓后面进了厨房。厨房实在太小，容不下两个人。马可站了一会，悻悻地出去了。

厨房里传来洗菜的哗哗水声，砧板响，油也爆起来了，锅铲摩擦出金属声。马可觉到了一丝恍惚。自己的火气也许是太大了一点。或许，真的是自己错了？马可并不认为画商品画是一个无可饶恕的罪过，他早就听说和他一起搞画展的几个人也时不时地弄一弄，但他无法接受一个像程卫这样的人来救世济困指点迷津。程卫这一来，倒反而让马可坚定了自己的想法。事实上马可也一直帮出版社做一些封面，给搞装潢的朋友画画效果图，但他的内心是有一个限度的，如果需要，他甚至可以去拉板车，因为这些事说到底与油画无关，与他的创作无关。他不想把自己的笔画臭了，画油了。干什么事情都会有一些侵蚀性的诱惑，他想他应该坚持自己的姿态。

彭卓板着脸把饭菜一样样端上了小桌子。马可去帮她。走近她身边时，马可从后面轻轻抱住了她。彭卓站着灶台的前面，手里端着一碗汤，没有动。她没有把汤放下来，这使得马可知趣地松开了她。

他们沉闷地吃着饭。房间里很静，彼此都能听到对方咀嚼的声音，类似于某种动物在进食，这使马可产生了一丝羞愧。这个房间里的两个人，自己，包括她，也许都算不得什么，过于认真或许反倒是可笑的。他不知道自己在彭卓眼里到底是个什么样的人,他只知道自己糟透了,很乱的一个脑子,身体也出了毛病。这样的人还听不进别人的意见,固守自己的姿态,只能令人齿冷。雄的梅花鹿长了一副硕大的犄角,头角峥嵘,姿态不凡,但在适者生存的自然法则下,那副犄角倒常常会在逃跑时挂在树丫上,使它难逃扑杀。我是鹿,我就是那只鹿。这是没办法的事情。而且——马可觉到了一丝头晕,他深吸了一口气,轻轻地摇了摇头。饭桌上的气氛沉闷得令人难耐,也许,对下午的事,他应该做出一点解释。他说:彭卓,你不要不高兴,我知道你是好心,是为我好。

彭卓淡淡地笑了笑说:你不必说这些。

马可说:我不喜欢程卫这个人,我不愿意你跟他在一起!你不要再理他好不好?他的声音很大,连他自己都吓了一跳。他的话里饱含醋意,还有一丝酸楚。但他自己非常清楚,那丝酸楚是真的,是从他骨子里透出来的,而那种醋意却被他夸大了。他以为彭卓会向他解释,至少会讥笑他,哪怕责怪他发一下火也好,但是彭卓没有。她看看他,避开他的眼睛说:你想得太多了。她站起来收碗,认真地看了看马可的脸,你的脸色不好,也许是真的病了,你自己觉得怎么样?

马可说:我想去医院看看。

彭卓说：要我陪你吗？你知道我最近很忙。等我有空了我陪你去。

马可说：不用了。我先去看看再说吧。也许没什么事。

两人把碗筷收好，稍稍坐了一会儿。屋子里太热了，马可提出出去散散步，彭卓说不行，她手头事很多。她看了看那只闹钟，显然有什么事。闹钟零零散散地躺在那儿，傍晚的光线照在上面，星星点点的微光。中午的时候马可把它拆开了，却再也没本事把它装起来，彭卓说：我走了，你自己好好休息吧。她出了门，走上了门外的小路。拐上石子路时，她身上的寻呼机响了，声音远远地传来。她停下来看了看，急急地远去了。

这又是一个独处的夜晚。马可打开了房间所有的灯，他的眼睛有些发蒙，日光灯的银辉洒下来，房间里的一切，那些黯淡的陈设，他的那些画，全都失去了它们原先的色彩。这是一个黑白的世界，但又远不如围棋的布局那样富于理性和逻辑，有一种暧昧的灰色弥漫当中。马可找齐了他的工具，开始画画。走过床头时，他碰到了那个闹钟，它们丁零当啷地撒在地上，有几个螺丝滚到了床底下，马可趴到床下去找。他找到了两个螺丝，也不知道找全了没有。

深夜时，外面的蝉鸣声渐渐停歇了，一切都静了下来。马可疲惫地从画架前站起了身，画面的布局已经大体完成了。他看着画面上那一排姿态凝滞、面容模糊的人形，长长地吁了一口气。这幅画应该叫《我们》，是的，它就叫《我们》。

5

生活不可能一直平静如水，我们总会遇到一些事情，很多事你只能自己面对，你甚至无处倾诉，只能自我消化。马可那天睡得很晚，第二天一起来，他知道，他一定得去医院了。一从床上起身，他就感到头晕，甚至连走路都有点打飘。单身生活在麦城的这些年，他很少生病，偶尔头痛感冒，他自己买点药吃吃也就过去了。但现在实在是不行了。以前他看到一些老人，走在路上时行动迟缓，表情呆滞的样子，他觉得不可理解，他简直不相信自己也会有这一天。现在他离衰老当然还很遥远，但他觉得某种苗头已经出现了。时间是个很可怕的东西，你一出生，属于你的那一段时间就在一点一点地溜走，你不由自主地向你最后的归宿一步步走去。乍一回首，马可已经在麦城独自生活了五年了。他走到镜子前，看着那个神色疲惫、长发凌乱的男人。他注视着自己，一个落魄的男人，一片灰蒙蒙的镜子，反射着石灰剥落的墙壁——一个荒凉的图景。

他骑着他那辆破旧的自行车到医院去。临走时他找到一个塑料袋，带上了那只被他拆散了的闹钟。离他的住处不远的十字路口有一个钟表修理铺，他费了不少口舌才说服那个老头把那堆东西收下来，说好了下午来看看修好没有。

医院在麦城的偏东方向，他要穿过大半个城市。太阳已经显得灼人，骑不多远他身上就汗湿了。路上行人如鲫，他们急匆匆地赶着路，看上去都有一份实实在在的事情等着他们去做，没有人注意到面容憔悴的马可。远远的，他看见了一个十字路口，有几个交警站在那儿，行人们纷纷被拦了下来。他们在干什么？马可脚下缓了劲，自行车慢慢靠近了。突然间他反应过来，警察们这是在检查自行车的牌照，而他自己的车子前一阵却没有顾得上去更换新的牌照。电线杆上的广播里正明白无误地宣布着处罚办法，扣车，罚款，还要当义务纠察。马可慌了。他急急地下了车，掉转龙头往回走。离路口好远就开始塞车，逆向而行的马可磕磕碰碰，招来了一个姑娘的斥骂，他装作没听见，慌慌张张地推着车子跑了。

为了避免麻烦，他只好穿小路往医院骑。到医院时已是九点多钟，挂号处排了两条长长的队。他挂了号来到候诊室，前面的病历已经积了厚厚的一叠，这意味着他将要在这儿等上很长时间。

候诊室很大，摆了四排长椅。马可找了个地方坐下来。他随眼看着墙上的宣传橱窗。橱窗里张贴着一些医药知识，仅仅看一看那些标题就让你感到压抑和烦心：《五种头痛必须及早诊治》《脑卒中的先兆》《血压过低会引起脑栓塞》。

马可看了一会儿，就不敢再看了。这样的知识对他来说是一种摧残。人到底是个什么东西呢，那么脆弱，那么不堪一击，血压过高会引起脑溢血，血压太底也会导致血管堵塞；堵也好，破也好，都叫中风，轻则偏瘫失语，大小便失禁，重则死亡。马可看得心惊肉跳，他的头又开始发晕，他想抽一支烟，但一抬头就看见了墙上那个大大的禁烟标记。摆病历的桌前坐着一个神情冷漠的护士，她扬起病历喊了几个号，几个被喊到的病人忙不迭地拿上病历进了诊室。那几个号码离马可还有老远。马可有些焦急，他微微地闭上了眼睛。窗外的热浪轰轰地涌进了诊室，头顶上的电扇呼呼地旋转着。整个空间充满了汗臭气和一种难以形容的病态的气息。马可坐在长椅上，他的那头长发使他在众人当中很是引人注目。不时有人看一看他，这令他感到一阵烦恶。候诊室里非常安静，也许所有的人都在想着自己的病，这是他们驱之不去的痛苦和恐惧。这里的人都是这个城市里关键的部位生了病的人，他们都集中到这里来了。这样的气氛甚至比殡仪馆还要压抑，那是一群健康人给一个死者送别,追悼会一结束他们就可以离开那儿,回到他们原先的生活里去,可是现在,谁知道等待他们的是什么样的结果呢?马可睁开眼睛,他看到他的前排有一个三十出头的漂亮的少妇,正倚在一个男人的肩上,轻轻揉着自己的太阳穴。马可似乎突然觉察到他是一个人,没有谁陪着他,只有他的病与他同行。他想起了彭卓,那个春天展厅里的背影,那尊侧卧的裸体,不知道她现在在哪里,正在干什么。

又有几个人被喊进去了。按顺序不久就会轮到马可,他的内心感到一阵紧张。他不安地站起了身,走到诊室附近,往里面探头张望着。那个护士凶巴巴地喊道:你忙什么?还没轮到你,坐到凳子上去等好不好?马可悻悻地坐下了。这时候他看见不远处的化验室那儿来了一队人,个个剃了光头,穿着统一的病号服,静静地排在那儿。他们大概是从病房的盥洗室被直接领来的,每个人的右手都拿着一个搪瓷杯,手臂上搭着一条毛巾。一个护士站在他们旁边,喊道:排好排好!一个挨一个,把袖子挽好!他们乖乖地靠墙站着,把袖子挽好,等着验血。他们神情呆滞,眼睛发直,目光是散的,没有视线,仿佛一群木偶。马可一下子就想起了日本电影《追捕》中的那种可怕的"中枢神经阻断剂",他感到不寒而栗。我到底生了什么病,难道有一天我也会像他们这样吗?马可几乎不敢再在这儿等下去了。

这时候诊室里响起了女护士那毛玻璃一样嘶哑的声音,马可听到了自己的号码。他从她手上领到自己的病历,慢腾腾地朝诊室走去。这一拨病人一共有四个,那个漂亮的少妇被她丈夫牵着,走在马可的前面。诊室里还有几个病人,马可他们只好先等着。他看见靠窗的桌子那儿坐着一个年轻的女医生,她空在那儿,正在看一本书,是《新概念英语》,这使马可产生了一个不务正业的印象。和大多数人一样,马可对那些年龄较大的医生更信任一些。门口附近桌子前坐着一个五十多岁的男医生,他面容慈祥,令人信赖,马可和那个少妇都站在旁边等着。老医生把前一个病人的处方开好,抬起了头。少妇看了马可一眼。马可笑笑说:你先看吧,我等等没关系。看上去他显得很轻松,好像在说:我没什么,只是一点小病。其实此刻他的心里相当紧张,他当然急于知道自己的病情,但又害怕某种可怕的判决从医生嘴里说出来。

少妇皱着眉,陈述着自己的病情。她的丈夫不时补充一句。马可知道了,她头晕,恶心,这和他自己差不多。老医生问她:看东西怎么样,有没有什么特别?少妇说,她有时看东西不清楚,什么东西都是虚的。她对医生说:我现在看你就觉得有两个人影。马可一字不漏地听着,他想,这个毛病我倒是没有，我的病看来还没有想象的那么严重。他略略轻松了一些。老医生拿起一个小橡皮槌，在少妇的四肢关节上轻轻地敲了一遍，又让她使劲地转动她的眼珠。马可看不明白，他小心翼翼地问：医生，请问您这是干什么？医生笑笑说：我看看她的反射情况，这是常规检查。马可用力转转自己的眼睛，觉得没有什么特别，他想问一下医生，怎么样才算正常，怕别人笑话，这才没有开口。

诊室里很安静。医生让那个少妇站起来，走几步看看。少妇往前走了几步，脚步有些发飘。医生说：请你往左拐弯。少妇拐了回来。医生又说：你再往右拐。少妇迟疑了一下，缓缓地拐过去。她的动作非常迟缓，好像很困难。忽然她踉跄了一下，差点摔倒。她丈夫一把扶住了她。少妇突然哭了起来：大夫，我走路就是不行，我不能往右拐！她丈夫把她扶到凳子上坐下，急切地问：大夫，她怎么啦？老医生含笑道：你不要紧张。也许是太劳累了吧。你们先去检查一下。他开始写病历，开检查单。少妇还在哭，她丈夫劝着她。诊室里所有的人都在朝他们看，门外也围上了看热闹的人。这样的气氛令马可感到了无端的紧张。他突然站起了身，往门外挤。正在埋头写着医案的老医生注意到了他，问：你不看了吗？马可说：我方便一下，马上就来。

马可往厕所走去。他需要这段距离。他沿着水磨石地面的直线往前走,往右一拐,进了厕所;马上他又出来了,还是沿着直线,走到诊室门口,往左一拐,进了门。很好,很好,他会拐弯,这一点上他没有问题。在医生面前坐下时,他心里稍稍松弛了一点。

马可看病没有花费那么多的时间。他和医生配合得很好。此前的旁观和预演使他看上去他几乎像个老病号了。他恳切地注视着医生,希望能从他脸上看出自己的病情,但老医生修炼得相当到家,他微笑着丝毫不动声色。马可问:大夫,我究竟是什么病?医生问:你是干什么工作的?马可说:我是画画的。医生说:哦,是个画家。你不要紧张。我怀疑你脑供血不足,可能是颈椎有毛病。这没有什么大不了的。马可说:不会是其他病吧?医生说:看上去不像。你得先检查一下,我希望能把其他情况排除。他开好几张单子,递给马可,让他先去交钱、预约时间,他说:检查一下你就放心了。

一共是三张单子。三张单子在"诊断"一栏里都写着"头晕,脑供血不足"的字样,后面都打了一个"?"。一张是"CT"检查单,这个马可听说过;另一张是"TCD",还有一张叫"血液流变学",前者令马可想起了影碟之类的东西,后者则很像是一门学科的名字,马可看不懂。他想问一下老医生，但后来的病人已经迫不及待地坐在那儿了。他只好先去划价。

从划价处拿回单子，马可一看就愣了。一共要三百二十元，这大大超出了他的预料。他身上只有两百多块钱。即使现在马上回去拿也不行，事实上他家里的钱已经全在这儿了。他帮科技出版社做了一套封面，但暂时还拿不到报酬。他没想到仅仅检查一下就要这么多的钱。他不知道他现在该怎么办。他看见那个少妇坐在走廊的凳子上休息，她的丈夫正排队交费。他把一大叠钱从钱包里抽出来，递进窗口，换回了几张单子。他的钱包很丰满，但是马可现在没有钱，也没有人知道他现在遇到了难题。他冲马可点点头，马可笑了笑，走向医院大厅的大门那儿。看上去他像是在等着什么人。其实他在等着谁，他自己也不知道。他只有一点朦胧而模糊的希望，如果能遇上个熟人，他的难题也许就可以暂时得到解决。但大路上的行人熙来攘往，偶尔有人看他一眼，也是因为他的那头异于常人的长发，没有人会想到那头长发下正微微发晕的脑袋。他是一个尚不知名而且没有单位的自由画家，他没有同事，没有亲戚；有一些朋友，但他们怎么会到这个地方来呢？这是脑科医院，他们都没有生病，正在很健康地忙着自己的事情。

只有一个办法了。马可走到马路对面的公用电话亭那儿，给彭卓电影厂的宿舍打了个电话。电话没有人接。他重又拨了个号码，这是彭卓厂里的电话。电话铃响了几声后一个老头接了电话。马可声音干涩地说：我找彭卓。老头生硬地说：工作时间我们不传电话。说着就把电话挂了。马可拿着电话发愣。他想了想，打了彭卓的寻呼。

马可有点奇怪，他怎么能这么流畅地想起这么多的电话号码。看来他的病也许没有什么大不了的。现在是他最虚弱无助的时候，打电话前他很是迟疑了一阵，他不希望任何人看到他现在的这个样子，包括彭卓。但现在他倒急于得到彭卓的回话。这时候有人走过来打电话，一个电话打了很长时间，而且还有人在后面等着。

马可有些着急，他担心彭卓的电话回不进来。第二个人更会侃，一时半会儿完不了。马可只好沿街找过去，到一个水果摊上的公用电话，再CALL了一次彭卓。他抽着烟，在一旁等着。

半个小时后，马可彻底失望了。她没有回机。没有谁会来帮他了。他没有费心思去推测彭卓现在在干什么，为什么没有回电话，这样做事实上于事无补。他回到医院，拿出所有的钱先交了两张单子的费用，然后分别去三个化验室预约。CT下午就可以做，TCD要到下个星期。还算好，"血液流变学"那张单子没有交费，但在他的再三恳求下护士还是给他登了记，说好了下午他来把钱交了，第三天早上准时来做检查。护士叮嘱说：记住，不能吃早饭，要空腹。马可想，我今天就是空腹，我反正从来不吃早饭，空腹也就是早上起来不喝水罢了。他连声称谢着答应了。

他在医院前面找到自己的车子，没有马上就回去。他要去借钱。他找到任晖的住处，发现他已经搬走了，只有一个破石膏像还摆在窗台上，说明这里曾经住过一个画家。房东老太也不知道任晖搬到哪儿去了。马可长长地吁了一口气，这才觉得肚子饿得厉害。他原本还思忖着怎么开口，现在用不着了。他曾经是他们中间最强壮高大的一个，他并不愿意朋友们知道他目前的状态。他们不知道他现在病了，他就可以保持他原先一贯的姿态。没有一个男人愿意被人同情，马可也一样。骑车走在街上，没有人能看出他是一个正生着病的人。

这里离马可的住处已经很远了。他在街上转了一会儿，吃了个盒饭，看看已到了上班时间，就去了科技出版社。一进美编室的门他就看见小张的桌上正摆着他设计的那套书。没想到书已经出来了。小张是熟人，马可递支烟给他，寒暄着，说自己是顺路来的。小张说你来得正巧，书出来了，你正好把稿费拿走。马可装做才发现的样子拿起书看着，说不急不急。封面的色彩还原得不好，显得很闷，但现在这无关紧要。这套书一共五本，稿费开了五百元。马可到财务室领了钱，又回来跟小张打了个招呼。小张开玩笑地说：你得请客！马可说：那还用说。怎么样，我们现在就下去，我请你喝茶？小张说：得了，你不知道啊，现在我要上班。马可说，我可是诚心的呀，那就只好下次了。出了出版社，马可脸上有些发红，他觉得自己很虚伪。

6

这次去看病，几乎耗去了马可整整一天的时间。下午四点多钟时，太阳已经偏西，他从医院出来了。他刚刚从那台巨大的CT机上下来。后天和下个星期一，他还得再到这里来。CT的结果也要后天才能拿到。从CT机的检查床上下来时，马可询问了操作台前的医生。医生告诉他说，看来没什么器质性的变化，但他又谨慎地说，具体结果要看到片子才能确定。马可相当紧张，在幽暗的灯光下，他的脸显得死人般惨白。医生看来动了恻隐之心，安慰他说：凭我的经验，你没什么事的。每到夏天，我们都会遇到很多像你这样的病人。主要是天太热，体内失水太多，血黏度一高，血液流动就不畅，就这么回事。

从CT室出来，马可看到候诊室里的人比刚才更多了。有两个人被打破了头，缠着厚厚的绷带；还有就是一些岁数很大的老人，他们的神情和动作已经相当迟缓。他们看上去面容枯槁，马可相信，他们的脑血管也和他们的面容一样，早已老化了。走出候诊室时，马可透过门上的玻璃看看自己，将了将头上的长发。他看上去相当不错。我还年轻，看来我只是累了，马可对自己说，我应该注意休息。还有，就是要多喝水。

太阳已经逐渐消散了它的热力。天气稍稍凉快一点了。马可站在路边喝可乐，他一连喝了两杯，身上的毛孔似乎都张开了，往外透着热气。他惬意地打了个寒战。已经是下班时间，无数的行人骑着车子挤在自行车的潮流里。马可端着凉冰冰的杯子，散淡地观看着街景。他不认识街上的任何一个人，街上也没有一个人认识他。他们骑近了，又走远了，他们中的每一个人都有一段自己的经历，自己的故事，但马可不了解；当然也没人了解这个站在街头的年轻人的心思。天色已近黄昏，一个白天很快就要过去了，这一天他经历了很多。恐惧、惶惑、期待，还有现在的释然。是的，他现在轻松了。有些事你躲是躲不过的，它来了，你应该相信它还会走。马可的目光停留在那幅巨大的可口可乐的广告上，他以职业性的习惯打量着它那充满诱惑力的画面。他想起了自己的绘画。那种长久纠缠着他的焦灼感一时间竟无影无踪了。事实上你来到这个世界上，你就上了一列火车，这列火车运行的终点人人都很清楚；它也许会提前倾覆，但在此之前你总得做点事情，有人打牌，有人看书，还有人在懵懵懂懂的昏睡，马可选择了绘画。既然这样那你就画吧，争取能画得好一点。这没有别的目的，只是为了使你在飞驰的火车上能感到心安。就这么简单。

他现在所在的地方是一条夜市商业街，夜色尚未合拢，小贩们就把他们的摊子摆了出来。一条绵延数里的小商品的长龙。他没想到会在这里遇见彭卓。他已经好长时间没有想到她了，对此连他自己也感到吃惊。这是一次真正的邂逅。彭卓戴着一副墨镜，但马可还是一眼看见了她。准确地说，是他们几乎在同一时间看见了对方。

彭卓穿过人流走了过来。你怎么在这儿？她问。她的墨镜很大，但马可仍能看见墨镜周围漾出的微笑。

马可说：我在这儿随便转转，出来透口气。他张眼在彭卓的身后看着，找着什么。

你在等谁吗？彭卓问。

马可笑笑：你就一个人？我以为有个人陪着你呢。

谁陪我？

马可说：你知道。

你是说程卫？彭卓嗔怪道，你就是小心眼儿！

马可嘿嘿地笑了起来。某种距离似乎消失了。彭卓走过来，很自然地挽住了他的手臂。她说：我们逛逛吧。马可推着他的车子，彭卓走在他左边。他们随意看着路边那些琳琅满目的小商品。看上去他们很像是一对我们看惯了的热恋中的情侣。但马可心中仍有芥蒂，他忘不了早上他打的那个寻呼。她为什么没回？他很想问问她，但他忍住了。看上去他有点心不在焉。彭卓问他：你今天很忙吗？马可说：还好。彭卓说：早上是你打的寻呼吧，我当时正忙着，后来我去回，人已经走了。

马可不知怎的，突然说：什么寻呼？我没打。他开玩笑地说：说不定是程卫吧？彭卓愣了一下，说：不可能，不会是他。马可说：为什么不会，哦，你们在一起是不是？彭卓脸红了，她说：你瞎猜什么呀。我这两天忙得很。她一副若有所思的样子，马可看着她，那副墨镜隔断了他的视线。

他们慢慢地走着。这样的夜市，周围非常嘈杂，一对对情侣手挽手走在他们的前后，他们之间却沉寂下来。天已黄昏，夜幕降临，西天残余的晚霞正是白天和黑夜悄然交替的界面。夜色首先沉积在行人们的脚下，他们彼此都看不清对方的脚。

璀璨的电灯挂在沿街的绳子上，伸向远方。就在这时，一阵悠远的歌声从远处的一个摊位那儿传了过来。首先是旋律，一下子就抓住了马可。市声纷杂凌乱，但他的耳朵立刻就敏锐地捕捉到了那游丝般的声音。歌声幽怨激越，由小变大，仿佛呼啸的晚风中一面迎风招展的旗帜，让你无法忽略：

  我们之间没有延伸的关系
  没有互相占有的权力
  只在黎明混着夜色时
  才有浅浅重叠的片刻

他停了一下脚步。走近一些，歌声更加清晰了：

  白天和黑夜只交替没交换
  无法想象对方的世界
  我们仍坚持各自等在原地
  把彼此站成两个世界

歌声激昂起来，宛若黑暗中射出的意外的子弹，贯穿了马可的心：

你永远不懂我伤悲
像白天不懂夜的黑
像永恒燃烧的太阳
不懂那月亮的盈缺

摊位那儿围了很多人,正在挑选磁带和唱片。马可停住了脚,痴痴地站在人群的外面,他心中有一种震慑之后的痛切,心被洞穿了,一股锐利的风尖啸着从他心里穿了过去。通俗的歌声感动了长发披肩的马可,马可脸上泛起一种奇怪的表情,沉痛,绝望,继而,咧了咧嘴,他的嘴角竟挂上了一丝讥诮,也许是自嘲。他看到了摊位上的招贴画:那英,白天不懂夜的黑。此刻正是白天和黑夜的临界点,晚霞已经完全熄灭,黑夜笼罩了天地。反复吟唱的歌声震耳欲聋地冲刷着马可的身心。时光流逝,昼夜交替,又有谁能伸出手,穿越白天和黑夜?

彭卓拽拽他问:你喜欢这支歌吗?我们买一盒?马可说:不,人太多了,我们走吧。

摊子的小老板注意到了他们,热情地喊住他说:来看看吧,十块钱三盒。马可摆摆手,走了开去。这样的歌声是不能买回去听的,由于偶然的机缘,你遇上了它,你听了,然后你就应该走开。他们随着人流漫无目的地走着,前面就是湖南路商场，马可找个地方把车子锁好，他们走向高高的台阶。天已经完全黑了下来，彭卓摘下了她的墨镜。马可看看她，现在他看见了她完整的那张脸，乍一看，反而有点陌生。

她笑吟吟的，一望而知心情很好。不用问马可也知道，她的片子肯定进行得很顺利。也许已经完成，她是出来散散心的。他们一前一后相跟着走上台阶。看上去他们近在咫尺，其实相距遥远。

商场很大，是一个商品的宫殿。人很多，摩肩接踵，锃亮的大理石地面上闪现着凌乱的人影。琳琅满目的商品摆在货架上，顾客们在柜台前挑选着他们中意而又力所能及的东西，把它们带回去，给他们的庸常平淡的生活增添一丝亮色。半个小时后，马可和彭卓就从电动扶梯上走了下来。他们什么也没有买，或者说他们两人都没想到在一起买样什么东西，带到某一个共同的地方去。快出门时彭卓从口袋里掏出几个口香糖，她递给马可一个，马可摇了摇头。

门前的大厅右侧是钟表柜，柜台里，货架上，摆着无数的钟表。电子表、机械表，石英挂钟、台钟、仿古的座钟，林林总总，令人眼花缭乱。那些钟看上去有圆有方，形态各异，有的高可及人，有的只像一个孩子的脸；或古朴庄重，或玲珑稚拙。马可从这些钟的身上看出了性格，它们真像是各色各样的人啊。他停住脚步说：我们看看吧，现在的钟表可真是漂亮。他指着架子上的一个座钟说，你看，那差不多就是一个雕塑。彭卓站在他身边，微笑着说：你可真不愧是个画画的。营业员是个二十岁左右的圆脸姑娘，她迎了过来，含笑看着他们。马可指着货架上的那一排座钟问：那些钟都是会报时的吧？营业员说：是的，她看看墙上那些走着的钟说，马上就六点了，你们可以看看，很有意思的。

满眼都是钟表。所有的钟表都告诉他们，六点马上就快到了。他们等着。一些路过他们身边的顾客也停了下来，他们站在柜台前，饶有兴味地看着那些闹钟。

那是一些西洋式的座钟，和马可几年前在北京故宫钟表馆看到的西洋座钟十分类似，当然这些都是仿造的。它们静静地，以自己固有的节律往前走着。六点越来越近了。马可突然发现，那一排座钟各自的指针所指的位置并不完全一致。这时，中间的那个钟首先发出了一阵嗞嗞嗡嗡的声音，声音响过，两个小人从后面走了出来，他们手执鼓槌，你一下我一下地敲着鼓，一下、两下……六下，敲完鼓，他们分成两边又走了回去……等了几分钟，感觉上是那么漫长，右边的那个钟又开始动作了，一扇小窗，伸出了一根树枝，一只小鸟站在上面，它伸着脖子，叫了六声，树枝缩回去，窗户又合上了。在它的六声鸣叫声中，无数走动着的钟全响了，各种各样的钟声叮叮当当地此起彼落，弥漫在整个商场的大厅里。更多的人围了过来，猛然间又是一阵欢呼，又一个座钟开始了表演，一只公鸡正在啼叫。一个孩子拽住他爸爸的手说：爸爸，我要那个公鸡钟！他爸爸劝着那个孩子，把他往外拉。孩子哭了起来。

马可慢慢地挤出了人群。他看看自己的表，时针指在五点五十八分。他的表慢了。彭卓也下意识地抬起手腕，她对着墙上的电子钟，拨了拨自己的手表。马可好奇地想，她的表是慢了还是快了呢？他们往商场外走去。彭卓想起了什么，问：你那儿的闹钟不是坏了吗？要不要买一个？

马可说：我已经拿去修了。我们走吧。身后的钟声还在响着，高高低低，零零碎碎，宛若眼前街头的彩灯，绵延不绝，仿佛永远不会停息。

出了大门，远远地又看到了那个卖唱片的摊子，反复播放的歌声幽灵般飘了过来：……

你永远不懂我伤悲，像白天不懂夜的黑，像永恒燃烧的太阳，不懂那星星为什么会坠跌……明明暗暗的光线照在马可的脸上，他的心中涌上了一片潮水似的悲凉，难以言说。

头倒不那么晕了，如果不注意，尽可以忽略它。马可没有提起自己的身体。也许他仍然希望着彭卓还会想起来，主动问一下，但是她没有。同病相怜。也许只有真正同生了一种病的人才能相互同情。彭卓很健康，而且她最近很顺利，所以她确实忽略了一些东西。马可的表情非常漠然，一种淡淡的，没有任何信息的冷漠。这样的表情似乎也影响了彭卓，她也沉默着，彼此都没有再提起新的话题。但事实上她仍然站在她自己的那个世界里，她的内心是快乐的，由于她的电影，也许还有别的一些什么。她现在只是受到了马可的某种感染。她有她自己独立的世界。几个小时后，马可就清晰地感觉到了这一点。

这是丰富的一天。有好些事马可原先没有想到。看病的经历就不用说了，然后又是跟彭卓的邂逅。在湖南路口，他们吃了一点小吃，然后就分手了。马可并没有要求她到自己的住处去。某种欲望在心中的暗处闪烁着，但马可移开了他的视线。彭卓没有骑车，她招了一辆出租车。直到上了车，她也没有提起她将要去哪儿。她挥挥手，汽车开动了。尾灯在前方闪烁着，拐了个弯，然后就不见了。

马可慢慢地蹬着车子。他不着急。城西的住处永远是他独自的栖息地，只要他能够按时交出房租。没有谁会在等他。路过十字路口的钟表修理铺，他才想起自己还有东西在这里修。钟倒是修好了，老头唠叨着说他花费了很多力气，还搭上了几个零件，马可知道他无非是想多要点钱。他不想多费口舌，按老头开的价付了钱把钟拿走了。剩下的路已经不多，拎着装闹钟的袋子骑车不方便，他一路推着车回去。他想起后天他还要去医院看检查的结果，但他现在已经不再着急了；后天总是要来的，急了也没有用。时间是一条平缓的河，永远没有瀑布。进入城西，行人渐渐稀少了，有一些人在街头纳凉，他们在路灯下打着扑克。远远地传来了争吵声和扇子拍打身体的声音。

拐了个弯，马可看到了自己的家。他同时也看到了一个人影。一袭白色的裙子。是彭卓！他有些吃惊，分手以后，他甚至都没有去猜测她会到哪里去，但现在她来了。马可感到了一丝歉疚。他下了车，迎了上去。彭卓微笑着等着他开门。

马可没想到今天还会再见到她。她为什么又来了呢？马可有些不知所措。他心中微微有些感动，但他猜不透她的心思。

在这样一个夜晚，他们相识以来的所有往事都浮出了水面，它们像一尾尾大大小小的鱼，露着它们的脊梁，游成一条直线，从马可周围擦身而去。他们确确实实共同度过了一段时间，有些事情虽然已经成为过去，但它们并不遥远。记忆的鱼儿已经远去，但水面仍在微微荡漾。马可记起了医生对他的提醒，他一杯接一杯地喝着水。他们相对而坐，顶灯低低地压在桌子的上方。

桌子很小，他们坐得很近，灯罩下的光圈笼罩着他们。他们坐在同一个圈子里。但马可此刻仍然感到了一种距离，这令他微微有些不安，也许还有些歉疚。回想起来，彭卓似乎确实没有做错过什么。是的，他们共同度过了一段时间，但好像不能说他们共同走过了一段路。问题也许是出在自己身上。从画展到现在，或者说从他们相识开始，马可就一直处于一种焦躁、惶恐的探寻当中。他不是在走路，而是在舞蹈，一种舞步凌乱的舞蹈。彭卓跟了几步，但她终于跟不上了，或者说她确实也不想再应和这没有舞曲的舞步了。

彭卓一直很平静，她微微地含着笑。她似乎正为自己今晚的行动而感到小小的得意。她注意到了马可刚开始画的那幅画。她评价说它很像是她在海南黎寨看到的黎族壁挂。听她一说，马可也觉得很像。那些尚未完成的人形很像是一群舞蹈的山鬼。马可注意到彭卓的嗓音有些沙哑，想来是最近过于辛苦的结果。这种沙哑平添了一种惹人爱怜的意味。多希望此刻这个沙哑的嗓子能问一问自己的病情，但是她一直没有。马可没有问她的影片，她也没有询问马可的病情。他们只说着眼前的事情。没有过去，也没有未来。这是一种捉摸不定而又令人失望的状态。窗外的蝉儿叫着，窗外的蝉声又渐渐稀疏下来，夜已经很深了。如果要走，她该动身了。马可抬眼询问了她一下。她避开马可的眼光，说：我去冲一下吧。

心底的欲望再次升腾起来。仿佛有一群怪兽正躲在黑暗的角落里瞪着它们闪亮的眼睛。他们冲凉时手脚都很麻利。半小时后，他们躺到了床上。彭卓这时想起了什么，问他，你头还昏吗？你去看了吗？马可说：没什么，现在好了。等两天我去看看吧。他们紧紧地拥在了一起。他们互相亲着对方，抚摸着。然而这时，马可突然感到要上厕所，这是刚才喝了那么多水的结果，或者说是他生了病的结果。这相当扫兴。他从厕所回来，彭卓又一次紧紧地抱住了他。

一切都真正开始了。这是他们最后一次做爱。马可的感觉非常不好。他不断感到尿急，这连他自己都感到滑稽。如果光是这个，还不至于完全破坏他的感觉，他们毕竟好久不在一起了。事实上，彭卓也依然激情澎湃。她喃喃地呼唤着：麦克儿，麦克儿。我们又抱在一起了对吗？马可含混地应道：唔，唔。

她继续喃喃地说着：我们终于战胜了一切阻碍走到了一起，是吗？

马可的热情也被燃起来了。他答道：是的，是的。在这个时候，一切不快和芥蒂似乎都烟消云散了。

彭卓继续说道：天是那么蓝，我们的身下是绿茵茵的草地。麦克儿，麦克儿，我们应该融化在这无边的春色里……

马可愣住了。她说的这是什么？她的声音立刻让马可看到了一个巨大的银幕，雪亮的光柱下，自己赤裸的身体此刻正映在上面，黑暗中无数的观众注视着自己。彭卓还在说：乌云要来了，你怕吗？

马可停住了。彭卓说：你应该说，不怕！

马可觉得自己一下子泄了气。他问：在你的片子里，那个主角叫麦克儿，对吗？

彭卓愣了一下，说：是的。我不是告过你吗？

马可吃吃地笑了出来，他翻身躺下来，长长地叹了口气。他冷笑着说：这些老外就再也翻不出什么新花样来了吗？

彭卓伸出手臂抱住他。马可轻轻地推开了。他坐起了身。清冷的月光照在那幅没有完成的油画上。一群排列着的人，一幅彼此靠近却又没有沟通的图景。这里是他的房间，他的世界。

他彻底明白了，彭卓一直只生活在她自己的世界里，而且，永远。

他又一次感到了尿急。走到厕所，看着镜子里那个头发蓬乱的人形，他感到有些好笑，几乎笑出了声。他走回房间，看到了彭卓那张愠怒而又有些迷惘的脸，但是他没有办法。那张脸变得越来越模糊，似乎正疾速地离他而去，只剩下一个恍惚的影子。

深夜里，相顾无言的沉默是难耐的。彭卓打了个哈欠说：睡吧，我明天还有事情。她伸手够到床头的那只闹钟，拿起来上弦。马可说：我今天拿出去修好了。彭卓"嗯"了一声说，你也睡吧。

时钟发出嘀嘀嗒嗒的声音。月光照在彭卓的身上，马可躺在靠墙的黑暗里。

7

马可再一次出现在展览大厅里，已经是两年以后了。两年，七百多个日夜，他独自生活在这个城市里。他读书，作画，偶尔也用他的手艺打打零工，挣点钱。挣了钱他就带上他的画架出去旅游，写生。麦城的变化日新月异，每一次从外地回来，他都会发现一些新的变化：正在修建的大楼又长高了，某一个地方又在开始开挖；原先泛绿的枝条吐出了嫩叶，或者，茂密的树叶已经枯黄，开始凋零了……时光在无可挽回地流逝，回想起来，他似乎并没有做什么，但此刻置身于这个展览大厅，他仍然感到了一丝安慰。

这是马可的个人画展。两年过去了，他终于再次回到了这里。还是这个大厅，还是这个季节，但这次展出的只是他一个人的作品。以前的那些朋友，包括那些当年给他们的画展捧场的人，差不多全部风流云散，各奔东西了。现在看来，两年前的那个画展就像一个岔路口，两年过去，出国的出国，改行的改行，还有一个遇上了车祸，早早画上了生命的句号。马可筹备画展期间，好不容易才找到一个任晖。他已经不再画画，搞了一家装潢公司，听说干得很红火。他答应来看看。

画展计划举办一周，马可有空就来看看。两年后的今天，他已不像以前那么易于激动。置身于自己的作品中，他的内心非常平静。有多少人来看他的画展，将有些什么人会来到这里，他已经不再那么在意。这种周身澄彻的平静，连他自己都感到有些吃惊。

应该说，这两年他过的是一种有规律的生活。头有时还会发晕，但他已不再惊慌。最后的诊断结果他看到了，脑血管有些毛病，供血不足。这是一种有先天因素的家族性疾病，因为远在外地的父亲来信说，他也时常感到头晕。这是没有办法的事，只不过他的症状比父亲来得早一些罢了。就像他生来就喜欢画画一样，这也是与生俱来的，抱怨谁都没有用处，也没有道理。他只能自己注意，必要时吃一点药。幸亏他的生活条件比以前有了改善，不知是他画得更好了，还是他无意间汇入了某种潮流，总之现在常常会有买主找他索画，他在麦城画界也有了相当的知名度。他可以平静地生活，按自己的愿望画画，不必经常为生计发愁，这已经使他心满意足。

大厅里很安静，有三三两两的观众在轻轻地走动，还有人用笔记着一些画的标题。没有人知道那个站在门口的男人就是这个画展的主人。马可的长发早已剪掉了，一副平常的面容，看上去他现在真不像是一个画家。这是画展的第三天，任晖第二天来了一下。他看上去很忙，左右手各戴了一个硕大的金戒指，从里到外已经完全是一个生意人了。他浏览了马可的全部作品，脸上流露出一种恍若隔世的表情。分手时他似乎开玩笑地说：我有空再来吧。你还记得上次在这儿我弄的行为艺术吗？说不定我还要展示展示的。你等着吧！

想起任晖那次的"展示"，马可微微地笑了。这真是一种恍若隔世的感觉啊。他想起了那个夏天的夜晚，那一夜，他和彭卓都没有睡好。彭卓不断地翻着身，好像有什么心思。某种决定也许就是在那一夜做出的。那是他们分手前的最后一夜。

第二天清早，马可迷糊中突然被闹钟惊醒。连绵不绝的闹铃声尚未停止，彭卓已经下了床。马可怔怔地看着彭卓，看着她洗脸刷牙，在脸上画着淡妆。两人一直没有说什么。在这个时候，无论什么话题似乎都是不合时宜的。彭卓看着坐在床边发呆的马可，只说了一句：你也洗脸刷牙吧。马可慢腾腾地走过去，看到彭卓已经顺手给他把牙膏挤好了。彭卓说：我先走了。我最近一直很忙，你知道的。这一阵我不大能来看你了。马可含着满嘴的牙膏沫"唔唔"地应着。彭卓临出门时说：你自己好好照顾你自己吧，我走了。她迟疑了一下，好像有什么话还要说。马可跟到了门口，看着她。彭卓摆了摆手说了声：再见，就转身走了。时间并不很早，但太阳已经很高了。阳光照在她渐渐远去的身上。然后一拐，看不见了。

　　马可预感到她再也不会到这里来了。这将是他们的真正的告别。他说不清他此刻的感觉，只觉得空，一种莫名的惆怅。房间是空的，天地是空的，内心也空空荡荡。有骏马在奔驰，清脆的足音响彻天地，那是往事的足音，现在听来虚无而缥缈。他回到房间，那只闹钟正一板一眼地走着。正是早上七点，秒针分针和时针正好重叠在一起，然后很快，它们又分开了。是的，每根指针都有自己不同的节奏，只要钟还在走，它们就只会邂逅，而不会永远重合。是的，就是这样的。

这一天马可什么事也没有做。猛然抽空的心里也容不下绘画。他几乎一直坐在自己的房间里，偶尔也上街上去转转。第二天傍晚，他终于还是没有按捺住自己的冲动，给彭卓打了个寻呼。他在电话前等了半个多小时，没有等到彭卓的回话。他知道，一切确实都已经结束了。

回到房间，马可躺到床上。房间里很静，闹钟嘀嗒嘀嗒地走着，他就这么看着它。钟看来修得不错，里面的发条是彭卓前天夜里上好的，现在它还在走。嘀嗒嘀嗒，嘀达嘀达……这里面储存的是她的力量！马可心头突然间涌起一阵伤感。这是她留在这儿的最后的力气！眼看它就要耗完了。马可坐起了身。不知过了多长时间，钟渐渐慢了下来，它停了一下，又走了几步，终于完全停止了。三根指针分布在不同的地方。

马可长长地松了一口气。他心里的弦儿也完全松弛下来。他拿起闹钟，把它放到了抽屉里。

从此以后，马可再也没有见过彭卓。麦城实在是太大了。

画展的最后一天，任晖又来了。和几天前相比，他好像是换了一个人。在某种程度上他又变成了两年前的任晖，一副忧世伤生，落拓不羁的艺术家形象。也许是最后一天的缘故，这天的观众比前几天要多，几乎每幅画前都有人在驻足观看。任晖一出现，很快就引起了众人的围观。这两年，麦城人比以前见多识广多了，围观的人并没有起哄，但也相当热闹。马可也吓了一跳。他看见任晖旁若无人地在大厅里走着，好像在找着什么东西，嘴里还喃喃地说着什么。这就是他让我等着的"行为艺术"吗？马可几乎笑了出来。任晖的脖子上和两年前一样，挂了个牌子。牌子是三夹板做的，想来是他装潢店里的边角料，这比从前有了改善。牌子上写的字也和以前不同，那次是寻找自己的另一半，现在写的是：寻人启事——找任晖。马可宽容地微笑着，突然，他脸上的表情凝固了，有一种感觉重重地击中了他。任晖他是在找他自己呀！他丢了自己，他现在正在寻找。马可从任晖迷茫的脸上看到了真诚。他退到人群外面，远远地站在大厅的一角，心中一片苍凉。

任晖终于摘下了胸前的牌子，把它扔到墙角去了。人群议论着散开了。马可迎上去，给他递了支烟。任晖一时还无法从他自己制造的情境中走出来，默默地吸着烟。两人都没有说话。

还有两个多小时画展就结束了。夕阳射进大厅，斑驳地照在地上。马可跟任晖打了个招呼，沿着墙慢慢地走过去，他要在这儿最后再看看自己的作品。

这里所有的画都是他一笔一画画出来的。他几乎能清晰地记起每一幅画的创作过程。墙上的画从他眼帘中一幅幅流过去，勾起了他两年生活的记忆。展厅里还有很多人，只有马可心里是一种别样的滋味。走到大厅的东头，马可首先看到的是那幅名为"动静"的画。他此刻才发现，自己似乎特别地惦念着它。那是一幅静物，画面上是一只破旧的闹钟，静静地立在桌上。一些零件散落在它周围，发条被拽了出来，软软地挂在桌角；三根指针凝固在画面上，各自站在不同的位置。指针所处的位置在别人看来别无深意，只有马可知道，这只闹钟现在还躺在他的抽屉里。时间在两年前的那一刻就凝固了，直到现在。

周围光线昏暗。画的下面站着几个人。马可突然看见了一个身影。一袭长长的乳白色风衣，一个颀长的背影。在那一瞬间，马可的心狂跳起来，他一阵恍惚，仿佛又回到了两年前的那个黄昏。是她吗？真的是她吗？发型似乎不一样，两年前她松松地绾在长发上的鹅黄色发带马可至今记忆犹新，可他现在看到的却是短发。马可压抑住自己的心跳，慢慢地走了过去。

女人似乎注意到有人正在注视自己，或者她只是正好看完了展览,她轻捷地向东边的大门走去。马可生怕自己会失态,他紧跟了几步。但她没有回头,呈现在马可视线中的一直是一个背影。马可不敢肯定,她是不是彭卓。他的眼睛有些模糊,他鼓起勇气想喊她一声,但没等他开口,女人已经走下了高高的台阶。路边夹拥着的紫藤淹没了她的身影。

马可站在大门口,呆呆地望着前方。他盯着一个花木稀疏的地方,但那个身影再也没有出现。

一切又过去了,只好像一个干脆而又苍凉的手势。这时任晖走了过来。他奇怪地问:马可,你在看什么?一个熟人吗?

马可说:不是。我看错了。他说:这儿环境挺不错,是吧?

任晖说:确实不错。

游 刃

一

叶霜红有一把刀,纯钢的。她用它切蔬菜、切水果,有时还用它切肉。按说,生熟菜用刀应该分开,但叶霜红不理这个茬儿。刀很快,白刃如霜。叶霜红有一次学着古书上说的,拔了几根头发搭在刀刃上,用力一吹气,再吹气,头发却一根也没断。叶霜红并不因此怪她的刀不快,她想的是,书上的话可不能全信;书上的假话,正如老实人说的谎,特别容易让人上当。

叶霜红见过太多的书呆子,这些人几乎没有吃得开的。叶霜红认定,一个女人决不能用呆气去读书。有些书是骗人的,它们都很美,开头尤其吸引人,你一不留神就会滑进去,但你却决不可能获得书中的完美结局。叶霜红上过书的当，也吃过书没读好的亏。上高中的时候，她和一个男同学谈恋爱，谈得很认真，很投入，上课的时候眉目传情，放学以后经常一起逛街；晚上通电话，差不多一个星期还要写一封信。现在叶霜红常常在心里自嘲，认为那是小猫小狗的爱情，但当时她可没想到这些。他们恋爱的后期，高考临近了，他们都很认真地复习，在最炎热也最艰苦的那段时间里，那个男孩提出两个人分开看书，男孩说，我们一定不能分心，要考好，考上同一所大学，同一个专业，那样我们就可以在一起读书了。他们甚至商定了具体的学校和专业。他们的功课都属中上，叶霜红相对还要好一点。这样的计划很美好，看上去也相当实在，然而最后的结果是，那个男孩榜上有名，而叶霜红却考砸了。

　　叶霜红惊呆了，她看着自己的分数单，宛若五雷轰顶，一切的美好设想都像沙滩上小孩子堆砌的城堡，海浪一冲，立即无声地坍塌了。考完两门后她就知道考得不好，但这个分数是这么的尴尬，本科上不了，专科也就差几分。索性差个十万八千里也就算了。这就像跳高，从横杆上高高跃过当然光彩，横杆太高，从底下一钻而过也就彻底死了再跳的心思，最可恨的就是下了死力气，却不高不矮把那根横杆撞出老远。这是最令人沮丧的情况了。叶霜红大哭了一场。她本以为男孩会来安慰她,但他没有。她从别的同学那儿知道,他已经在收拾行装,准备到学校报到了。叶霜红恨他,恨自己。她心里还奇怪,他怎么就考上了呢?他们上中学的时候,一起看电影、溜旱冰,一起看武侠小说,一起打游戏,考试时有时还一起作弊,常常还是自己帮他,可是他死用了几个月的功,竟然真的考上了。叶霜红由此第一次感到了男人的厉害,也注意到了男人的神秘。叶霜红在家里伤了几天心,发了几天呆,电话铃一响她就以为是他的电话,后来一次次失望,她都懒得去接了。按常理,她本可以打个电话去祝贺一下,但她觉得自己打电话过去话很难说,想想,本来两人信誓旦旦,相约在大学校园,现在人家就要去赴约了,自己却去不了,你说什么好呢?拿到高考成绩的第三天下午,她决定还是要到男孩家去一下,她想见见他。为了自尊,叶霜红已经在家里躲了好几天,她沉着脸这里坐坐,那里摸摸,但是心却像片柳絮似的没个着落处。她在家里又蹲了一天,等两眼的红肿全退了,这才出门。

　　路是叶霜红走熟走惯了的。她头脑空空,仿佛是她的双腿带着她的心、拖着她的身体往前走。男孩家住的是平房,她去的时候正是傍晚,全家人正忙得喜气洋洋。男孩的妈妈正在收拾墙角的几件行李。看见叶霜红来了,她很客气地招呼了一下,马上喊男孩出来。男孩乍一见她有点慌张。他这一慌,叶霜红心里立即透亮。他们进男孩的房间，但没有像往常那样把门关上。男孩的爸爸原本就比较喜欢叶霜红，他端了一盆切好的橙子进来，叶霜红拿起一片，他一转身出去，叶霜红就把橙子又放回盘子里。他们两个无话可说。男孩桌上摊开的书是叶霜红买的，《侠客行》的上册，叶霜红目光在上面稍一扫，男孩马上拿起来，翻了几下，说，我刚刚看完，正好还给你。叶霜红心里冷笑，她没有伸手接书，反而从口袋里又拿出一本，是《侠客行》的下册，她原本是带给他看的，现在没有必要了。叶霜红把两本书并在一起，卷在手上。她说，我走了。她看见男孩的脸红了。男孩送她出门时，他妈妈在门口说，走啦，不再坐一会儿吗？你们以后就不常见到了，再坐一会儿吧。叶霜红没有答理她。他妈妈又自顾自地说，现在也真是，连个炮仗也不给放，家里一点喜庆也没有！叶霜红看见男孩狠狠瞪了他妈妈一眼。叶霜红的脸涨得通红，她快步走出了门。她一句祝贺的话都没有说，她也不想说。她想原来他家的人对她是多好，可今天自己肯定还不如一串炮仗，炮仗还能增添喜气，可今天她是讨人嫌的。

　　叶霜红头也不回地走远了。从背后看过去，她的步态自如、坦然，其实她的眼泪早已流了出来，面颊凉飕飕的。她猛然发现自己走错了，本该过街却没过，但她担心被身后的眼睛笑话，索性沿着墙根一直走下去。到无人处，她捂住了脸。

她在外面吃了一碗面条。回到家，家里人正等她吃饭，她说自己已经吃过了。她父亲问她在哪儿吃的，叶霜红不耐烦地说，你不是知道我到同学家去吗，我在他们家吃过了。她父亲眼睛一亮，连连夸那个男孩聪明，有前途，说，这个小家伙不错！她妈妈也凑过来，唠叨个不停。叶霜红烦透了，她躲进自己的小房间，把声音关在外面。声音关不住，声声入耳，她隔着门喊道：你们别烦了好不好！还让不让别人看书！她父亲说，你还打算再考啊？你要是想上的话，我们单位有几个代培的指标，专门照顾马上就要退休的职工的子女。你要愿意，我就去报个名。叶霜红一听，猛地把门拉开，说，有这种好事？

父亲说，我也是才听说，我骗你干吗？

叶霜红说：那我要上。你去想办法。

她父亲说：你就等着吧。

他显得挺有把握。叶霜红心里很疑惑，有点云里雾里。她一贯在心里瞧不起她的父亲，懒惰、窝囊，还又贪杯，一辈子就当了个小科员。她根本就不相信代培的事能成。他要忙就让他忙去吧。她躺在床上，前思后想，觉得自己没考上，首先是家庭环境差，不是书香门第；她甚至怀疑自己的脑子也不太灵：老子就这个样子，女儿又能怎么样？还有，她自己太傻了，复习期间，甚至考试的时候，脑子里还满是那个男孩。把未来想得太美，未曾考完，四肢先酥了，脑子先醉了，还考个鬼！可恨那个混蛋倒是稳扎稳打、步步为营，竟然考上了。他调好一瓶酒，你一杯，我一杯，自己一点事儿没有，把个叶霜红醉倒了。叶霜红倒了他不管，自己径自上大学去了！叶霜红恨得牙痒痒的，脸上的眼泪是没有了，皮肤绷得发脆。那一瞬间，叶霜红恨不能拿把刀捅他一下。要知道，这次恋爱是叶霜红的初恋，而且她当时以为这也就是最后一次爱了，她是准备和他结婚，过一辈子的。

男孩在叶霜红的精神上留下了深刻的印记。他还有一些东西留在叶霜红这儿，叶霜红把它们理成了一堆，准备找机会还给他。有一把刀是他们在扬州玩的时候跟一个哑巴买的。合手，锋利，看上去又很漂亮，叶霜红把它留下来了。那时候夏天他们在叶霜红的房间吃西瓜时，他喜欢把刀顶在拇指跟上用食指拨得刀滴溜溜转，引得她一惊一乍的。叶霜红非常喜欢这把刀。以后她搬了好几次住处，刀她却一直带着。

叶霜红还真的上了大学，是代培的大专。叶霜红简直不敢相信她父亲还能办出这样的漂亮事儿。后来她才知道，父亲的单位因为效益极差，除了实在没办法的，没人愿意让子女自投罗网。不过单位欺她父亲膀子不硬，压根儿不肯出钱，最后她父亲自己给单位交了培养费,单位才给她办了手续。

但不管怎么说,叶霜红去上大学了。

她从此不再提那个男孩的名字。她的新环境里没人知道,原来的熟人也渐渐地把他们的那段故事淡忘了。说起来,哪个女孩没有这样一段最初的、不成功的故事呢?她的学校和那个男孩所在的学校各自位于城市的两侧,但他们的家相距不远,有时他们还会偶然碰上。刚开始时她的心还会猛地刺痛一下,后来就变成了一种痒丝丝的感觉,好像是阴天的陈年旧创。旧创在她的隐秘处,外人并不知道,只她自己有数。

叶霜红觉得这样的感觉并不坏,甚至对她还挺有好处。

二

叶霜红长得不错,刚进大学时还有点小丫头模样,半年以后就出落出来了。她不属于那种一露面就光彩照人、四座惊艳的类型,而是一个不显山不露水的温柔可人的女孩。她如果着意打扮化妆也可以引人注目,但有些古话其实是很有道理的,"红颜薄命",但这句话落不到她的头上;过于招人不是什么好事。从二年级开始,系里的男生们开始给他们属意的女生取绰号,有几个女生被他们归纳起来,称做"两菜一汤"。"两菜"

指的是两个姓蔡的女生，长得漂亮，风流，绯闻不断。"一汤"指的就是叶霜红。叶霜红开始还不知道这个绰号是什么意思，后来蔡坤一点破，她气坏了。她找个机会向一个嬉皮笑脸的男生发了火。凭什么呀！蔡坤姓蔡，被他们说一说还有点道理，可自己并不姓汤呀！蔡坤倒是并不在意被男生们挂在嘴上，心里还有点得意，她劝叶霜红道：他们狗嘴里吐不出象牙，是拿你凑凑数的，我们系里没有姓汤的女生，只好拿你这个叶子来做汤了。叶霜红正色地说：什么叶子叶子的，你可不要再给我叫出什么难听的来！

没想到，从此叶霜红又有了一个绰号：叶子。慢慢地就叫出了名，叶霜红默认了。"两菜"是两个荤菜，而叶子是素净的，叶霜红很满意这种对比。她决不愿意自己像支香烟似的老被男生们挂在嘴边。事实上对她有意的男生很不少，她对他们也很礼貌客气，但就是不假以辞色。她显得很随和，但是很有主见。她读自己的书，做自己的事。

叶霜红和蔡坤住同一个寝室。她们的房间是正对楼梯的那一间，小而窄，住两个人。在叶霜红看来，蔡坤的身体是吸引男人的目光和流言蜚语的箭靶子，她漂亮、性感，但是太轻佻了，是个不知道保护自己的傻女人。叶霜红和她住在一起，因此目睹了好几次情感的聚合和分离。大学才上了两年吧，算一算，蔡坤已经谈过三个男朋友了；有两个时间太短，不超过两个月，还不算在内。叶霜红冷眼旁观，她发现，蔡坤每一次交男朋友都是认真、投入的，可是也许正是因为她投入得太快了，太认真了，男孩最终都会离开她。每一次蔡坤都会哭一场，伤心好几天。蓬头乱发，其状堪怜。可这并不妨碍她不久后再去爱上别人。蔡坤就像个贪水的小孩，见了一汪好水就要跳下去，扑腾两下，再上来。蔡坤为了恋爱而伤心的时间很多，这几乎成了她的一种常见状态。叶霜红看着她，就像看见一个贪水的孩子湿衫裹身，被冻得瑟瑟发抖，流鼻涕打喷嚏，又可怜又可恨。叶霜红说她是"多情的种子乱发芽"，她还不服气。

　　叶霜红暗地里观察了蔡坤前后的几个男朋友，觉得没有一个瞧得上的。长得有好有差，这一点也还在其次，主要是，综合水平都不高，不上档次。这些男生一个个都很肤浅、单薄，还喜欢夸夸其谈。一个男朋友，不光要给你提供爱情，还应该能够给你提供实在的帮助。就叶霜红班上的男生而言，放眼望去，没一个够格。叶霜红看着他们，心不跳，脸不红，没感觉。

　　叶霜红很平静地读着大学。她的心有很多表情，但脸上总是文文静静的。他们这个班全是代培的学生，学校不甚重视，前两年每年换一个班主任。叶霜红对这一点很恼火，也有点泄气。这两个班主任都很喜欢她，对她不错，但是都没有能当到最后，当到她毕业。三年级开始，新班主任又到任了，是个刚从本校外系毕业的学生，叫秦光。秦光的家不在麦城，是外地农村的。他刚从学生变成老师，工作特别有热情。他经常到学生宿舍来，学生们叫他"秦老师"，他的脸还要红一红。班上有几个男生原来就认识他，和秦光聊天聊得高兴，有点得意忘形，有时就会直呼其名，这时候秦光的脸就会一红，表情会顿一顿。那些粗心的男生是注意不到这些的，或者注意到了也不屑去琢磨。可叶霜红看出秦光在乎这个。碰到秦光时，如果有其他同学在场，叶霜红一般不主动搭话，只静静地站在一旁；如果是单独碰上，叶霜红就会红着脸轻轻地喊一声："秦老师。"秦光红着脸应一声，然后他们各自走路。秦光虽然没有回头，但他头脑里有叶霜红远去的背影在走。

叶霜红不是班干部，但班上有活动，秦光布置她一点工作，她会悄没声地妥帖地做好。秦光对她印象非常好。

秦光到男生宿舍去过以后，往往会穿过马路，到女生宿舍来坐坐。蔡坤很健谈，话多，秦光经常和她聊天。叶霜红坐着听，或者看看书，偶尔也插一两句话。蔡坤对秦光很热情，常常拿叶霜红的水果招待秦光。她们宿舍只有一把刀，就是叶霜红从家里带来的那一把，她们有时买点菜回宿舍自己做饭，也用这把刀切菜。蔡坤削水果时就把刀从砧板上拿过来，也不擦，油腻腻的就削。秦光到底是从农村来的，并不在乎。叶霜红心里很不快。她觉得秦光对蔡坤似乎有好感。她奇怪，怎么会的呢？难道秦光对蔡坤还不了解吗？他可能还不知道她的恋爱经历，但蔡坤名声不好，他总该有所耳闻吧？叶霜红认为一个女人的恋爱老是失败，肯定有她的必然性。习惯性失恋就像习惯性流产一样，一旦落下病根，就很难治好。叶霜红想到这儿，心里又有了底。

有一天傍晚，叶霜红正在洗头，秦光来了。叶霜红有点慌乱，她平时打了个独辫子，这会儿却披头散发，发梢还在往下滴水；盆里的水是第一遍洗头水，浮着灰色的泡沫，显得挺脏，叶霜红很不愿意让他看见自己的这副模样。她招呼他坐，一面用身子掩着水盆，出去把水倒掉了。叶霜红给他泡了一杯茶，找块手帕把头发绾在脑后。秦光坐在凳子上，叶霜红倚在他对面的上下床上用干毛巾擦着头发。他们一时找不出什么话来说。叶霜红额上有一绺湿发贴在眉毛边，秦光忍不住想提醒她；她的脸上湿湿的，鼻子那儿挂了一滴水，两腮绯红，秦光看得痴了。他立即意识到什么，脸一下红到耳根，他搭讪着说，蔡坤出去了？马上就觉得不好，却已收不回。叶霜红若无其事地说,她出去了。好像是个男生在下面把她喊走了。其实叶霜红回到宿舍蔡坤就已不在,她并不知道蔡坤哪儿去了。叶霜红说,你找她有事啊?

秦光忙说,没有。我顺便到你们这儿来看看。秦光这会儿已经自然下来。他开玩笑地说,怎么,一定有事才能来呀?

叶霜红说,哪能呢。我看你每次来都和她聊得挺欢的。

秦光说,哪儿呀。我是和你们两个聊天,只是你不太爱说话。

叶霜红说,我没有蔡坤会说。她活络得很。

她活络吗?秦光说,我问你个事儿,有几个男生喊蔡坤的时候,老是拖腔调的,还偷偷地笑,这是怎么回事?

叶霜红笑着说,我也不知道。

秦光说,不,你知道。

叶霜红说,可能是她有个绰号,叫什么"彩色宽银幕"吧——你肯定听说了。

秦光说,我真的不知道。这是什么意思?蔡坤——彩宽,是彩色宽银幕的缩写吧?

叶霜红说,对呀。他们大概是笑蔡坤长得胖、宽,又喜欢穿大红大绿的鲜衣服吧,这帮男生不是好东西!

秦光稍一想,哈哈大笑起来。叶霜红笑一下,说,秦老师，你可不能说是我告诉你的。蔡坤知道了要跟我吵架的。

秦光说，我当然不会说。不过她就这么厉害？

叶霜红说，反正我不敢惹她。

他们随后又东一句西一句地说了一会儿话。天黑了，屋内的光线暗淡下来。

叶霜红拉开了日光灯。秦光说，蔡坤一般什么时候回来？叶霜红说，那可不一定。秦光说，她是在谈恋爱吗？叶霜红说，可能吧。秦光看着她说：现在大学里有不少学生在谈恋爱。你没有谈吧？叶霜红说，没有。秦光说，为什么？叶霜红说，不为什么。总不能因为别人谈我也就谈吧。正说着，蔡坤回来了，她神色委顿，似乎情绪不好。秦光随口说了两句话，就告辞了。叶霜红送他。一出门，秦光回头看看房里，两人相视一笑，好像共同保守了一个有趣的秘密。

从此以后，秦光和叶霜红就有了一种特殊的关系。虽然他们是师生，这种关系一旦罩上玫瑰色会特别地引人注目，这使他们两个都格外小心，但同时，他们的接触也就多了不少机会和借口。他们都不愿意招摇过市，他们最经常的见面地点还是叶霜红的宿舍。蔡坤有时中途回来，他们原来谈得挺热闹，一下子就会冷场，或者马上改变话题。蔡坤开始时很不满，有时还用话刺两句，他们都商量好似的显得很大度、友好，从来也不反唇相讥。慢慢的，蔡坤也就算了。应该说，她和秦光本来也没什么，她也并不缺乏男朋友，倒是不愿意再失去叶霜红这个女友。蔡坤和叶霜红也许说不上有什么友谊，但她们友好；一个宿舍就两个人，还闹别扭，有个什么劲呢？蔡坤想得挺开，她不但容忍秦光和叶霜红在自己宿舍里约会，后来，她甚至还主动提供一些方便。

叶霜红和秦光渐渐形成了一种默契。他们在人前很节制、客气，若无其事，私下里他们非常亲热。几乎每一天，白天和晚上，秦光都要在老师和情人之间进行一次角色转换，他沉迷于这种游戏。每念于此，秦光都会耳热心跳。他爱叶霜红。秦光家境不好，叶霜红其实也只是出身于小市民家庭，但她很会强调农村和城市的区别，她会在约会时对秦光当天在班上的讲话或其他表现提出批评，有时也会给一点赞许。叶霜红经常说：你这件衣服和裤子颜色不配；穿牛仔裤不能穿皮鞋，你不知道吗？秦光嘴上不一定服气，也不一定言听计从，但心里对她的审美眼光非常服气。秦光记得，前两年他们稻乡的一个大学生把对象带回去，那个女孩是城里的，他家里人那个兴得唷，恨不得敲大锣让全村人都去看。现在想来，那个女孩矮矮的，土土的，哪儿比得上他的叶霜红呢？他真的非常爱她。

有时候晚上在一起秦光非常激动，他们拥抱、接吻，互相抚摸。冲动之下,秦光还想进一步动作,叶霜红就会坚决地拒绝他。她说,我还在上学,我害怕出事。秦光说,出什么事?叶霜红说,你真不知道?万一我怀上孩子怎么办?!秦光说,不会吧?叶霜红说,不会,你怎么知道的?!你好像是老经验了嘛!秦光吓得再不敢开口。他虽然被拒绝了,但他还是觉得叶霜红好。持重、贞洁,多么难得。秦光以后抱着叶霜红时虽然还会冲动,但他立即就会想到怀上孩子这种危险,他的头脑里就会出现一个朦胧的婴儿,这个婴儿虽然不清晰,但是他是那么的大,那一瞬间几乎占据了他的整个脑子。事后回想起来,他觉得自己的大脑那一刻非常像一个即将破壳的旺鸡蛋。

很快,叶霜红只剩一个学期就要毕业了。很自然的,他们的恋爱多了一个共同的话题,那就是分配。本来,这件事与他们两个关系都不大。叶霜红是代培的,当然要回她父亲原来的单位;秦光也只担任这一个班的班主任,所有的学生都已有了去处,他不必烦这个神。但叶霜红越来越显得闷闷不乐,终于有一天,在秦光的单身宿舍,叶霜红说,我不想回我父亲的单位,你一点也不关心我!

秦光说,我可从来没听你说过。为什么呢?

叶霜红说,你应该想到的。我父亲去年就退休了,我到那个单位一点依靠都没有,我怎么办?

秦光说，那有什么关系呢？我在这个学校里又有什么依靠呢，不是也还可以吗？

叶霜红说，你可是个男人呀。而且——，她可怜巴巴地说，那个单位效益那么差，我会很穷的。

秦光不说话。因为事情确实非常难办。叶霜红说，你愿意我们今后很穷吗？

这句话打动了秦光。他说，我当然不愿意，可是，你是签了合同的呀，而且，那个单位出了代培费，能放你吗？

叶霜红说，对了，我想起来了，培养费是我父亲自己出的。我父亲把钱交到单位，再由单位交到学校的。肯定是这样！其实叶霜红已经盘算了好长时间，这一条是最有力的理由了。她看秦光满脸狐疑，得意地说，我父亲早留了这一手，宁可自己出这笔钱。他是很有韬略的。

秦光说，可班上那么多同学，要是都不愿意回代培单位，那不就乱了套吗？

叶霜红生气地说，你只想到你的工作！你就不想，他们也是自己出的钱吗？

秦光说，可你是我的女朋友，别人会说闲话的。

叶霜红的脸一下涨得通红。她大声说，学校知道了这层关系，更应该照顾！她哭了起来。没想到做你的女朋友，事情反而办不成!

秦光慌了手脚。宿舍里虽然没有别人,但单身宿舍隔音很差,他很担心叶霜红的哭声被同事们听见。门外有人走过去,走到他门口,脚步声小了下来,秦光想那人肯定竖直了耳朵。秦光着急地指指门外,叶霜红狠狠瞪了他一眼,擦擦眼泪,不哭了。秦光说,你哭什么呢?我们不正商量这事儿吗?你让我想想看,怎么个弄法。

叶霜红说,我也不是蛮不讲理,偏要你弄成。我们总得努力一下吧?秦光说,那当然。

以后的一段时间,他们两人一直在为这件事情奔波。难度肯定是有的,辛苦更不必说了。代培单位的事倒好办,劳资科正为下岗职工没处去犯愁,虽然他们两个去的时候那个科长端着架子,咬死了要履行合同,让他们多跑了好几趟,但最后三条烟两瓶酒也就解决了。倒是学校这一头很麻烦,按规定,叶霜红至少要回原单位所属的工业局。秦光想了很多办法,求了不少领导,终于还是办成了。说到底,秦光的人缘不错,他在本校上学,能够留校工作,总有一些领导赏识他。现在青年教师肯当班主任的不多,学校也考虑到要稳定队伍。秦光和叶霜红终于如愿以偿。两人互相看看,都瘦了一圈。

叶霜红对秦光非常好。秦光在外面跑,她在宿舍里给他做饭。秦光宿舍里还有一个单身汉,形单影只,看到别人这一对儿过着像模像样的小日子,不免眼红心热,冷不丁会冒一两句冷言冷语,叶霜红开始假装听不懂,后来有些受不了,索性把菜买到自己宿舍,做好了再用饭盒带过来。秦光从外面火辣辣的太阳下回来,叶霜红把饭菜摆好,说,这个菜可能还不错;那个菜肯定淡了,盐不够了;没有买到嫩肉粉,肉有点老。秦光吃着叶霜红精心做的菜,觉得一切都恰到好处的香。

三

事情有了眉目的那一天,叶霜红高兴得不得了。她把毛巾递给满头大汗的秦光,又忙着去打洗脸水。天实在是太热了,秦光微微地喘着气。叶霜红抱着秦光,把手吊在他的脖子上,两人的腮贴腮。叶霜红闻到了他头上和身上的那种非常纯朴的泥土般的气息,她觉得有了依靠,她沉醉于这种感觉。他们两个紧紧地拥抱在一起。

秦光微微有些头晕。这些天他好像总是在出差,总好像是在路上。叶霜红对他的依赖和温柔使他平生第一次真切地感到了一个男人的自豪。本来他顾虑很多,现在他反而觉得这件事既然已经做了,就一定要做到底,他知道,事情还没有最后成功,他现在还只是在半途。他的内心深处,只有和叶霜红结了婚成了家才能算是他人生道路上的一个停靠点。叶霜红和他聊天时曾经说起过,两人都在本校的双职工夫妇,学校分房记分时可以加九分,一下子不知要超过多少人!叶霜红也许是随口说的,但是这话在秦光心里生了根。他们结了婚,几年后就可分到房子,再过几年生个孩子,最好是个男孩。他们的孩子可以上本校的幼儿园,他们两个都在学校,不必再交赞助费。这一切都令秦光心驰神往。

天热得人身上味道很不好,有一种动物的气息。叶霜红红着脸,轻轻推开秦光,去给他开西瓜。那把称手的刀不在秦光宿舍,只有一把菜刀,她嗅嗅,皱皱眉头,上面有一丝鱼腥气。秦光说,我来吧。他使出小时候在别人瓜田里偷瓜的手段,用指甲在瓜上用力一划,再用掌一击,瓜就开了。黑籽红瓤,煞是漂亮。两人吃着瓜,秦光说,现在原单位是退了,下一步怎么办?叶霜红不说话。秦光说,我们要去找接收单位了吧?叶霜红说,那是要去找的呀。她说,要是不找,那怎么办啊?叶霜红当然想到了下面的这一步,但她显得柔弱、无助。秦光已经习惯了她的这种神情,但他还是感到了一点沉重,甚至还有点隐约的不快。他马上就责备自己,不该这样。这本来就是自己的事情。叶霜红虽然很漂亮,但朴素大方,不贪穿,不贪玩，比他的那些同事的女朋友们不知好到哪里去了，况且，找单位的事，他已经有了一点门道。这一段时间他在学校里跑，听到了一个消息，校学报编辑部原来的校对出国，马上要招聘一个校对员。这是一个机会。

他们决定在公布招聘的消息以前先去拜访几个关键人物。学报的张副主编态度有些冷淡，他希望新来的校对员是一个熟手，显然不欢迎叶霜红来应聘。秦光和叶霜红去他家拜访的时候，他淡淡地说：是学统计的吧？我们这个校对的工作，不是要统计错别字，而是要把它们挑出来。叶霜红一下子面红耳赤。从副主编家出来，叶霜红小声地哭起来，她说她不想去应聘了。秦光好一会儿才劝住她。事实上，由于这个职位并不被许多人看重，正式去应聘的时候，他们的竞争对手并不多。他们找过人，又提前好多天突击学习了校对符号甚至一些编辑的常用技能，正式招聘时，一张卷子一做，叶霜红立即显得鹤立鸡群。她被聘用了。

正式报到以前，叶霜红先到学报编辑部去了一下。张副主编正好在，他表示欢迎，但看得出来，他的态度有点夹生。叶霜红把这事说给秦光听，秦光很担心以后不好处。叶霜红反过来劝他。叶霜红心里有底，她觉得只要她愿意，她可以和所有人，特别是男人处好关系。她对自己很有信心。

一切都定下来后，学校放暑假了。秦光和叶霜红商定，到秦光的老家看看。

秦光的老家是苏北平原上的一个小村子，叫稻乡，离他们所在的麦城有两百公里，长途汽车要开五个多小时。秦光每个寒暑假都要回去，但这一次的心情与以往不同。一路上，他不停地对叶霜红介绍着他的家乡。稻乡和麦城是那么的不一样，任何一点都可以让他讲上好一阵。汽车开向苏北的腹地，公路越来越窄，柏油路渐渐变成了简易公路，最后变成了更简陋的三合土路；路边的行道树也越来越矮，越来越不成样。汽车进入稻乡境内，车身颠簸得咣当当乱响，对面讲话都听不清了，秦光指着远处随风起伏的浩荡的芦苇，大声告诉叶霜红，稻乡古称"楚水"，到处都是河湾港汊，前面那个地方叫"十字坡"，《水浒》里就写过这个地方……他的声音非常大，汽车为了避让一辆满不在乎的自行车，猛地一停，他的声音把满车人的目光都引了过来，两人的脸全红了。周围的人注意到了他们稍显不同的衣着和外地口音，不少人在打量他们，两人都有点不自在。

这是叶霜红平生第一次到农村来，她感到新鲜，又感到惶惑，甚至还有点怕。车子是那么的脏，车窗也关不拢，公路上的灰尘长驱直入，一直钻到她鼻子里，她用纸巾一擦，鼻孔黑黑的，像烟囱口。如果不是秦光的家在这儿，她八世也不会到这种地方来。上车不久，她的真丝衬衣的袖口上就不知从哪里粘上了一块口香糖，她用纸擦了半天也没弄掉。她没有声张，怕秦光多心，悄悄把袖子挽起来。她在车上一直觉得身上有了谁的口臭，她恶心死了。秦光一路上不停地唠叨，其实听了不一会儿她就失去了兴趣。她心里想：秦光就生活在这样的地方吗？他的童年和少年时代是怎么样度过的呢？公路边有几个小孩在放羊，飞驰的汽车把小羊吓得颠颠地往路基下跑，叶霜红不由地想，秦光在这儿放过羊吗？打过猪草吗？

汽车的终点离秦光的家还有十几里路。他们下了车，又上了一种当地俗称"秃秃秃"的机动三轮车。这种车上只有硬板凳，开起来像只青蛙，活蹦乱跳。叶霜红被颠得浑身好像就要散架，耳朵里"沙拉沙拉"的，脑袋像个沙锤。车子终于停下来时，天已经全黑了。

村口有人在接他们。他们本没带多少东西，秦光手上的一个包一下车就被他的弟弟抢过去了。秦光的父亲有点手足无措，他见叶霜红背了一个小包，马上就来伸手拉，叶霜红推让了几下，也就由他了。她本想说这包是女孩随身带的，但她不知道怎么说，也不好意思。秦光和他的家人不停地说着稻乡的土话，她一句也听不懂。他们沿着一条灰色的土路向村子里走去。村里有电,但灯光暗淡。叶霜红想,要在这儿待几天呢?

秦光的家在村边上,后面是一条河,前面是别的人家。房子有三间,中间堂屋,一盏电灯高高地吊在梁上,光线昏暗。他们到家时,秦光的母亲正在煮饭弄菜。厨房在院子里,他母亲里里外外忙个不停。她弄好了,招呼叶霜红吃饭,想开口,想是怕她听不懂,只做了个含糊的手势。

饭菜是丰盛的。秦光的父亲一直要秦光给叶霜红夹菜,后来索性自己动手。大块的肉,大段的鱼堆在她碗里,但叶霜红坐了车,没胃口。而且她觉得,菜太咸了。

晚上睡觉也成了问题。东房间原来是秦光父母睡,西房间秦光的弟弟住。秦光他们一回来,他父母想把自己的房间让出来给他们住,但他们不知道儿子和女朋友是否愿意住在一起。秦光和他父母叽咕了一会儿,红着脸出来问叶霜红。叶霜红狠狠瞪了他一眼,说,你们倒想得挺好!我可不愿睡你父母的床。你原来在家睡哪儿?秦光说,我和我弟弟睡在西房间。叶霜红说,那我就睡西房间,叫你弟弟出去借宿。秦光涨红着脸,躲闪着她的目光说,那倒是可以,只是西房间只有一张床。叶霜红说,那你也出去借宿嘛!我可是跟你说好的,我只是来玩玩的。秦光想说什么又没敢说,低着头去安排了。

忙了好一阵才算睡下来。但叶霜红几乎一夜没有睡着。盖的是新买的一床浴巾，天也不是太热，可叶霜红总觉得浑身痒痒的不对劲。床上似乎有一种说不出的怪味儿，好像是一股小男孩发育期的气味。她把枕头反过来，身子睡在他弟弟不常睡的床的外沿，蚊子又趁机隔着蚊帐咬了她一夜。翻来覆去刚要迷糊过去，又要方便一下。秦光临出去时交代了，就用床下的痰盂，但她一蹲上去，叮叮咚咚一响，吓了她自己一跳，生怕东房间他的父母听见。这么几下折腾，睡意全无。不一会儿，远近的公鸡开始叫，秦光的母亲也起来喂猪了。

第二天一起来，叶霜红脸上气色很不好。她想把痰盂拿去倒了，但又不知道厕所在哪儿。正迟疑间，秦光的母亲进来了。叶霜红刚想问，秦光母亲已经来端痰盂，她拦也拦不住。她又急又羞，好像不知有多少隐私被别人看见。由此她一天的心情都变得很恶劣。对别人她还算礼貌客气，对秦光就有些爱理不理。秦光好像伺候个大小姐，没人的时候总赔着个笑脸，生怕她不高兴。他家的厕所和猪圈毗邻，人和猪合用一个粪池；厕所没有门，只有张帘子挡着，人在里面，隔壁有猪在哼哼，还要提防外面的人贸然闯进来。叶霜红上厕所他就在外面看着。一天过去了，两个人都很累。

白天，他家里常有一些亲戚来串门，叶霜红知道他们是来看城里来的"新媳妇"的。他们用稻乡口音的普通话和她聊天，叶霜红话不多。还有些好事的亲戚言辞闪烁地打听她和秦光什么时候办喜事。她又好气又好笑。第三天晚上，他们到河堤上散步，叶霜红说，她想回麦城了。秦光说，不是说好了住十天的吗？叶霜红说，你不觉得我们都很累吗？你父母亲整天忙个不停，我们走了他们就可以歇歇了。秦光不答话。叶霜红说，要么我先走，你再待一段时间吧。秦光说，我当然和你一起走。

秦光提出要走，他家里并没有多作挽留。他父亲虽是个农民，但是相当聪明，他也许最先看出了儿子的这桩婚事最终只能是一场空。他连"把儿子托付给你，你帮我们好好管管他"之类的套话都没有说，倒让叶霜红有点心中耿耿。在回去的汽车上，叶霜红心情轻松。她知道，自己是再也不会到这个地方来了。她心里如果有爱，也只是爱在麦城的秦光；再往深处想想，她爱秦光到底又有多深呢？也许是被什么说不出的东西夸大了吧！

他们回到了学校。剩下来的假期叶霜红很忙了一阵。先是分配教工宿舍，搬家，然后临近开学了，又开始办手续，到新单位报到。这时候她心里和秦光已经有了一点隐约的距离。她几乎已经看到了他们的结果。为了避免经常和秦光待在一起，她基本上不住教工宿舍，差不多每天都回家。

秋天的时候，秦光的母亲来麦城看病，叶霜红还是陪了好几天。但她越来越不耐烦，她非常怕同事们看见。有一次他母亲在医院门口随地吐痰，被人家抓住要罚款，她倒是想把钱一交就走路，但他母亲不肯，在那儿吵吵嚷嚷，叶霜红觉得非常丢脸。秦光母亲看病花了不少钱，自己带来的钱很快用完了，就用儿子的。秦光觉得这天经地义，叶霜红却看不下去。为了钱，他们也大吵了几次。秦光的母亲看在眼里，心中气苦，病没看出个名堂就回去了。为这事，叶霜红和秦光都伤了感情。

叶霜红在新单位上班，事情很多。单位是老单位，她是新手。她在心里打定了主意，和秦光的交往应该结束了。这种交往的目的地应该是婚姻，但是显而易见，那个婚姻必定是不美好的，既然这样，那就应该果断终止。叶霜红是个拿得起放得下的人，这使她比一般女孩要高明，也就比较厉害，虽然她看上去是那么温柔，但这只是表象。她大学的同室蔡坤毕业后分在了工业局，有时还来玩玩。叶霜红对秦光的冷淡连她也感觉到了。有一次秦光来看叶霜红，蔡坤正好也在。叶霜红的态度冷淡而客气，她甚至又开始称秦光为老师了。秦光脸上挂不住，一会儿就走了。蔡坤看不过去，起身送他。蔡坤是个直性子，送走了秦光一回来，就问叶霜红到底是怎么一回事。叶霜红不愿回答，只说合不来。蔡坤说，怎么合不来，你们那时候不是挺好的吗？我还有点嫉妒哩。叶霜红说，这种事情怎么讲得清呢？我还看你跟你那些男朋友都挺好的哩，你还不是都跟他们散了？蔡坤说，那不一样的，秦光人很实在，要不是他，你肯定留不了校的。叶霜红警觉地说，这是他刚才对你说的？蔡坤说，我也这么想。叶霜红眼睛盯着桌上那把刀，冷笑着说，随他怎么说吧，反正我和他是一刀两断了！蔡坤看着叶霜红铁青的脸，由衷地说，你比我行，我真的要向你学习。叶霜红拿着那把刀，手上玩着心里想：这不是学就能学来的。她想起了高中时的那次恋爱，也想起了她从秦光身上得到的那些实在的帮助，刹那间心中也闪过了一丝愧疚，但这也只是一闪之念而已。

他们也并没有大吵一场再分手，渐渐地，秦光也就不来找她了。他们还生活在同一所学校，吵得反目成仇满城风雨对谁都没好处。秦光在路上再见到叶霜红，只远远的点点头，算是打个招呼。不管分手的具体原因是什么，就结果来看，他是被这个女孩利用了，但他没有办法。事实上，被别人踩在脚下的垫脚石，是很少有机会叫屈的。

这个女人哪，不寻常！秦光也只能叹口气而已。

其实平心而论，叶霜红在这件事情上倒似乎并没有一个完整的计划，她只权衡利害时比较精明，斩断羁绊时比较果断而已。或者说，她非常实际。

四

叶霜红到学报工作，张副主编并不太欢迎。他自己的女儿高中毕业没考上大学，在学生宿舍管理科当临时工。这孩子自己学习不行，不成器，倒怪父亲没手段，不能给她谋个好差事。张副主编当然不至于硬想把这样的女儿弄进自己单位，但一个和女儿年龄相仿的女孩子得到了他手下的这个职位，他心里总有些说不出的不愉快。平心而论，叶霜红精明、温顺，并不讨厌，甚至可以说还很讨喜，她也才只是一个新手，本可以先带一带，但张主编对她的要求很严格。她未来以前，张主编曾说过，校对这个工作可不是要去统计错别字，是要去找出错别字的，现在张主编自己倒常常做一做统计错别字的事。他把校样里叶霜红漏校的错别字用红笔圈出来，轻轻地放在叶霜红桌上，叶霜红的脸一下子就全红了。他在人多时并不提这件事，算是给叶霜红留了面子。叶霜红很快体会到了他的老辣。学报的作者们写出一篇论文都算得上是呕心沥血，对论文里出现的错别字都特别敏感，叶霜红虽然还没有出过大纰漏，但她上班不久就亲眼见到了一个作者来编辑部告她的前任的状，她觉得压力挺大。

她尽力地熟悉业务，同时，她也悄悄观察着单位的情况。她发现，主编的年龄已近六十，虽然暂时还掌握着实权，但肯定很快就要退下去。张副主编和主编的关系比较尴尬，可他掌握着单位的未来，这也就掌握着她叶霜红的未来。叶霜红对主编是心存感念的，要不是他拿主张，叶霜红进不来；但叶霜红和他保持着一种很有分寸的关系，她听话、勤恳，但这都止于八个小时内。她打定了主意，那就是：两个领导的话她都听，但如果两人意见相左，她最后还是听张副主编的。幸亏她还只是一个校对，这样让她为难的情况极少；少到统计规律还起不了作用，还没有人能据此看出她内心的取舍。

和所有有野心的副职一样，张副主编原来很担心来一个不贴心的人，现在他终于发现，叶霜红是乖巧的，聪明的。正当用人之际，单位原来的人立场都已定，对新来的人更应该着意关照。他对叶霜红的态度好多了，就连讲话的语气也和蔼了不少。他们的学报是月刊，校对的工作量并不大，叶霜红熟悉了以后，尚有不少空余时间，她问张副主编，有没有什么事情要她帮忙。张副主编考虑了一下，拿给她一篇文章，让她试着编编。张副主编看见叶霜红的眼睛亮了一下。他明白，这个姑娘是不会甘于长期当个校对的。

那段时间叶霜红非常忙。文章是一篇校外稿,题目是《从实验到案头》,论述的是科技著作的写作方法。文章非常浅显,严格说来,不能算是一篇论文,但她编得很认真,这不光因为这是她第一次编稿子,而且她注意到,文章的作者是麦城师范大学的校长。编这篇文章时,叶霜红有一种莫名的兴奋感。她敏锐地注意到了文章后面的背景,具体是什么,她还说不清楚,但她本能地意识到她应该走进去。文章罗列的参考文献略有些语焉不详,她请示了张副主编,得到同意后,她打算直接去跟作者联系。

光是这篇文章她还不至于太忙,后来蔡坤又来添了不少麻烦。那天晚上,叶霜红正在看书,蔡坤来了。她进来后没有把门随手关上,红着脸瞟瞟门外。叶霜红知道后面肯定还有一个人,是她的男朋友。叶霜红开玩笑地说:come in! 不想应声进来了一个金发蓝眼的外国人。叶霜红吓了一跳。蔡坤说,这是思麦尔,师大的留学生。思麦尔说,你好!说着伸出毛茸茸的手。叶霜红握着手,偷偷瞥蔡坤一眼,蔡坤倒是大大方方的了,叶霜红反而有点脸红。

叶霜红拿出瓜子水果招待他们。思麦尔规规矩矩坐在椅子上,只要了一杯茶,神情像个小学生。叶霜红一时不知道怎么开口。蔡坤说,思麦尔是美国加州来的,学汉语。思麦尔又说，你好！

叶霜红忍不住想笑。她问，在中国生活习惯吗？

思麦尔说，习惯。我、爱、中、国。

他这几个字是一字一句说出来的，显得十分诚挚。叶霜红不知道，其实几乎所有的老外对他们不熟悉的中国人都是这么说的，这差不多已经成为一种套话。她好奇地问，你爱中国什么呢？

思麦尔说，中国画好看，字也好看。中国的女孩漂亮——说这话时他看了一眼蔡坤。他说，中国菜非常好吃！

叶霜红忍不住笑了出来。她一下子想起了蔡坤的姓氏。两菜一汤。蔡坤愣一下，也笑起来。思麦尔不解地看看她们。

叶霜红忙说：没什么。我们想起了一个故事。蔡坤急忙向她瞪了一眼。

思麦尔说，故事？见她们两人好像不想说，也就不问了。他说，叶小姐，你在什么地方工作？

叶霜红说，我在学报上班。

思麦尔不知道学报是什么。蔡坤拿过一张纸，写：学报，教他念。念完了，又用叶霜红的刀子把纸裁成一个小方块，递给思麦尔。思麦尔从口袋掏出一个小本子，原来里面还有不少这样的卡片。上面写的都是汉字，有的是蔡坤写的，另外一些想来就是思麦尔自己写的了。思麦尔的字迹歪歪扭扭，和中国小学生写的还不太同，很像是中国的中风病人为恢复功能写的字。

他们就这样聊着天，不知不觉已经十一点。叶霜红看他们还不想走，开始猜测他们的来意。她用眼睛询问了蔡坤好几次，蔡坤才扭捏地说，你的同室怎么还不回来，出差了吧？

叶霜红说，是啊。要十几天哩。

蔡坤说，我想来住几天。

叶霜红吃了一惊。她说，好啊。可你单位不是有宿舍吗？她觉得有点蹊跷。

蔡坤对着她耳朵悄悄说，我有麻烦了。要上医院做掉，在你这儿歇几天。

思麦尔假装翻着卡片，不朝这边看。叶霜红轻声问，是他的吗？蔡坤点点头。叶霜红说，那你不是可以住到师大的留学生宿舍去吗？你可不能便宜了他，他应该照顾你。

蔡坤说，他们外国人不懂得坐小月子的。

叶霜红说，那我就懂啦？我可不会伺候你。

蔡坤说，我不要你伺候。我只要个地方休息就行了。

叶霜红看她实在有些可怜，只好答应了。那边思麦尔看她一点头，神情也松弛了下来。叶霜红隐约觉得思麦尔并不简单,蔡坤可能又要吃亏。但叶霜红不想再多嘴。蔡坤吃亏也不是这一次了。

到医院的那一天叶霜红也去了。说是陪蔡坤,其实她自己心里也有点好奇。那是个上午,麦城妇产医院的人很多,大多是成双成对来的。蔡坤本不愿让思麦尔跟着,但他执意要来,想来也是好奇,也就由他了。思麦尔在医院门口一出现,就有不少人盯着他看,还有人窃窃私语,直瞅着蔡坤和叶霜红的肚子。叶霜红很恼火,因为蔡坤的肚子看上去和她的并没有什么两样。思麦尔大概也感觉到了什么,不肯再进去。三人说好,思麦尔在外面等着。

做人流的大多是些二十上下的姑娘。走廊的长椅上坐了不少人,一个卫生员拖着个筐子走过去,里面装满了沾着黄药水和血污的卫生纸和棉球。蔡坤的脸开始发白。叶霜红这时才知道,蔡坤早就来预约过。叶霜红拿着她的预约单到窗口去缴费,然后回来陪蔡坤坐在长椅上等着喊号。

手术室外面有一个弹簧门,一个慈眉善目的医生坐在门口,喊到一个,就把她领进去。有一个姑娘做好了出来,脸色蜡黄,好像步子都迈不稳了;被喊进去的姑娘脸都吓白了。叶霜红去看了一下排队的病历,还有好一会儿才轮到,就让蔡坤先等着,自己下去走走。蔡坤可怜巴巴地看着她,但叶霜红心一硬，还是走了。她已经有点后悔陪蔡坤来了。

她下了二楼，出了医院，看见思麦尔正在医院前面的一个书摊那儿看书。叶霜红走过去，拍拍他的肩。思麦尔一回头，见是她，就问，多少钱？叶霜红把数目告诉他，思麦尔说，太贵了，太贵了。他说，我们上去看看吧。叶霜红不愿意跟他上去"现世"，故意落在他后面好远。

叶霜红上了楼，看见思麦尔正在弹簧门那儿对那个医生说着什么，好多人围在旁边。叶霜红没有看见蔡坤，想来她已经进去了。思麦尔的汉语半生不熟，但大意大家都还能听懂。他说，手术费太贵了。我的女朋友已经来过一次，我知道中国有个制度，第二次是可以打折的。那女医生大出意外，好半天才听懂他的话。她又好气又好笑，说，什么打折，你以为是买处理品啊？思麦尔说，你不相信她是第二次来吗？你可以看病历嘛！围观的人全笑起来。女医生见他不是开玩笑，气得说不出话，想骂他，又不太敢。人群开始起哄，叶霜红见势头不好，不敢再躲在外面作壁上观，忙挤进去一把把他拖出来。思麦尔不服气，嘴里还叽里咕噜不知讲的什么东西。叶霜红拖着他走到医院外面，要他先走。不由他分说，拦辆车把他塞进去了。

叶霜红后悔死了。思麦尔要来，她之所以没有反对，是因为她自觉事情与自己无关，他跟着来挺好玩的，不想倒大大地出了一次洋相。她本不想再上去,但一看楼上,还有不少人从窗户往外看。她想她还是应该回去,要不然人家还不知要怎么想。她急急地上了楼,对那个正在那儿大骂的女医生说,你别生气,这个老外神经有毛病,我们公司马上就要把他遣送回国了。女医生说,他真有神经病?我看他是个外国瘪三!又问,你是他什么人?叶霜红说,我是公司的翻译。女医生说,这些女孩真不得了,外国瘪三都要。叶霜红说,现在这种事儿呀,嗨!她声音很小,生怕里面的蔡坤听见。她见周围的人看自己的眼神都正常了,才放了心。这件事本来就与她没关系,至于别人怎样去想蔡坤,叶霜红顾不上了。她今天已经够意思的了。

蔡坤在里面疼还疼不过来,她只知道外面有事儿,却不知道与自己有关。她从里面出来,脸色蜡黄,两腿岔岔的。她一点也没注意到别人看她的眼神。她还想歇一歇,叶霜红却把她一搀就往外走。她们一下楼梯,后面的人就笑了起来。蔡坤不知端底,有气无力地骂,少见多怪!轻轻闭上了眼睛。

她们打车回去。叶霜红在车上想,现在和外国人谈恋爱的人太多了,那些写这些的小说还推波助澜,真是害人不浅。蔡坤这次恋爱肯定又是不得善终。那个女医生说得对,思麦尔是个外国瘪三!

蔡坤在叶霜红那儿住了一星期。叶霜红不想再烦，也就没有多少事儿。思麦尔只在第二天来坐了一会儿，后来就不见踪影。星期六那天，蔡坤待不住了，要走。叶霜红也不留她。她知道蔡坤肯定是要去找思麦尔。叶霜红没有多说什么，由她去。蔡坤在这儿几天，叶霜红手上的事或多或少被耽误了一些。她一想起思麦尔跟人家谈打折的事就要笑；一想起妇产医院的弹簧门里隐约传出的女人的叫疼声，又惕惕自警。她可不想到那种地方去。

蔡坤走后的第二天，叶霜红就开始与那篇论文的作者联系。叶霜红不是个爱读书的人，但她和作者见面以前，把那本编辑必读的《著编译审校指南》中的有关章节又翻了一遍。这是工具书，读了有用。说到底，叶霜红认为读书本身也是一种工具，或者手段。她心里有了底，就约好时间，同作者见面。

师大的余校长是图书情报专业出身，作为一个学校的校长，他的学问并不高。连叶霜红都有点奇怪，他怎么会去写这样一篇严格说来只能算是科普文章的"论文"。后来叶霜红当然知道了，余校长不会做学问，但是很会做领导。初次见面，叶霜红相当紧张。他们约好的时间已经临近下班，叶霜红踩着光可鉴人的紫红色楼梯，上了师大校长办公楼的二楼。她怯生生地敲开了门，余校长正在里面等她。

余校长的办公室铺着地毯。见她进来，余校长从办公桌前站起身，招呼她坐在沙发上，自己在另一张沙发上坐下。余校长说，为了一篇文章，你们还这样认真，值得我们的学报好好学习。叶霜红说，哪里，您能给我们赐稿，我们那儿上上下下都很重视的。

这时候有人敲门，进来的是校办的公务员，他拿了一份文件请校长签字。余校长说，你先放在桌上吧，我下午再看。你先去给这位叶编辑泡杯茶。他说，我的杂事太多，文章还要多麻烦你。叶霜红说，您太客气了。她带点顽皮地说，我正好可以借机向您请教，我还是个新手哩。余校长说，好，好。

叶霜红拿出文章的校样和一个笔记本，他们开始具体地谈文章。到了下班的时间，他们已经把问题基本解决了。叶霜红发现，余校长其实并没有她原先想象的那么威严，那么高不可攀。事实上，大多数领导的严厉都是表现给他们的下属看的，这是一种需要。校长可能会对他的副手发火，把他骂得狗血淋头，但他决不会向一个普通的职工发脾气。叶霜红在大学里已经待了几年，今天还是第一次到一个大学校长的办公室里来，虽然余校长不是她那所学校的校长，叶霜红还是感觉到一种发自内心的兴奋和刺激。她觉得这有一种说不出的挑战性。

余校长下班了，叶霜红也跟着出去。到了师大外面的十字路口，叶霜红决定不回学校的宿舍了。她发现如果她回父母亲家，她就可以和余校长同一段路。余校长的家离师大不远，叶霜红推着车陪着他走。他们边走边闲聊，原来余校长和叶霜红单位的两个领导都是熟人。余校长很高兴，一路上脸上都带着笑容。平常在这段路上他一般都是板着脸的。经常有人等在路上向他反映学校的情况，他很烦这个。他只有一个儿子，走在身边的叶霜红此刻倒很像是他的女儿。余校长突然发现，能够心情轻松地走在这段路上，是多么地好。他是个校长，位高权重，但他其实也缺少人的亲近，那种看上去不带功利目的的亲近。其实接近领导，有时并不像你事先想象的那么困难，细心的叶霜红体会到了这一点。

走了大概一站路，余校长的家到了。这是位于宁夏路和青岛路交汇处的一座小楼，一道弧形的围墙把小楼和马路隔开。叶霜红没想到余校长的家就在这儿，每次回父母亲家，她都要路过这里；每每经过这儿，叶霜红在自行车上瞥见围墙里的深宅大院，心里都会闪过一丝没来由的嫉妒和向往。她现在站在铁门外，余校长问，不进去坐一会儿吗？叶霜红迟疑了一下，忍住进去的欲望，说，不进去了，今天已经耽误您不少时间了。余校长说，那好吧，有事你可以再跟我联系。

余校长摁摁门铃，开门的是一个小伙子。余校长说，这是我儿子，秦淮。对了，你们还是同行。叶霜红伸出手，说，你好。两人握握手。

秦淮是《科技信息报》的编辑兼记者。其貌不扬，看上去有点大大咧咧。叶霜红和他的初识是不期而至的。后来秦淮对她说，第一次见面他就对她有了一个好印象，他说，我一见你就爱上你了！

叶霜红骑上自行车，离开了余校长家门口。她有点兴奋，骑得很快，红色的风衣被迎面的风鼓起来。她沿着弧形的围墙骑过去，像一道弧线从一个圆的外面划过去。她预感到，自己总有一天会进入围墙里面的那个世界。她说不出有什么理由，只是隐隐地感到她很想进去。她想着，她盼望着，这就足够让她兴奋的了。

五

叶霜红已经半个多月没有回家了。她内心一直不太愿意回去。她明白，自己总有一天会进入另外一个家庭，或者说会自己组建一个小家，不管怎样，总归会比现在她父母亲小巷子里的家要美好、体面。她骑车回家时，父亲正在巷子口和几个老头老太打牌，她打了个招呼就绕过去进了巷子。母亲正在家里忙饭，见她回来，略略有些吃惊。她帮母亲把最后一点菜择好，就回了自己的房间。十多天没回来，桌上蒙了薄薄的一层灰。她本不打算待多长时间，也就懒得去收拾。母亲唠叨着，一边炒菜，一边数落着丈夫的种种不是。油锅里叭拉叭拉响，也听不清她讲的是些什么。叶霜红从小书架上找了几本要带到学校去的书，随意拿一本在手上翻。她今天心情愉快，外面繁杂的声音作为一种背景，把她的心情衬托得格外轻松。母亲把饭弄好了，大声说，喂，你去喊你爸爸回来吃饭！叶霜红说，喊他干吗，他肚子饿了还不知道回来呀？母亲说，他没有数的，打起牌来就没命。这么说着，父亲回来了，一进门就说，哈，又在讲我的坏话。母亲说，我还以为有人会给你管饭哩！

　　一家人围着桌子吃饭。和以往叶霜红回来一样，老两口又开始互相数落对方，希望女儿当裁判。叶霜红笑眯眯的只管吃饭，不搭理他们。两人觉得无趣，慢慢也就住了嘴。饭快吃完了，老太太冲老头连连使了几个眼色，老头先是假装看不见，赖不过，问叶霜红说，你和那个姓秦的老师，现在还来往不来往啊？叶霜红说，来往啊，怎么啦？那怎么不见他到我们家来呀？叶霜红说，他来干什么，本来就是一般的朋友嘛。你这么惦着他干吗？父亲语塞。她母亲说，你们原来不是挺好的吗？你暑假不是还——叶霜红打断她的话，说，好了，我知道你们的心思。你们放心好了,我的事自己会拿主张的。她笑嘻嘻地说,到时候保证让你们高兴就是了。

老两口对视一下,都觉得女儿是真的长大了,有点琢磨不透。但女儿很开心,似乎胸有成竹,这一点他们都能看出来。既然这样,他们也就不烦了。叶霜红的父亲吃完饭又拿出一个小酒杯,倒了点洋河咪一咪。他年轻时也曾是个聪明人,只不过他性格的刚度不够,庸常的生活过快地把他给磨圆了。退休后除了打打牌,他也莳弄莳弄花草,有时候还温习温习古诗词。霜叶红于二月花,叶霜红,他曾把女儿名字的出典讲给她听,女儿只是撇撇嘴。她对父亲的掉书袋没兴趣。

叶霜红吃完饭,喝了杯水,就不愿再待。她把几本书带上,就骑车走了。经过余校长家时,她看了一下表,离上班还有一个多小时,那两扇大铁门关得死死的,里面的人想是都在午睡。这个时间是不会有人从那里面走出来的。叶霜红把脚踩在路牙上稍一迟疑,蹬上车子走了。

以后叶霜红又找过余校长两次,第一次是把清样送给他过目,后来杂志印出来了,叶霜红又给他把样刊送去。叶霜红没有事先打招呼,她提前半个小时下了班,带上样刊在余校长家门口等。不一会儿,秦淮先下班回来了。那天叶霜红显得很漂亮,一如她平时那么恬静,但又多了一丝俏丽。秦淮见了她眼睛一亮。叶霜红说，我回家路过这儿，正好把样刊给你爸爸带来。秦淮说，我爸爸今天中午在学校开会，不回来吃饭了，你把杂志给我吧。叶霜红把杂志递给他。秦淮说，你们学校我有好几个朋友，下次去找你们玩。叶霜红说，你认识谁呀？秦淮说了几个名字，叶霜红"哦"一声，点点头，其实这几个人她一个也不认识。叶霜红说，你要来先给我打个电话吧。秦淮马上掏出自己的名片给叶霜红；叶霜红没有印名片，秦淮又拿出一张名片，在背面把她的电话号码记下了。

几天后，叶霜红接到了秦淮的第一个电话。她心里对这个电话是有准备的，但还是觉得有点意外。秦淮说，我现在就在你们学校的南园门口，我找那几个朋友玩，他们一个也不在。叶霜红说，你没跟他们约好吗？秦淮稍一愣，说，我是到附近办事，顺便找找他们的。你快下班了吧，我们一起走好吧？叶霜红在电话里沉吟了一下，其实她在心里早已答应了。

这算是他们的第一次约会。后来他们的见面就逐渐频繁了。他们互相都有主动约对方的时候，但一般都要找一点借口，制造一点偶然。叶霜红了解到，秦淮还没有女朋友，原先谈没谈过，她并不在乎。显然，秦淮喜欢叶霜红，把她当女朋友来处；而叶霜红也很中意秦淮，她觉得他合乎自己的理想。

他们经常在一起玩。他们的交往是一种典型的都市青年的恋爱程序。看电影,坐茶馆,逛公园,等等。晚上,在无人处,他们拥抱、接吻,但还没有发疯,或者说,叶霜红控制着他们恋爱程序的进度。发疯的这一天应该是难忘和无可反悔的,她决不能轻率。叶霜红意识到,虽然说秦淮有一个相当醒目的家庭背景,但实际上他并不像外人所惯常想象的那样老练或者纨绔。因为家里管得紧,他虽然看上去大大咧咧,其实内心甚至还有一点腼腆。这很好。叶霜红觉得自己运气不错,因为她明白,即使秦淮具有干部子弟常见的那些毛病,她还是要和他恋爱的。

　　叶霜红偶尔也跟秦淮到他家里去。第一次去的时候,秦淮掏出钥匙把锁打开,用力一推,宽大的铁门上的那个小边门吱呀一声打开了。秦淮进了门,看叶霜红愣着不动,说,进来呀。叶霜红好像突然醒过来似的,抬脚跨进了那道门槛。一时间,她心中感慨,但是难以言说。院子很大,小楼位于院子的北边。通往小楼的小路边长了几棵梧桐树,还有一棵雪松,枝叶间有一些鸟儿在闹。路边的小苗圃里胡乱长了一些鸡冠花和菊花,花倒是开着,但显得脏兮兮的。叶霜红想,这么好的一个院子,其实长一些月季花多好呢?如果怕麻烦,弄几棵黄杨或者铁树,一年四季都有了绿色,也很不错的。叶霜红对花木所知有限,她所想到的几种花木都在她父亲的花盆里长着。

余校长和他夫人都看出儿子和叶霜红正在谈恋爱。余校长对叶霜红印象很好,他认为娇生惯养的儿子正需要这样一个文静而又懂事理的妻子。夫人则不同,她对一切来找她儿子的女孩都有一种本能的防范。对叶霜红的家庭出身和学历她也不甚满意。这些她虽然不放在脸上,但叶霜红打电话来,她接了,经常会说,他在睡觉,或者,他今天在家里有事。叶霜红在门口等秦淮,她会对儿子说,早点回家,不要玩过头了!叶霜红当然能听出这些话的弦外之音,但她假装没听懂。她知道,最后的结果取决于秦淮,而秦淮依恋着她,基于这一点,她的命运掌握在自己手里。

秦淮家有一个五十多岁的苏北保姆,她整天埋头做事,话很少。保姆第一次开口就吓了叶霜红一跳:她的口音和秦光的母亲实在是太像了。她的心头掠过了一丝愧疚,但仿佛是一阵风,一拂而过。遥望在秦光的老家稻乡的那些日子,一切都已经恍若隔世。秦淮的父母都不在家的时候,她有时会帮保姆择择菜,拉拉家常,从这里她可以了解秦淮家很多不为外人所知的细节。保姆和叶霜红很亲近,她心里知道,自己无论在这个家里做多久,干得多卖力,也永远只是一个保姆,而她预感到,眼前的这个姑娘终究将成为这个家庭的女主人。她本能地愿意帮助叶霜红。叶霜红打的电话如果是她接的,她会避开秦淮的母亲悄悄地喊秦淮来接。叶霜红择完了菜，兴致上来还要帮她洗，她总是急忙拦住：别，别，怎么能要你洗呢！她不光是怜惜叶霜红，同时也带一点讨好的意思。

有一天晚上叶霜红和秦淮到天音广场去跳迪斯科。这是麦城最好的迪斯科舞厅，里面的重金属音乐震耳欲聋，声浪仿佛无形的冲击波击穿了人们的心智，穿透了每个人的肉体，所有的人都好像黑色透明的影子在舞场中颠动。桌子凳子杯子在轻微地颤，人在大幅度地扭，大厅在声浪的轰击中颤抖。叶霜红和秦淮面对面地跳，他们似乎在互相撩拨，又好像在进行一场较量。聚光灯下的领舞台上，一个长发披肩的男歌手声嘶力竭地喊：朋友们，该说的我们说了没有？底下答：说了！歌手喊：那么该做的，我们做了没有？底下更大声地答：做了！仿佛所有的人都疯了。

一曲跳完，接着的是一支"老萨"，秦淮紧紧地搂着叶霜红，随着音乐轻轻地晃动。秦淮对着叶霜红的耳朵柔声问，该做的我们做了吗？叶霜红含笑答道，可该说的我们说了吗？秦淮说，说了，说了，我爱你。他说，我们回去吧。

出了舞厅，叶霜红问，我们去哪儿？秦淮说，当然是到我家。太热了，我们去坐坐吧，时间还早。我爸妈到一个朋友家做客，肯定还没回去。

他们打车到了秦淮家的门口。秦淮轻轻地开了门,他们蹑手蹑脚地上楼,楼梯间是保姆的卧室,他们生怕被她听见。楼梯是木头的,脚步再轻,保姆还是听到了。

一进秦淮的房间,叶霜红就被紧紧地抱住了。秦淮发烫的面颊贴在叶霜红温热的脸上。我要你,我要你,秦淮颤抖地说。他一只手紧紧地抱着叶霜红的肩,另一只手按在她的臀部。他们深深地接吻,两人的舌头仿佛水桶里的两条鱼。叶霜红晃晃头,偏开来,刚要说什么,秦淮一把抱起了她,走到床边。他们倒在了床上。叶霜红说,不能,不能这样,我害怕。秦淮说,我要,我要。他已经把叶霜红上衣的扣子全部解开了。他开始摸索裙子的拉链。叶霜红撑住他的身体,说,这不对,我们应该等到结婚。秦淮说,就是今天,今天就是我们的新婚之夜。他的身体重重地压了下来……

叶霜红的身体微微发抖,宛如微风拂动的树叶;但这树叶不是风中的落叶,它通过枝条和树干,与根连在一起;风在吹,但树的根没有动。叶霜红也开始激动,她的意识深处有一根神经还一直醒着。他们都没有经验,难免有点不得要领,本能是他们不请自来的老师。他们很快真正地融成了一体。叶霜红轻声说,你轻点儿,轻点儿,我有点疼。叶霜红突然想起了妇产医院的弹簧门里传出的痛苦的呻吟,她的心咯噔一下,直往下沉,但她立即就勇敢起来,不再理睬这暗处的呻吟。房间里黑沉沉的,叶霜红的大脑里出现了无数晦涩的幻觉,仿佛昼夜交界处的景色。

一把刀,寒光四射的柳叶小刀。刀在一棵树的分权处游动。

刀在游。树皮破了,露出了淡绿色的木质。出现了一个"V"形的缺口。

一根尖锐的树枝凑过来,凑过来。然后准确地挤进了缺口。一股浓浓的树汁汩汩地渗了出来。流下去。

剧烈的奔跑终于到达了终点,秦淮像挨了一枪似的一震,身体绷成了一张弓,又慢慢地软了下来。叶霜红的脑海刹那间变得透亮。嫁接,是的,嫁接。她多少次见过莳弄花草的父亲给花木嫁接的情形。父亲说,这棵石榴品种不行,嫁接一下就好了。啊,嫁接,嫁接。她的身体的某一处有一种细碎而又坚定的疼痛,她想起了树权处的刀口上黏稠的液汁。秦淮翻下身,躺在她的旁边,轻轻地喘息着。他揽过叶霜红,说,叶子,我爱你。

叶霜红嘤嘤地啜泣起来。她说,你把我弄疼了。我也爱你。

这一夜叶霜红睡得很香。窗帘透出晨光时,她醒了。她柔和的目光轻抚着朦胧的光线勾勒出的家具和电器的轮廓,全身感觉到一种长途跋涉后的慵倦。这时候,她听见了走廊的对面秦淮父母的房间里传出了一连串轻微的声音,她想,他们是要起床晨练了。她推推秦淮,说,我要走了。秦淮说,现在吗?叶霜红说,对,要不你爸妈就要起来了。我不想让他们看见。

他们很快地穿好了衣服,下楼。快到楼下时,叶霜红似乎脚一软,踩了一个空,她啊呀了一声。秦淮吓坏了,他抢到叶霜红前面,三步并两步走向院门,轻声把门拉开了。叶霜红出门时,秦淮问,脚扭了吗?你怎么回学校呢?叶霜红苦着脸说,有点疼,不过不碍事的。我走回去,正好算是早锻炼。秦淮不敢多耽搁,说了声,我爱你,就把门关上回去了。

保姆早就醒了,即使叶霜红不在楼梯上扭一下脚,她也猜出了夜里的事情。叶霜红扭脚的声音一响,她在楼梯间里为她干着急。小姑娘家脸皮薄,她生怕叶霜红被秦淮的父母看见。她当然不会想到,其实叶霜红是不怕被秦淮父母看见的。她怕,而叶霜红不,这一点注定叶霜红终将成为这个家庭的一员,而她只能做一个保姆。

秦淮上了楼,吓了一跳。他看见母亲正穿着睡衣在他房间等着。他后悔不迭,刚才怎么就忘了把门随手拉上呢!母亲铁青着脸瞪着他,又把视线射到床上。秦淮一看床单,火烫了似的把目光跳开了:那儿有一块血迹,他也是才发现。他脸都吓白了。

她走啦？他母亲问。

走了。

你这个浑小子，不知自重的东西！

秦淮被母亲一骂，索性不怕了。他脖子一梗说，妈，你不要骂我。我是要跟她结婚的。我肯定要跟叶子结婚的，你拦不住我。

秦淮的母亲气得手直哆嗦。她知道自己拦不住儿子。在这个问题上，老头子肯定和儿子站在一边。自己是孤立的。这时候，余校长过来了，他在门口探了一下头，说，好了，换换衣服去跑步吧。再不出去路上的行人就多啦！

此时，叶霜红正走在通往学校的路上。毕业后，她还没有这么早起来过。她走得不紧不慢。不少身着运动衣的人在马路上跑步。

叶霜红觉得空气清新极了。

六

不久以后，叶霜红和秦淮结婚了。结婚后，他们就住在那座小楼里。新房相当漂亮，婚礼也很热闹，叶霜红学校的校长和学报的两个领导都去了。

婚后的生活很平静。秦淮的母亲对她客客气气，但并不亲密。秦淮的母亲很喜欢小孩子。家里有带孩子的客人来，她都要和人家的孩子逗上半天。叶霜红还看出，虽然她在省计生委当处长，但重男轻女的思想大概比普通老百姓还要厉害。叶霜红从秦淮那儿知道，他母亲经常暗地里问他，他们准备什么时候要孩子。叶霜红意识到，生一个男孩对自己相当重要。她找来了几本生男生女的书和一些什么表格，放在枕边，没事就翻翻。她希望在生孩子这件事上，自己也是幸运的。不过这事还早，她还没有列入计划。

她在家里显得很勤快。不过她已经不再帮保姆择菜弄饭，只是特别喜欢整理小楼前的院子，她到城外的林业大学弄来了不少花木，甚至把她父亲的一盆杜鹃和一盆鹊舌黄杨也讨来了。她把杂草野枝全部清除干净，挖坑、灌水、施复合肥，还垒了好几个花台。忙了好一阵，终于将整个院子整治得焕然一新。

学报编辑部也有了一些变化。主编退休了，张副主编接任主编职位。给老主编开欢送会的那天，好几个人都讲了很动感情的话。叶霜红一直吃着瓜子，不说话。她心里明白两个领导原来的过节。她可不想为了老主编去得罪现任主编。这种会弄不好就会开成个站队会。但一言不发也说不过去，叶霜红轮到最后才说了几句感谢惜别之类的场面上的话。她料定如果她连这几句都不说,所有的人,包括张主编都会认为她势利薄情得太过分了。

事实上叶霜红的判断是不错的。老主编既已退休,张主编也就不去斤斤计较。说两句好话没什么,但说得过于溢美,大动感情,张主编就会认为此人是公开对自己表示不满,甚至是一种示威。叶霜红的分寸把握得最为恰到好处。

细心的人会发现婚后的叶霜红和以前相比有了很大的变化。看上去,她的文静和不多管闲事还一如以往,但她变得比以前随和了。在工作的间隙,她经常和年轻的同事们聊聊天,开开玩笑。她的心态似乎比以前松弛。如果说以前她有点类似于一块略带浑浊的冰,大家虽然都知道这块冰里面裹了一点什么东西,但乍一看去有点难以琢磨;现在呢,这块冰化了,成了水,变得松弛而流动。她和张主编的关系也更加的好。有一次单位聚餐,同事们互相斗酒,席间难免拉拉扯扯。叶霜红去敬张主编,张主编耍滑不喝,叶霜红就去拉他,似乎是脚下一踉跄,她一头栽到了张主编的怀里。说时迟,那时快,当时也就是一眨眼的事儿,大多数人并未注意。但由此,他们俩的关系无形中又近了一层。

有时候叶霜红在路上会碰上秦光,有一个女孩子经常和他走在一起。叶霜红自忖从长相上那个女孩绝对比不上自己,但她看着秦光和她边走边谈、言笑晏晏的样子,心里还是飘来一丝失落。秦淮大大咧咧的性格她原本就知道,也不以为意,结婚后,她发现他的这种秉性比她原先想象的要严重得多。叶霜红觉察到,秦淮可能只在意他自己。他几乎每天下班都要带回几盘录像带,武打的居多,吃了饭乒乒乓乓地看上一晚上。他对自己的事业根本不烦心,反正有父母关照。叶霜红觉得心里有点空。

叶霜红走在校园的林荫大道上,有时的心思会很落寞,仿佛是走在深秋里。深秋的原野丰硕而充盈,但地上的芳草日渐萎黄了。

老主编退休一个多月后,编辑部重新安排工作。张主编宣布,叶霜红正式担任编辑工作,校对工作由一个月后将要分配来的一个大学生接任。

这是一道好多人一辈子也没跨过去的门槛。叶霜红回到家,语气平淡地把这个消息告诉了秦淮。刚才在会上,叶霜红也表现得很平静,只有在从学校到家里的路上,她满面的春风才微笑着洋溢出来。路上没有人认识她。秦淮看上去倒也很高兴,他说应该庆贺一下。晚上,他们早早上了床,好好地庆祝了一下。

第二天是星期六,不用上班,他们稍稍赖了一会床。刚准备起来,床头的电话响了。电话是蔡坤打来的。她可怜巴巴地说,叶子,你来看看我吧。我病了。叶霜红说,什么病,重不重?蔡坤说,你来吧,来了就知道了。

叶霜红已经很久没见蔡坤。乍一见她,着实吓了一跳。蔡坤半躺在她宿舍的单人床上,面色死灰,脸整个小了一圈。现在的她,仿佛一张黑白照片,和"彩色宽银幕"一点边也搭不上。蔡坤一见她,眼泪就流了下来。叶霜红说,你怎么啦?病得很重吗?蔡坤哭得更厉害了。她说,我不想活了。叶霜红坐在她床边上,蔡坤一下子抓住了她的手。叶霜红这时才看见,蔡坤的左手腕上围着一圈纱布。她立即明白了。

蔡坤抽抽搭搭,好不容易才把事情说清楚。原来,那个思麦尔几个月前回国了。临走前信誓旦旦,说回国后就要把蔡坤办出去。蔡坤买了很多东西送他,在机场上哭哭啼啼,依依惜别。不想蔡坤再给他去信,思麦尔压根就不回。蔡坤实在忍不住,就按他留的一个号码往美国打长途。她自己英语不行,找了个口语不错的小姐妹代打。不想电话打通了,那边说,We don't have a Smael here(没这个人!)蔡坤呆了。更可恨的是那个小姐妹不几天就把这件事当个笑话传遍了全单位。蔡坤又羞又恨,一气之下,用刀子在手腕上划了一刀。好在同室的女孩正好回来，喊人把她送到了医院。蔡坤说，我当时真的不想活了。

叶霜红劝了好半天，蔡坤才止住哭。她说，美国比我们先进两百年哩，我就是想出去。

叶霜红想，大概蔡坤是恨自己出生得太早，把到美国去看成是跨越时间、过两百年后的生活的一种手段了。想得倒是不错，可惜计划太虚了。

两人又叽叽咕咕说了好一阵话。叶霜红打算走了。临走前，她随手翻开蔡坤床头的书，一看，是《初刻拍案惊奇》。她翻开的那一页正好写有那首著名的诗，诗曰：二八佳人体如酥，腰间仗剑斩愚夫……后面还有两句。如果不看后面两句，写的倒像是个江湖女侠。叶霜红见了好笑，啪地把书合上了。女人让刀沾上人血，不管这血是别人的还是自己的，都只能算是个"匹妇"。她站起身，准备走时，目光正好落在桌上的一把水果刀上，她想蔡坤切脉恐怕就是用的这把刀吧。刀现在很干净，没有血迹，躺在桌上闪闪发亮。叶霜红想起了自己的那把刀。结婚时她扔了不少东西，但这把刀她没舍得扔，她又把它带到了新家。

这会儿，那把刀正静静地躺在她家的写字台上。那确实是很称手的一把刀。

埋　伏

　　天阴了好几天，终于憋出了一场雨。下午快下班的时候，雨停了。马路上湿漉漉的，菜场里更是泥泞不堪。大量的泥巴随着各式蔬菜进了城，还没来得及被居民们带回家，就被雨水淋上来，"烂叽叽"地淌了一地。丁毓推着车，小心翼翼地挑着落脚点。即使这样，他的裤腿上也已经泥迹斑斑，有几点泥水甚至溅到了他的屁股上。初春的雨后，天气还很冷，但丁毓的脸上火辣辣地发红。他的车篓里只有一把芹菜、几颗花菜，还有一点韭黄，本来他还要买一些荤菜，但刚才的场面实在是太难堪了，他不愿意再在菜场里停留。这会儿离那个肉摊已经有了一段路，他觉得好像还有人在指着他的背影窃窃私语。

　　这个菜场丁毓很熟，到处都是熟面孔，有时他带的钱不够，欠账都能买到菜。现在他的口袋里还有一张百元大钞，可就是这张钱让他丢了丑——钱是假的！丁毓早就听说现在假钞很多，但他万万没想到自己就会摊上一张。一百块钱他当然心疼，但他宁愿有一个权威部门出来宣布一句：现在假钞很多，一时难以消灭，大家都分摊分摊，一人认一张！——那样他也就认了。可这钱像个鬼似的，丁毓想不出它究竟是什么时候钻进自己口袋的。

那个卖肉的小伙子是个生面孔，他对挑肥拣瘦的丁毓本来就不满。他右手把刀扔在肉案上，左手接过钱，用力一抖，钞票发出了一声喑哑的声音。他狐疑地瞪了丁毓一眼，拿着钞票对着亮处一看，说：这钱是假的！丁毓吓了一跳，说：不可能！小伙子说：你还不服？你自己拿去看吧。

丁毓把案板上的钱拿过来，正反看看，对着亮光照照，水印似有若无，实在是拿不准。他嘴里辩道：怎么可能是假的？我今天才领的工资。

小伙子大了嗓门说：我知道你是从哪儿弄来的？好多人都会造假钱，不过都休想骗得了我的眼睛！

丁毓急了，他涨红了脸说：你是说这钱是我造出来的？你讲话要负责任！

卖肉的说：我说什么啦？我说是你造的吗？反正这钱不是我的，我也不收。他带几分得意地说：哼，假钱买肉，我的肉可是真的！

这时候已经有不少人围上来看热闹。丁毓脸上挂不住，他说：我不买了。我不买你的肉还不行吗！他正准备把钱塞回口袋里去，旁边一个老头说：我来看看，不由分说把钱拿过去，一群人抢着围上去。啧啧！像真的一样！老头嘴里连连赞叹。丁毓一分钟也不愿待下去，他说：把钱给我，我不买了，我还有事。正说话间，卖肉的小伙子一伸手从老头手上把钱拔了去，他神气活现地说：钱不能带走，按规定要没收，交到银行去！丁毓傻了眼，他结结巴巴地说：你凭什么?！小伙子说：凭什么？凭规定！

丁毓气急败坏，但他毫无办法。他环顾四周，希望有个熟人来帮他，可他的眼镜不知什么时候被水汽熏糊了，看不太清；似乎有两个熟人走过来，但他们远远地避开了。丁毓这会儿只会说：你给不给？给不给？卖肉的翻着怪眼，压根不朝他看。

那个老头看不下去，突然发作，开骂道：你算个什么×东西！你卖你的肉，不卖就拉倒！你把钱还给我！

小伙一下子倒被骂蒙了，他说：这关你什么事？老头说：就关我的事。钱是你从我手上拿过去的，你就得还给我！小伙子犟着还不想动。老头说：你不给？好，我家就在这边，你明天还敢来卖肉，我就服了你！老头恶狠狠地盯着他。

小伙子心里有点发虚，但一时下不了台。旁边肉案上的一个中年人走过去，从他手上一把把钱拿过来，递给老头，说，算了算了，吵个什么劲，把我的生意都吵黄了。他对着大家大声叫道：卖肉，降价啰！他这一喊，围着的人慢慢散了。

还有两个好奇的想见识见识假钞，老头手一挥道：什么假钱？谁说一定是假的？他说了就算数了？银行说了才算数！他把钱递给丁毓，轻声说，钱真是假的，我当过会计。你快走吧。丁毓呆呆的，连声谢谢也没想起来说，老头就走了。

丁毓推起自行车。他的两腿木木的，不小心脚滑了一下。他身后的小伙子讥诮地说：买塑料假花还要用真钱呢，哼，想用假钱买我的肉！丁毓假装没听见。他边走边苦笑，他想这小伙子好像还读过几天书，竟讲出这等酸话。讲话这么刻薄，以后怕是要吃亏。

又想：今天要不是老头打抱不平，还真不知道该怎么收场。刚才那一会儿，要不是绷在那里，丁毓恨不能立即逃之夭夭。假钱本不是他造的，其实他很可以理直气壮，但他的底气就是没那个老头足，甚至连那个卖肉的也不如。丁毓知道，自己骨子里是个软弱的人。

可这钱究竟是什么时候钻进自己口袋里的呢？丁毓并不是一个钱哗哗进得来不及点的那类人。思前想后，最近他确实没有额外的收入，只有几天前领过工资和月奖，回忆起来，钱还是汪水湄代他领的。他真搞不清这张假钱从何而来。其实再想想，他又怎可能搞得清？辨认钱的真假如同看透一个人，绝不可能一目了然。而且关键是，他压根就没有防备。总而言之，这张假钞是在他毫无防备时流到他手上的。它阴险地埋伏在钱夹里，等着丁毓把它拿出来现丑。想到这里，丁毓的心似乎哆嗦了一下。

丁毓觉得身上发冷。他骑上了车子，想早点蹬回家，也好暖和一点。这时候天已经全黑了，沿街的店铺里，灯明晃晃地照着。一瞥间，他看见了一个女人熟悉的身影。他知道那是汪水湄。骑过她身边时，她扬手跟他打招呼，笑吟吟的。他假装没看见，脚下一用劲，飞快地骑过去了。他觉得自己有点怕她。

她还冲着自己笑，那么坦然！自己为她的事费了那么多心思，她倒好像没事人似的。其实，用假话骗人，正如用假钱买东西，一样都是上不得台面的事。可他今天并不知道这张钞票是假的，他不是故意的。但是汪水湄呢？他们当年有过一段短暂的往事，不管怎么说，当时总还是有一点真感情的吧？可这种感情有多少真实的成分，他拿不准。

这些天，丁毓忙得焦头烂额。按任职年限，今年他正式申报正教授职称。除了课表上早已定好的上课任务，他几乎推掉了一切杂务。

事情确实非常的多：所有几年来完成的科研成果的鉴定书要整理，担任的教学工作量要计算清楚，发表的专著、论文也要归拢复印……这些都弄好了，还要分门别类地填到好几种表格上去。丁毓常常做了这项又忘了那项。但忙归忙，丁毓忙得很开心，他心里洋溢着一种办喜事的喜气。他才四十五岁，如果能如愿晋升正高职称，不知要羡慕煞多少同龄人。丁毓自己在心里掂量了一下，无论从学术水平还是工作实绩看，他都是比较有把握的。唯一不利的是他的资历稍浅，而且是第一次申报，评委投票时，同情心有可能会倾向那些年龄较大而运气一直不好的竞争对手。这几个对手丁毓都很熟悉，但比较而言，他还有一个很明显的优势，那就是他的人缘好，口碑甚佳。这一点严格说来应该与职称无关，但有时候一些相当重大的事情，正是由这些说不清道不明的微妙因素决定的。这些年龄较大的人，因为在单位待的时间太长，难免和某些评委有些瓜葛和矛盾，这样看来，丁毓的年轻又成为一种优势了。

每年到了申报职称的四五月间，系里都格外热闹。有关无关的人都到系里闲聊，打听行情。系的舆论和丁毓自己的推测差不多，对他相当有利。丁毓非常兴奋。他把自己的材料准备好以后，一式复印了好多份，悄悄地给正高评委们分别送去，请他们关照。这些事情做完后，他就基本轻松下来了。

丁毓每天照常到系里去一趟，这是必须的。他来，并没有急得上火，忙得发虚，这本身就是一种姿态，而且这个时候多听听舆论，必要的时候适当地参与舆论，其好处是不言自明的。

还有二十多天就要进行答辩和投票了。丁毓的心里有一种即将成功的兴奋，但他的内心并不松弛。剩下的这二十多天说长也不长，但是谁又能肯定不会发生一点意外的事情呢？丁毓作为教研室主任，同时又是晋升副教授职称的系评委，他当然知道，汪水湄今年也在申报之列，但他并没有太往心里去。那一切都已经是往事了。他们现在也就是普通同事，至少外人看上去是这样。一切都已经淡忘，他们的关系也淡淡的。有时候连丁毓自己都会怀疑：那段故事是真的吗？或许只是个梦吧？在路上遇到汪水湄，丁毓甚至会产生一股冲动，他想核实一下，那到底是不是只是一个梦？但他终于没敢开口明讲。有一次他鼓起勇气，用言语试探了一下，汪水湄毫无反应，似乎浑然未觉，丁毓虽说心中飘过了一丝淡淡的失落，但转念间他又产生了一种安全感。过去的就过去吧，就把它当个梦来看吧。

即便那段故事是真的，看来汪水湄也已经把它完全遗忘了。

丁毓感到轻松，如释重负。但他同时还有点迷惑，他觉得现在这年头，女人们是越来越难琢磨了。有时夜深人静时他躺在床上，妻子已在身边微微打鼾，这时，那段往事的脉络会像水底的鱼网那样缓缓地升出水面：网面上有一些银白色的鱼上下跳动，仿佛像那段故事的细节一样明晰可辨。虽然他自己也说不清那段故事中有多少感情的成分，但是汪水湄把它遗忘得如此彻底，似乎在她的心里没有留下丝毫痕迹，丁毓还是感到费解，甚至还有些不满和委屈。她怎么能够如此薄情呢？！那件事情以后的一段时间，丁毓心里总好像欠了她一点什么，他害怕见她，在工作上，他尽可能地给她一些关照，可是汪水湄大大咧咧，好像毫无察觉，丝毫也不领他的情。丁毓终于觉得自己这是在自作多情，自寻烦恼：既然她都不在乎，我在乎个什么呢？既然她都忘了，我又还记着干什么？自己也许是太认真了，太死脑筋了，说到底还是个乡巴佬，没见过世面。汪水湄比自己小不到十岁，也许她这个年龄的女人，这样的事情根本就不算个事儿。说不定——想到这里丁毓心里微微有些发酸——她和别人也有过这样的事儿哩！

总之丁毓是彻底想开了。不管怎样，自己是个男人，而男人在这种事情上是说不上吃亏的。忘了就忘了吧，还是忘了好。

虽说如此,但这些天来,丁毓心里仍然有些淡淡的不安,或者说他隐约有一点预感。这种预感不很明确,但很坚定,仿佛清晨的浓雾,拂之不去;他仿佛在浓雾中往前跑,往一个不可知的地方跑,待到太阳出来,晨雾将要散去,不知道那时候呈现在眼前的,将会是怎样一番景色。

丁毓的不安源于汪水湄最近的神态。好几次汪水湄碰上他,都是一副有话要说的样子,但又欲语还休,似乎是等待一个合适的机会。有一次丁毓刚出系办公室的门,恰好迎面和汪水湄碰上,她说,祝贺你呀,十拿九稳耶!丁毓知道她说的是职称,尴尬地搭讪了几句就走了,但他察觉出这句没头没脑的话里有一种情绪,一种不满和怨尤。好几天汪水湄都没和他再说什么,但丁毓原本平静的情绪被扰乱了,他明显地烦躁起来。汪水湄的不满似乎越来越深,再在路上碰上丁毓时她连招呼也不打了,只远远地瞪一眼就瞥开去。她显然有话要说,但她好像是在等着丁毓主动开口。丁毓这段时间的脑子特别清醒,他所有的神经都敏锐感受着外界的动静,他料定汪水湄的怨气肯定与职称评定的形势有关。副高职称的竞争同样非常残酷,几乎所有的申报者都已经来找过他,而汪水湄却至今没有,这是极不正常的。

丁毓打定主意暂时不去主动找她。你不是把什么都忘了吗？那就算了呗。他倒想看看，汪水湄到底能耐到什么时候。丁毓的心里甚至还产生了一丝报复的快感。他自己也觉得这有点卑鄙，但他暂时还不想放弃这种愉快的感觉。副高职称的评定安排在正高职称的后面，丁毓觉得自己还有时间。他继续按兵不动，同时睐着眼观望着汪水湄。但几天过去后，他自己先沉不住气了。他发现汪水湄好像在几天之内换了一个人，原先常常看到的愁容和怨气一扫而空，在系里和别人嘻嘻哈哈地聊天不说，对他也一下子笑脸相迎了。丁毓被这种突如其来的变化弄得不知所措，更令他惊慌的是，汪水湄和他的两个竞争对手陡然间密切起来，有一次她和老孔在路上迎面走过来，两个停下来一起和丁毓打招呼，弄得他相当尴尬。丁毓觉到了危险。他无法忽略的是，汪水湄还是自己教研室的教师，是自己的直接部下，这个时候她和老孔他们的过多接触无疑潜藏着危险：谁平时的工作里没有一点纰漏和差错呢？好多人现在正巴不得捡到他的这些事儿，然后把它们放大了传播出去。丁毓决定，尽快主动找汪水湄谈一谈。他心里对汪水湄有点恨恨的。

　　丁毓告诫自己，不能动气。应该营造一种随便轻松但又非常亲切的气氛。把一个女人惹恼了是十分可怕的，很可能会不可收拾。况且，撇开其他一切都不说，汪水湄是自己教研室的人，作为教研室主任，自己本来就该主动关心她。职称这么大的事，做主任的一直保持沉默，说什么也讲不过去，这本身就不正常。你们两人不只是普通的同事吗，那好，那你们就应该按最正常的关系那样相处。既然这几年来水湄从未提出过非分的要求，相信她现在也不会的。

丁毓很快就调整好了自己的心态。他找了个机会，约了汪水湄，说要调一节课，请她到教研室商量一下。水湄应着声，慢慢地跟在他身后。丁毓走在前面，突然间心里又起波澜，那段往事仿佛一团阴云，让他觉得有点阴郁，他甚至拿不准，待会儿怎么开头。

教研室里平时来的人很少，几乎每一张桌子上都落了一层薄薄的灰尘。丁毓找出一块抹布，在汪水湄的桌椅上慢慢地抹着，随着他的动作，屋子里腾起了一片金色的灰尘。汪水湄退在一边，掩着鼻子。丁毓去把窗户打开，这才发现窗户原本就没有关死，所以窗外马路上的灰尘乘虚而入了。丁毓说：坐吧。我本来早就想找你了，看你这一阵挺忙的。

水湄款款道：我不忙，是你忙。

丁毓一怔，尴尬地笑笑说：我也是瞎忙一气。你知道的，想不忙也不行。我其实心里也没什么把握，不过也只能这样了。我现在倒是挺担心你的事儿，不知道你准备得怎么样了……

　　水湄客气地打断他,说,丁主任,你约我来,不是谈调课的事吗,怎么说起这个来了?

　　丁毓的脸微微一红,说:你不要这样气呼呼的好不好?你其实知道我今天的目的。我想问问你的情况,帮你参谋参谋。

　　你还想到要关心我?!水湄的脸一下子涨得通红,她恨恨地说,你还是去忙你自己的事吧,我上得了上不了关你什么事儿?!你现在才想到要关心我!她的眼里一下子噙满泪水,抽泣着说,我早就知道是今天的结果,我这个人太傻了。

　　她的声音很大,丁毓吓得赶快把门掩上。窗外有几个学生模样的人经过,丁毓看看激动的汪水媚,目光已近乎于哀求。他生怕被别人看见或听见这一幕。他一边辞不达意地安慰汪水湄,一边连连在心里骂自己,真是个大蠢蛋。自己确实应该主动去关心她,早一点找她。心里先有了鬼,还想等她来求自己,既小心眼,又犯傻。弄到最后,还不是自己主动找她?还弄得这么被动,实在是大大地失策了。他看教研室周围似乎没人,伸出手,按一下汪水媚的肩,让她坐下,自己也拖张椅子坐在她面前。他说:你别急,我们不是还有一个多月吗?还来得及。我们把材料再理一理,看哪些地方还需要再加强一下。

　　汪水湄低着头不说话。丁毓说:评委们你再分别找一找,我也可以跟几个关键人物打打招呼……讲到这里，他突然停住了，想起了什么似的，皱起了眉头说：你最近一段时间好像跟老孔他们几个联系挺多的，你跟他们打过招呼了吧？谈得怎么样呢？

汪水湄抬起头，尖锐地看了他一眼说：别人不管我，我自己还不能关心关心自己呀！他们几个我是找过了。我们还谈得挺多的。他们都很关心我们教研室的情况。

丁毓警惕地注视着她，心里升起一阵愠怒。这时，丁毓的内心已经有些发慌，他不知道这个女人会不会一气之下和他作对，故意授人以柄。在这个敏感的阶段，任何细微的口实都极具杀伤力。如果事情已经到了这一步，那就糟透了。一瞬间，他想了很多很多。他的脸色变得像铁一样又冷又硬，嘴角浮起了一丝冷笑，他想如果她真的坏了自己的事儿，那就应该立即设法补救，而且解铃还须系铃人，一定要让她自己出面，挽回影响。如果不行，那就一拍两散，让她的职称也去泡汤！他觉得自己终究还是有力的。汪水湄好像看透了他的心思，似笑非笑的瞥了他一眼，幽幽地说：你放心，我没跟他们多说什么。你本来就比他们强。即使系里只上一个正高，我认为也应该是你。水湄低下头，轻声说，哪些话能讲，哪些事不能说，我心里清楚，我又不是个小孩子。

丁毓的脸腾地红了。他心里松了一口气,说:我知道你会掌握分寸。其实,他们未必会真的帮你。水湄说:难道我不知道吗?但我不去找他们,他们就会认为我是不把他们放在眼里,到时候更会刁难我。

那你一直不来找我,就不怕我计较吗?丁毓见气氛已经缓和,半开玩笑地说。

你不会的,汪水湄看着丁毓,柔声说:我知道你一定会帮我的。

这时的水湄看上去柔弱无助,楚楚可怜。丁毓没有直接回答,站起身说:你的情况我心里基本清楚,材料我也看过了。你自己觉得哪个方面还弱一点呢?

水湄说:我论文弱。有一篇论文现在正在《建筑通讯》编辑部,还不知能不能用。

丁毓沉吟了一下说:那我帮你去问一问,给他们打个招呼。就是不知时间还来不来得及。

水湄说:来得及的。不是说有采用证明也可以吗?

那倒是。那我明天就给他们打电话。如果不行,我们再想其他办法。

水湄说,你一出马,那肯定能成。一篇文章对你来说,不是什么大不了的事。丁毓刚要说不那么简单,水湄柔声说,我反正都靠你了。两人不再说话，一瞬间的寂静使两人一时竟不敢对视。这时候，远处传来了隐约的下课铃声，两人都意识到他们待在一起的时间已经太长，不敢再多说什么就分手了。出门时汪水湄深深地看了丁毓一眼，丁毓心中不由一动，往事的碎片又从幽暗处飘忽而来。碎片似乎缥缈而无形，但刚才的交谈是伸手可及的。丁毓出了系办公楼，风一吹，脑子格外清醒起来。他突然觉得心里非常郁闷，那感觉似乎是冷不丁被哪个不相干的部门召去开了一个不相干的会议，而且还布置他做一些莫名其妙的工作。但是细想想，又似乎不是这么回事，水湄的职称不能说与他毫无关系。问题是，他太心虚了，这会儿想起来，自己都觉得窝囊。女人总是比男人更爱面子的吧？汪水湄绝不可能把那件早已过去的往事说出去的。她刚才不是说了吗，她找老孔他们并没有口无遮拦地乱说。这是可信的。至少她现在还没有出去乱说。可是自己一见她和老孔他们接触就心虚了，慌里慌张地去找她；看上去她是柔弱无助的，事实上她却完全掌握了主动。

　　但不管怎么说，自己还是应该帮助她。丁毓长叹一口气，他心里明白，这么短的时间要发一篇论文不是那么容易的事，况且，汪水湄的论文他连看都没看过，对文章的质量根本就没有把握。

只能试一试吧。关键是要让汪水湄觉得自己已为她尽了全力，如果达到这样的效果，那也就可以了。

事情果然不那么容易，至少不像汪水湄说的那么简单。仅仅是一篇文章就要让他费上很多心思，真正要帮她把职称评上，还不知道要烦多少神。更让他气恼的是汪水湄那种难以捉摸的态度。她就像一个非常狡猾的小孩子，一会儿柔声地求你，一会儿又和你翻脸撒泼，这些看上去很孩子气的作派，却弄得他这个成熟的男人左右为难，畏首畏尾。这天下午，为了文章的事，丁毓和汪水湄就弄得不欢而散，但他出菜场时在路上碰到她，她却像没事人似的，冲自己笑得简直像朵花！丁毓不愿再费心思去猜度汪水湄的内心，但他不得不承认，汪水湄非常成功地调度了他的情绪。他使劲地蹬着车，似乎这样就可以从蜘蛛网般烦人的情绪中冲出来。

回到家时，天已经全黑了。妻子杨惠正坐在沙发上看电视，儿子趴在地板上玩，把玩具扔了一地。见他回来，杨惠坐在沙发上没挪窝，显然心里有气；儿子丢下玩具扑上来，嘴里直叫，爸爸，我饿死了，饿得都没劲玩了，你怎么才回来！丁毓嘴里应付着儿子，系上围裙，直奔厨房去弄饭。菜买得太少，一会儿就择好洗好了，但要弄出几个像样的菜来，却很让他挠头。妻子走进来,揶揄地问:这就是你买的菜?是不是准备吃斋念佛了?丁毓迟疑了一下,他本想告诉她假币的事,但一想要是说出来,肯定要受一顿埋怨,怪他不长心眼,认不出假钱,他只好说:菜够了呀,家里不是还有一块肉吗?杨惠说:我看你是忙昏头了!你自己看,肉在哪儿?丁毓冲冰箱探一探头,说:那儿不是还有点肉末吗?杨惠气呼呼地把硬邦邦的肉末扔进盆子,倒上温水,又拿出一把香菇浸在水里。厨房太窄,两个人转不开身,丁毓擦擦手,搭讪着准备出去。杨惠拽住他,一把扯下他身上的围裙,系在自己身上。

不一会儿,饭菜做好了,倒也摆满了小饭桌。儿子扒拉了两口就不肯再吃,嫌菜不好。丁毓夹一块香菇给他,儿子咬了一口就吐了,说咬不动。丁毓捡起来一咬,确实筋筋拽拽的,还没泡开来。他想抱怨妻子,但一想责任还是在自己身上,就没敢开口。丁毓让儿子去做作业,随手又抓了一把饼干放在他面前。把儿子安顿好,他再也没有胃口,草草扒了几口,坐在那儿陪杨惠。等她吃完了,他起身收拾碗筷。按分工,杨惠烧饭,丁毓买菜洗碗,这已经成了他们多年来的习惯。杨惠站在边上看着他忙,好像有什么话要说。厨房里是一盏低瓦数的白炽灯,光线昏暗,丁毓洗着碗,碗筷叮当作响,厨房显得更暗。他不自觉地叹了一口气。杨惠一边帮他收碗,一边说:今天下午有人打电话找你。丁毓哦了一声。杨惠说：是个女的，她说姓汪。丁毓说：可能是我们教研室的一个同事。他心里立即反应过来，是汪水湄。他问：她说了找我有什么事吗？杨惠说：我问她，她说没什么急事。你也是的，她怎么会对我说呢？丁毓听出她话里有点怪怪的，连忙轻描淡写地说：可能是为了室里的什么事，大概是调课吧。看杨惠还有点狐疑，丁毓突然一本正经地嗅嗅鼻子说：咦，好像是醋瓶子打翻了嘛，不信你闻闻。杨惠说：去你的，谁吃你的醋！量你也没那个胆子！丁毓说：对呀，你这就说对了，我有这个心，也没那个胆啊！现在的女人，我可惹不起！两人又嘻嘻哈哈地开了几句玩笑。气氛倒也和缓了。

丁毓猜想，水湄打电话来，一定还是为了职称的事儿。整个晚上，他都担心水湄再把电话打到他家里来。这件事千万不能当着妻子的面谈。他不可能解释清楚自己为什么要这么卖力地去帮一个下属，还是个女的。杨惠和儿子睡下后，他在那儿看书，突然电话铃响了，他吓了一跳，手忙脚乱地抓起电话，一听，是个男人的声音，他长松了一口气。打电话的是系里的一个教师，也是为了副高职称的事，请他关照。丁毓放了心，他的态度非常好，而且故意把通话时间拉长了好多。他知道至少在通话时，水湄的电话是打不进来的。丁毓满口答应帮忙，他心里差不多都有点感谢这个电话了。放下电话他又有点后悔，觉得自己刚才话答应得太满，而且这个人又是汪水湄的竞争对手。但他马上又释然了，到时候主动权仍然在自己手里，又没有谁会监督着自己投他一票的，船到桥头自然直，自己先做了亏心事似的干什么呢？丁毓躺到床上，发现妻子还醒着，大概是一直在听着他打电话。

他看看表，已经十一点，汪水湄，是再也不可能打电话来了，他悄悄地松了一口气。

为了把那篇文章发出来，他设想了一个方案，上午见到汪水湄时他暗示了一下，但水湄似乎一点也没有领会。她下午打电话到家里，在菜场附近遇到自己时也可能是有话要说，大概还是关于文章的事吧。不知她现在是不是想明白了。

丁毓心里乱糟糟地沉沉睡去。迷蒙中，他仿佛又置身在菜场里，好多人围着他看。他猛然想起这个月的工资是水湄代他领的，那么那张假币——这一想，他立即警醒了。转念一想，那张假币当然绝不可能与水湄有关，自己刚才的念头实在是太过阴暗了。黑暗中，他感到自己的脸在发红。

但不管怎么说，他这些天的烦恼似乎都与汪水湄有点关系。夜这时已经很深，他的头有点发疼。丁毓再一次强迫自己静下心来，往睡眠里沉下去。他好像是睡在一团乱麻里。

发文章的事开头就不顺。本以为一个电话就可以解决问题，可他万万没想到，和他颇为交好的那个编辑出了长差，十天半月回不去，而其他几个编辑和他都没什么交情。在电话里人家倒是挺客气，说对文章质量他们是放心的，只是手上正编著的这期刊物上已经有了关于地基处理的文章了，一般来说，除了组织讨论，他们不在同一期刊登相同论题的论文。而且即将刊登的这篇文章的作者是个工程院院士，难以抽换。这个院士的名字丁毓听来如雷贯耳，他还是丁毓正高职称的评委之一。丁毓知道，就这种情况而言，即使刊物同意抽换，他也不敢同意。万一传出去，那就完了。最后，他只好请编辑把稿子尽快退回来。两天后，一封特快专递寄到了他手上。一拿到那个大大的信封丁毓就后悔不迭：本该让他们把稿子直接退给汪水湄的！即使这事最终还是推不掉，也该首先寄到水湄的手里。现在这稿子托在手上，沉甸甸的。

丁毓心里有了心思。文章他看了，质量很一般，如果是他编刊物，这篇文章也只能归为可发可不发的那一类。水湄从来也不是一个业务水平很高的人。她只是很精明，而这种精明他原本还没有在意。

职称评定的日子越来越近。表面看上去，一切如常，仿佛是冰封的河，但所有圈内人都感觉到，冰层下面的水流是喧嚣而湍急的。对自己的职称而言，丁毓各方面的工作都已经做到了家，他明白，做工作也要讲究分寸，做得太多，太用劲，反而会适得其反。但他的心还是放不下。事已至此，他当然希望汪水湄能上去。他把论文被退的情况对汪水湄讲了后，她这几天几乎每次碰到都要催他。她急得不得了，但她自己又毫无办法。她总是问：那怎么办呢？你说我们怎么办呢——怎么办？丁毓也还没有想出什么十拿九稳的绝招。他被这种追问弄得极其烦躁，她好像是全赖在自己身上了！丁毓料定，除了自己会这么卖力地帮她，汪水湄是再也没有任何强有力的外援了。水湄自己肯定非常清楚这一点。由此，丁毓想到前些天水湄还耍小聪明，引得自己沉不住气主动去找她，就觉得非常憋气。有一次，几个老同学聚会，有个家伙说的一句话相当精辟，他说，知识分子要想有点出息，关键是要管好自己的"两巴"：后面不要翘尾巴，前面不要翘鸡巴！说得大家哄堂大笑。一想到这句警世通言，丁毓就忍不住脸上发红。那天下午，丁毓从系里回家，出了办公楼不久，汪水湄从一排海棠后面闪了出来，看上去好像是偶然遇上的，但丁毓在心里把这次"巧遇"

看成是一次埋伏。水湄一见面又问起论文的事儿，丁毓情急之下说，你急了也没用啊，我一下子实在是拿不出办法来！说不定论文发不出来也没关系的。汪水湄一下子变了脸，她冷笑着说：有没有关系你比我清楚得多！你想撒手不管那就算了！说完就扭头气冲冲地跑了。

丁毓恨不得真的就不去管她。但他几乎立即就打消了这个念头。这个时候绝不能激化矛盾，要尽快安抚她，让她心平气和，最好还要让她心存感念。丁毓压下了火气，开始想另外的办法。《建筑通讯》这条路是断了，只好到其他刊物再试试。论文已经定了型，质量也就那个样子了。丁毓想唯一的办法只能在署名上做一点技术处理，加一个相对权威的名字署在上面，这样人家就要买账得多。人人都知道，刊物用稿只论质不唯名，永远只能是一个神话。

但难度依然存在。要尽快找一个合适的名字署在上面并不那么简单。首先是时间紧，而且还只能私下甚至是鬼鬼祟祟地进行。可一个有了一定名气的人是很难接受这样的方式的——噢，你写了文章，要把我的名字署上去，这到底算是谁帮了谁呢？丁毓想到了一个人，那就是他自己。但是同样的顾虑他就没有吗？虽说是他帮了水湄，可是他也觉得这个口不好开。最好是水湄主动提出来，自己再认真推辞一下，这样就可以避掉掠美之嫌。丁毓在水湄面前暗示过，可水湄的聪颖突然间消失得无影无踪，就是靠不到他的思路上来。丁毓这一次打定了主意，一定要沉住气，决不先开这个口。否则职称的事儿过去后，时间一长，一切都很难说得清楚了，倒是文章上的署名像个文盗的罪证似的白底黑字永远摆在那儿。丁毓这一次的耐心相当好，但水湄在他心目中几乎越来越面目可憎了。

丁毓觉得自己非常倒霉。妻子几年前调到这个城市后，家里买菜的事几乎全由他包了，虽然妻子经常还会抱怨他，菜不好啦，价钱贵啦，但几年来他从未出过诸如丢钱包之类的大纰漏，他已经习惯了这种分工。这几天他心情又闷又烦，可倒霉的事儿偏偏这时来找他。你说，能有多少人"有幸"碰上假币呢？可他丁毓就碰上了，这真是没有办法的事情。

第二天起来，丁毓的脑袋昏昏沉沉的，右侧的头还有点疼。他使劲摇摇，似乎是想把什么东西甩出去，但是头像个坏了的鸡蛋，晃得连脑壳都疼起来。第一二节是他的课，他强打精神拖过去了，不用说，效果很不好。丁毓很担心这两堂课损坏了他一贯的形象，临下课时他皱着眉头说：我有点感冒，头疼，可能有些地方没讲清楚，下次答疑课时大家可以来问我。

下了课，他到系里去，系办公室里老孔他们正不知在聊着什么，见他进来，都不吱声了。丁毓心里一沉，担心他们讲的不是什么好话。他装着没事似的，问办公室主任今天的信到了没有。主任说到了，没有你的。主任说，我们正在说你昨天碰上一张假币的事哩，是不是真是张假钱？其实你应该拿到银行看一下才是，说不定不是假的哩。丁毓一听他们说的是这件事，心里松了下来，但同时他又觉得可怕，昨天傍晚的事今天一早就传到了系里，可见流言的厉害。他说：这不算什么。不过怕是错不了，在菜场时有个老会计就说确实是假的。什么时候有空再到银行去看看吧。老孔原本讲得眉飞色舞，一见他进来，立即就闭了嘴，这时他插话说：千万别拿到银行，他们见了假币就要没收的。还要登记身份证，填什么单子，管它真的假的，何必自投罗网送给他们。他显得很关心。丁毓说：登记倒是不怕，反正又不是我造的。老孔说：那又何必损失一百块钱哩？假钱也是钱嘛！丁毓想老孔连那张假币是一张一百块的都知道了，昨天在菜场吵得不可开交时好像看见一个熟人的身影，想来就是老孔。他和自己平时就不对劲，当然要躲得远远的了。丁毓心中冷笑，嘴里说：嗨，我也不想再去烦这个神了，就留着自己做个收藏吧。他不想在这儿再多啰唆，提上包就准备走。办公室主任还余兴未尽，要他把钱拿出来见识见识。丁毓说没带,就走了。

丁毓准备去校医院拿点药。路过教研室时,他看见汪水湄正在里面改学生作业。他迟疑了一下要不要进去,汪水湄已经站起身来了。

水湄说:你是从办公室出来吧,他们已经谈了好一会儿了。

丁毓说:你是说假钱的事吧?这没什么,不就一百块钱的事吗?破财消灾嘛。

水湄说:你倒是大方啊!这个月的工资还是我代你领的呢,假钱怕就是夹在工资里的吧?

我不知道。

水湄说:你把钱换给我吧,我来处理。

丁毓说:那不行。这不关你的事。不过我最近很倒霉。他有点不耐烦地说,我们别说这个了吧。我今天有点头疼,恐怕是要感冒,我想去医院拿点药。丁毓想起她昨天下午打电话的事,话到了嘴边他又忍住了。

水湄说:你别去了,这会儿医院人很多。我这儿有康泰克。她打开小包,找出一板药,把自己的杯子递给丁毓说,你先吃一粒。

丁毓端起杯子,把药吞了下去。他说:文章的事我昨天跟你说了，最好是找个有点名气的人在上面署个名，再寄到另一家刊物。你看看有没有合适的人？

水湄说：现在的刊物真的这么势利吗？明明是同一篇文章，换个名字就能发表，这也太过分了！

丁毓忍不住想说：文章发不出来，不光是因为你没有名气，主要还是因为质量不行。但这句话太伤人，他忍住了没有说。

那这样行不行？汪水湄突然想起了什么似的说：我用个笔名，她想了一下说，就叫×××！

丁毓吓了一跳：×××？这不是省土木学会的副会长吗？他吃惊地说：你这是什么意思？

水湄面露得意地说：我这个笔名和土木学会副会长的名字只一字之差，怎么样，名气够大了吧？文章发出来后我再给编辑部去一封信，说明那是个笔名，其实就是我；然后请他们出一个证明，证明这篇文章是我写的。这样，问题不就解决了吗？

丁毓听得目瞪口呆，他开始还以为水湄是在开玩笑，后来才发现不是。他一时都不知道说什么才好了。

你觉得不行？汪水湄盯住他问。丁毓避开她的视线，半晌才说：你真是太厉害了。他冷笑道：你真是敢想啊！你以为你是谁？你以为你是幼儿园的老师，别人都是小孩子？你把别人想得太笨了！

我这不正跟你商量吗？汪水湄也动了气。不行就不行，你这个样子干什么！

丁毓说：行，行。你自己有主见，那你就去试试吧。我不太舒服，我要去拿药了。丁毓拎了自己的包。他觉得水湄实在是聪明得过了头。如果她继续这样弄小聪明，即使有一万种理由，自己也不能帮她。他刚要出门，汪水湄把他拦住了。

你别走。她脸红红地说，我也就是说说而已。我也知道不行的，而且时间也来不及。

不是时间来不及，丁毓打断她说，是你太异想天开了！

那你说怎么办？

办法我已经说过了，我想不出其他绝招来。丁毓有点急躁。他认为事情是明摆着的，只有把他自己的名字署上去才行。他差一点就要开口点破，反正自己是心底无私的。但他终于还是忍住了。

沉默了片刻，水湄神色黯淡地说：那只有借你的名字用一下了。行吗？

丁毓想，你终于说出这句话了，可真不容易啊！

但他嘴上坚决地推辞道：那怎么行！他看上去显得很吃

惊，似乎万万没想到水湄会提出这个办法。他说，我可是一个字也没有写，相关实验我也没有参与，怎么能署这个名？我不能做这样的事情！

你就不要推了，水湄说，你这是在帮我，是我主动求你的。

可别人会怎么看呢？别人会骂我霸占你的成果的。

别人怎么会知道你没有写呢？水湄说，就像今天我们在这里商量，别人是不会知道的。文章登出来，两个人的名字白底黑字印在上面，那就是我们两人合作的。别人讲不出什么。

那总是不好，总是不好。丁毓嘴里说着，但口气已经不那么坚决了。水湄的话讲到这个份上，确实已经达到了他在心里预想的情形。丁毓甚至猜测，汪水湄说不定已经私下去找过别人，只不过人家没有答应她。现在是她在求我，不是我主动贴上去的，这样就好。丁毓说：如果实在没有别的办法，就这样试试吧。他沉吟了一下说，那就把我的名字署在你后面吧，就是不知道我的名字管不管用。

肯定管用的，水湄说，只要你在心里把它当成自己的论文，就一定管用。

丁毓心里泛上一丝不快。他扬起眉毛，看着汪水湄说：你难道还不相信我？我对你的职称比对我自己的事还要上心。

水湄的脸上泛起一片红晕，她轻声说：我知道哩，你确实是诚心在帮我。我不是一个健忘的人。

丁毓身上原本就发冷，听了这话似有一股凉意从尾骨直窜上去。他想起了那段显然两人都未曾忘却的往事。他心里有点发虚，身上也软软的不得劲儿。他稳稳神，尴尬地笑笑说：我倒希望你的忘性大一点儿。他不等水湄答话，继续说，我要去拿药了。有消息我会及时告诉你的。你放心吧。

丁毓拎上包出了系办公楼，走上了校园的林阴大道。一阵微风吹过，他一连串打了好几个喷嚏，眼泪鼻涕都出来了。每年春天他都要感冒，开始他以为仅仅是气候的原因，后来他才发现原来梧桐树上的绒毛也在作祟。医生说他是过敏型体质，没别的办法，只有吃一些扑尔敏。每年到了这时候，他一有感觉就去拿点药吃，最近实在是太忙了，把这事给忘了。丁毓用手帕捂住鼻，低着头走在路上，看上去他相当狼狈。他嗓子痒痒的，一路上闷着声音咳嗽不断。路边落了很多梧桐的球果和黄色的绒毛，一有人骑车驰过，地上的绒毛就打转。丁毓咳嗽着，看着别人若无其事地疾驰而过，心里真是嫉妒。同样的天气，同样的环境，这些人一点事都没有，可自己就是不行。这真是无奈的事情。

路上的行人来来往往，可有谁能窥破丁毓满腹的心思呢？

丁毓遇到的事，也许他们中有人也曾经历过，甚至还正在经历着，可他们看上去都活得自在快活。其实细想想，几年前的那段往事又有什么大不了的呢？那时候，他的妻子还没有调来，汪水湄的丈夫也还在外地工作。一个单身男人和一个单身女人，就这样。

而且，那是多么短暂的一段往事啊！是的，真的很短暂，短到严格说来都算不上是"一段"往事，而只能说是"一次"。一之为甚，岂可再乎？那唯一的一次，是相当慌张而且乏味的，也许是为了掩饰心里的沮丧甚至后悔吧，当时汪水湄说了不少充满感情的话。丁毓记住了这些话，而且曾经以为汪水湄早把这些话给忘了，但他终于发现她没有忘。往事一直躲在记忆的深处，现在终于闪出来现身了。

丁毓自觉他是了解汪水湄的。他不相信这一切都是处心积虑的结果——几年以前，汪水湄就能料到今天吗？不大可能。下棋看三步，还没听说下棋看几年的。即使在感情上，丁毓也不愿承认几年前那次短暂的往事是一次精心安排的伏笔。往事是应时应节而生的，现在又适时复活了。除了自己，又有谁能有效地帮助她呢？她不求自己，又去求谁呢？……这样想着，丁毓一时间心也平了，气也顺了。但是无论如何，对并无先见之明的丁毓来说，这是一场往事的伏击。

丁毓到医院拿了药,回到了家。他把扑尔敏吃下后,一会儿就开始犯困,头脑木木的,什么都想不了,只想睡觉。妻子中午不回家,他和儿子中午的饭自己解决。丁毓强打起精神把水烧在锅上,儿子一回来他就开始下面条。儿子在学校不知遇上了什么有趣的事,唠唠叨叨说个不停,丁毓支支吾吾地一句也不想答。所有的声音到了他耳朵里都慢了半拍。丁毓有点后悔一回来就急着吃了药,他没想到药性上来得这么快。儿子看爸爸不理他,很不开心,面条一吃完,还没等到上学时间就溜了。儿子一走,丁毓就躺到床上睡着了。

一觉醒来,头脑似乎清爽多了。看看时间,已经是下午四点多,他急着处理水湄的论文,要抢在邮局下班前弄好了寄出去。他怕时间来不及,就打了个电话给妻子,说自己有点事,让下班回来拐到菜场带点菜回来。他坐在那儿缓了一会儿神,把自己的名字加在了水湄的后面。他给《土木工程学报》编辑部的老李写了一封信,说自己正在申报职称,请他帮忙,文章请尽快处理云云。在信的最后,丁毓说明今年年会的地点他基本安排好了,可以摆在他们这儿,就是不知道他这个"地主"能不能当好。老李是土木学会的副秘书长,为了年会的地点安排,他和丁毓有点僵,丁毓原本已经推掉了这桩吃力不讨好的事儿,现在他有求于人,只好答应下来了。组织这样的会议非常烦琐，但到时可以让汪水湄多跑跑腿。她义不容辞，可以说本来也就是为了她嘛。

他从邮局用快信把文章发了出去。回到家，看见儿子正在楼下皮，几个男孩子把一个排球当足球踢着，满头大汗。儿子见到他，叫了一声，又玩自己的去了。丁毓让儿子不要玩得太晚，把儿子的书包拿上，先上了楼。家在六楼，丁毓爬得气喘吁吁。他坐在沙发上喝了几口水，妻子杨惠就回来了。杨惠手上拎了一大袋菜，进门就说：你在家呀？怎么我在楼下喊了半天你都没听见？她满脸不高兴地说，三楼有一袋米，你去拿上来。丁毓到三楼，把米搬了上来。米很沉，约莫三四十斤，丁毓膝盖直发软。杨惠见他脸色煞白，关心地问他：你怎么啦？生病了吗？丁毓说：还是老毛病，季节病。杨惠试试他的额头，问他去看过没有。丁毓说看了，已经拿了药。说着要帮她弄饭。杨惠拦住他，让他歇着，自己在厨房忙开了。丁毓坐了一会儿，儿子回来了。小家伙玩得像个泥猴，一进门就嚷着要吃饭。杨惠说：你看你头上都在冒热气了！快去洗个澡！儿子一听，高兴得嗷嗷叫，直奔卫生间，咚一声就跳到浴缸里去了。丁毓怕他凉着，连忙去把热水打开，把热水往儿子身上滋。儿子兴奋得不行，浑身乱抖，水花四溅。丁毓笑着骂一句，躲开了。

厨房里杨惠忙得很热闹,家里渐渐充满了炒菜的香味。丁毓觉得,家里的这些声音、这些香味让人安心,是多么的好。闲着没事,他到厨房把那袋米打开了,往米桶里装。杨惠帮他拎着米袋说:今天我遇到了你们单位那个姓汪的女的。她叫汪水湄吧?丁毓悚然一惊。他平静地说:是。

杨惠像是开玩笑地说:你好像有什么事情没有告诉我吧?

丁毓头脑里轰响了一下,他的脸唰地变了颜色。他颤抖着声音说:你什么意思?我能有什么事情瞒着你?

杨惠看他表情这么严重,反倒有点奇怪。你怎么啦?真这么胆小?那张假钱又不是我们自己造的,你怕什么?我还要把它去花掉哩!

丁毓见她说的是这个事儿,心里长松了一口气。他神色委顿地说:我正烦着这事儿。真倒霉!我本来不想告诉你的。我怕你骂我。他显得可怜巴巴的。

我就那么不讲理吗?杨惠柔声说,这是运气不好。说到底,不就一百块钱嘛!你把它给我,我能用得掉。

能行吗?

你别管了。我有办法。丁毓从钱包里把那张假钱拿出来,递给杨惠。儿子听见了,光着屁股,从厨房外面钻了进来,一把抢过去说,给我看看!给我看看!丁毓连忙扯一块浴巾给他裹上，手忙脚乱地给他穿衣服。杨惠担心儿子把钱弄坏，想把它骗下来，他怎么也不给，杨惠恨不得打他一巴掌。闹到最后，儿子都要哭了。丁毓反身到写字台抽屉里取出一张百元钞票，递给儿子说：爸爸再给你一张真的，好好地比较研究，他拍拍儿子的脑瓜说，去吧！待会儿把研究结果向爸爸妈妈报告一下。儿子欢天喜地地趴到写字台上。丁毓顺手把门带上了。

杨惠赌气说：你把小孩宠成什么样子了，我以后管不了他了！

丁毓边把饭菜往桌上摆，边说：不是我宠他。现在这个社会，要注意从小培养孩子的鉴别能力。这样以后才不至于上当。

你这是歪理。钱弄坏了用不掉怎么办？丁毓说：不会弄坏的。即使弄坏了，一百块钱让儿子长个见识，值得。

杨惠说：你口气倒不小。他这么大一个小孩还没到要鉴别钱的时候。

丁毓说：这你就目光短浅了不是？他现在是还不要用钱，但鉴别力要从小培养。他见妻子不说话了，有些得意，讲得刹不住：鉴别力这个东西实在是太重要了啊。钱钟书不是说过吗，娶老婆都需要鉴别力的，你娶了一个人，最后往往才发现你娶的不是恋爱时的那个人。这就是缺乏鉴别力的结果啊！

天晓得钱钟书有没有说过这句话。反正杨惠一听，脸唰地挂了下来：什么钱钟书李钟书的，我不懂！你有话就明说！我知道你心里从来瞧不起我，我哪有你那些女学生女教师好啊！你有什么想法就直说好了，我听着！

丁毓愣住了，知道自己说走了嘴。他连忙赔笑：你看你看，瞎扯了不是？这不是在谈教育儿子吗？

我看先要教育教育你！杨惠不依不饶地说，我可是看出来了，你那个姓汪的同事对你有情有义得很！丁毓的心狂跳几下，头脑里直发嗡。他什么也不敢说了。说起来他和妻子都是靠嘴巴吃饭的，但他站讲台，而妻子是站柜台的，真的斗起来，站讲台的必输无疑。他满脸堆笑地把妻子按在凳上说：你就是会瞎猜疑，这哪儿跟哪儿呀！他把一块肉夹了往杨惠嘴里送。杨惠说：你别想堵我的嘴！

丁毓见一味退让也不是办法，也来了火：我堵你什么嘴？你有什么就讲啊！他嘴上硬，心里还是有点慌。

杨惠说：我讲什么？我没什么讲的！下午遇到她，几句话一说我就有数了。

她说什么？

说什么？夸你呀！说你好，水平高，关心下属。还说我有福气！哼！这话什么意思？真以为我就那么傻呀！

她还说什么了？

这还不够啊？！

丁毓放了心。他冷笑道：我看你是有点傻！你知道她讲这些话是什么用意吗？

什么用意？杨惠有点发愣。丁毓说：她今年也要评职称，评副高，我这个教研室主任的态度举足轻重，人家是在拍你的马屁哩！丁毓估摸着他帮水湄的事以后杨惠总归要知道，还不如就势打个伏笔，省得以后啰唆。

杨惠头一梗、眉一扬说：她拍我马屁干嘛！丁毓解释道：她平时眼我关系一般，现在要我帮忙了，先拍拍你这主任夫人，这事儿可不就顺多了？

杨惠看上去还有点半信半疑，但气儿差不多已经顺了。她不答丁毓的话，扭头对写字台前的儿子喊：吃饭了。儿子正研究得津津有味，又喊了几声才捏着两张钞票过来。儿子说：我知道了真钱和假钱的区别了。丁毓给他们母子两个夹着菜，饶有兴趣地问：什么区别？说给我们听听。儿子说：一个大，一个小；一个干净，一个脏。丁毓说，是吗？我看看。他把两张钱叠好，上下一比，上面一张大了约莫一毫米。手稍一错，好像下面的又大了一点。

好像一样大嘛，他把钱递给杨惠说，你看看。杨惠板着脸。钱刚到手,突然火烫了似的叫一声:不好了!哪张是假的呀?!

丁毓一惊。嘴里镇定地说:儿子能分得开的,你放心。

儿子把钱接过去,比来比去。杨惠和丁毓眼巴巴地看着他。儿子苦着脸说:我认不出来了。

丁毓启发他说:你别急,你肯定能分出来。你不是说一张干净一张脏吗?

儿子说:它们现在都一样了。

丁毓把钱拿过来,对着灯看,认定某一张是假的,刚高兴,却发现另一张也差不多。

杨惠发火道:都是你惹出来的事儿!我看你是吃饱了撑的!把碗一推,到沙发上看电视去了。

儿子吓哭了。丁毓哄着他,自己也觉得无话可说。晚饭的气氛原本就不好,现在完全被破坏了。丁毓连哄带骗地给儿子塞了几口饭,悄没声地去把碗收拾了。

丁毓觉得寡谈无味得很。他把写字台前的台灯打开,招呼儿子去做作业。丁毓陪儿子坐了一会儿,突然想起今天是儿子小测验的日子,家长应该检查试卷,还要签字。他刚提了一句,儿子就可怜巴巴地看着他,像个做了错事的小动物,他马上就忍住了,不再说。他料定儿子考得不好,但他不想再弄得鸡飞狗跳的。他劝自己睁只眼闭只眼算了。丁毓板着脸让儿子好好做，自己退出了小房间。儿子感激地看看他。

电视里正放着一个无聊的连续剧，故意安排了一些搞笑的噱头，杨惠气鼓鼓地板着脸，倒是丁毓时不时地嘿嘿笑上几声，这和平时正好相反。丁毓看着杨惠的脸色，等到穿插广告时他小心翼翼地说：要不，钱还是放在我身上吧？我来想想办法。杨惠理都没理他。隔了一会儿，丁毓没话找话说：哎，老婆，我们单位那个汪水湄评职称要我帮她，你说我帮不帮这个忙？杨惠斜他一眼，不理他。丁毓说：帮不帮，就看你老婆一句话！杨惠没好气地说：你爱帮不帮，与我有什么关系？我弄不清你们这些事儿！说着捏着个遥控器把频道换来换去，把丁毓晃得眼花。丁毓闹了个没趣，只好灰着脸挤到儿子的房间里去借光。他推开房门一看，儿子已经趴在桌上睡着了。丁毓不忍弄醒儿子，轻手轻脚地把他抱到小床上安顿好，随手把灯关了。灯一熄，疲乏和困倦立即随着黑暗席卷而来，他觉得累得不行。

他倚在儿子的小床上，细想想，自己这一天并没有做什么事儿，可是他就是觉得累。似乎从头到脚，除了头发，无处不累。房间里黑洞洞的，没有光线，也没有危险；儿子在身旁发出轻微的鼾声。丁毓觉得这一刻的感觉是多么的安宁。他忍不住趴到儿子的脑袋边,轻轻地嗅嗅,儿子头上热烘烘的,还有一股香皂的气息。儿子咕哝了一句什么,翻个身,胳膊搭在丁毓的手上。丁毓的手没有动,不忍动。就这么待了好一会儿。

他没有招呼杨惠,自己吃了颗扑尔敏,先上了床。头有点昏,但又兴奋;身体累,却睡不着。妻子是个存不住话的人,汪水湄下午肯定确实没有跟她乱说什么,但多年来她和妻子都没有什么接触,现在却和妻子主动搭话——当然是她主动,因为妻子并不认识她——她到底是什么用意呢?丁毓觉得这里面潜伏着危险,不管怎么说,这不是一件好事。

明天他没有课,也没有计划中的事情,他决定上午不到系里去了。他确实觉得很累。至少在体力上,他要给自己放半天假。

妻子毕竟是妻子。杨惠还是疼他的。第二天他一觉醒来,已经十点钟,他们母子早已出门了。丁毓吃着杨惠温在电饭锅里的早饭,觉得身上轻松多了。桌上有一张纸,上面放着一颗药,是杨惠给他拿好的。纸上没有一个字,他知道妻子不习惯留条子。但这也没什么不好。外面正刮着风,家里非常的寂静,他甚至能听见离这儿很远的校运动场传来的隐约的喧闹声。家里所有的门都开着,看上去很亮堂。丁毓把他主编的

《土力学》讲义拿出来看了一会儿，又站起来在家里四处走走。他早就想买一台性能好的台式电脑，这样他有很多活儿就可以在家里完成，但因为家里地方小，一直没有买成。如果这一次他的职称能如愿地上去，房子很可能下半年就可以换个大套，电脑和书房问题就都解决了。

　　光透过玻璃窗明晃晃地照进来，风却被挡在外面，可恶的梧桐绒毛也无缝可钻了。家在顶楼，现在看来倒也不错，你看上去是站在地板上，其实是高高地站在近二十米的高处啊！丁毓打开通往阳台的门，走上阳台，向四处远眺，他似乎是第一次发现家里还有个这么好的所在。风在身边吹拂着，几棵高大的槐树在下面摇晃着树枝，两只喜鹊嘎嘎地叫着，在树顶上盘旋，大概是在寻找被浓密的树叶挡住了的鹊巢。喜鹊飞一阵，落下去，站在枝头上，一会儿又飞了起来，丁毓笑骂道，真是两个呆鸟啊！他兴致勃勃地看了好一阵，直到嗓子又开始发痒，这才回去。

　　此后他一直都在写字台前工作，没有任何东西来打搅他，他甚至觉得有些奇怪，怎么连一个电话都没有呢？这样一想，汪水湄的事儿马上就轻轻地泛了上来，丁毓皱皱眉头，立即把它按了下去。说到底，又有多大的事儿呢？一切都会很平滑地过去的。他相信论文的事很快就会有消息，而且是个好消息。

下午他到了系里。在教研室他遇到了汪水湄，一看就知道，水湄是在等他。他告诉她，论文寄出了，但他心里还是没有底，不知道人家卖不卖这个面子。他还说，如果还是不行，他会再加一点砝码，这个砝码具体是什么，他没有明说。汪水湄眼巴巴地看着他，但并没有追问，这令丁毓略略觉得有点失望。

临出门时，丁毓似乎很不经意地笑着说：昨天我老婆回家说她遇到了我的一个同事，人长得漂亮，又会说话，我一猜大概就是你。

水湄笑道：她是这么说的吗？这是你的话吧？昨天路上碰到她，随便聊了几句。她看上去挺能干的。

丁毓说：是吗？你昨天跟她这么一聊，她回去直夸你，倒是把我骂了一顿。

是吗，怎么会呢？

丁毓说：怎么不会？她说我是个笨蛋，连真钱假钱都分不开。

水湄"啊呀"一声道，真是该死！当时嘴一溜就说出来了，没想到会惹得你们斗气。

丁毓说：没什么，她讲几句也就过去了。后来儿子不小心把真钱假钱弄混了，她自己也没分出来，也就不好再骂我了。

水湄嘴里连声啊呀着，表示抱歉。

丁毓说：她就是性子有点急，什么事听个没头没尾的就容易急。其实我们学校里的事她弄得清什么？你以后见了她不必跟她多说什么。水湄说：这你放心，我不会瞎说的。又问：那钱后来怎么办的？

丁毓说：她把两张一百块的都拿去了。她有办法的。

两人边说话边往外走，出了系里，丁毓又觉得刚才自己话说得不好，他本该表现得满不在乎：我老婆对我好得很，别人讲什么都没用！可说着说着就变了味儿，倒好像自己心虚得不行。这不是明白地把自己的软处指示给别人吗？丁毓放慢了步子，回头对水湄说：昨天我把职称的事大概对她讲了，她要我好好帮你，也真是的，你们倒好像是天生有缘啊！

丁毓说着，观察着水湄的表情。水湄只是莞尔一笑。

杨惠很快就把那张假钱用掉了。准确地说，她是把一真一假两张票子分别都用掉了。她很精明，没有到正规的商场去冒险，她在菜场买了一大堆菜，在路边的地摊上给儿子买了一个会变形的"奥特曼"，就把假票子从自己手上推出去了。她在付钱时想必也有点紧张，但在家里讲给丁毓听时则显得相当轻松。她得意地说：这就等于你在前面丢了一百块钱，我在后面又把它捡起来了。丁毓对妻子的本领非常佩服。他斜眼看着杨惠，很暧昧地说：是啊，我是个漏斗，等在下面的是盆啊！杨惠笑着打了他一下。这天晚上，他们的情绪都很好，儿子睡着后，两口子好好地亲热了一下。

第二天，《土木工程学报》编辑部老李的信到了。信很轻，只有一两张纸，显然不是退稿，丁毓心里一阵轻松。他知道，事情算是办成了。果然老李在信上说，文章已经终审通过了，安排在下一期用。老李考虑得很周到，他怕耽误丁毓报评审材料，还开了一个录用证明夹在信里面。他还说下月他可能会出差来一次，具体商量一下明年年会的事。显然，丁毓的这个砝码还是加对了。

丁毓对这样的结果非常满意。尤其满意的是，老李在信里提到了年会的事，他相信汪水湄在看到这封信时，一定会深深地感谢自己为她做的事。水湄还没有来，但丁毓似乎已经看见了她感激的目光：他们两个面对面，再没有别人；水湄拿着信，抬头看看他，又低下泛红的脸，一缕黑发轻轻地搭在她白洁的额上，丁毓忍不住想伸手帮她捋上去……丁毓神思飞越，他被自己的想法弄得心猿意马，迫不及待地希望水湄早点看到这封信。她肯定会真心地感激我，肯定会的，可是，她将会怎样来感谢我呢？从前那个时候，她对自己也许还没有很深的感情，尚且发生了那样的事情，那么，现在呢？

往事宛如一团幽明的火，从遥远的地方射来一缕玫瑰色的光线，丁毓的脸被映得通红，微微发烫。他忍不住给水湄家里打了个电话，说有事要告诉她。放下电话，他甚至还有些情难自抑，然而只过了一会儿，水湄来了以后，几句话一说，丁毓就开始在心里耻笑自己了。他觉得自己真的很没出息。

文章发出来汪水湄当然是很高兴的，这点他并没有猜错。他有意提到明年年会的事儿，而且明说如果不是为了她的文章，他是绝不可能答应这样麻烦的事的，可是水湄嘴里应着，但看不出感激不尽的表情。丁毓的情绪一落千丈，他对水湄的反应非常不满。他嘟囔着说，到时候还不知道会有多少鸡零狗碎的事情呢！水湄说，没关系，到时候我会帮你的。听听，倒成了她帮助我了！丁毓沉默着，不答她的话。汪水湄突然想起了什么似的说：哎，对了，你的申报表现在还可不可以拿回来？把这篇文章加上去，这样，你不是也多了成果吗？丁毓吓了一跳，怔住了，好像有个心思突然被别人窥破。他并不是没有想到这一点，竞争这么激烈，哪怕是一个微小的砝码也将是举足轻重的，但水湄这么一说，他几乎是毫不迟疑地说：那怎么行！它本来就不是我写的。

水湄说：你何必这么死板呢？况且要是没有你，这篇文章也发不出来。

丁毓说：不行。我不是为了自己才去发这篇文章的。你知道这一点。

水湄说：我当然知道。不过既然已经发出来了，就应该充分利用它。

丁毓说，其实我也不太需要把这个加上去。我的东西够多的了。他的语气已经不像刚才那么坚决了。

你还是再考虑考虑吧。水湄显然看出了他的犹疑，说，我把刊用证明拿到资料室去复印一份，你在这儿等我一会儿吧。丁毓未置可否。水湄出门时，随手把教研室的门带上了。

丁毓的心里沮丧透了。他为自己在水湄没来以前的那种玫瑰色的想入非非而感到羞愧难当。她这是多么得体的一种感谢方式啊！这种感谢是那么实际，而且颇有分量，你确实难以拒绝，可是一旦接受下来，心里又很不好受，因为如果你接受了，那就意味着你为她所做的一切，轻于鸿毛。

怪不得汪水湄不像想象的那么感激涕零。她肯定认为自己原本就是有私心的——谁帮了谁，那还很难说哩！她肯定就是这么想的。

这些天来，丁毓渐渐明白，汪水湄外表柔弱，其实那只是表象。她看准的事,别人很难改变她的看法。既然这样,那又何必在她面前做出毫不利己、专门利人的样子呢?做了也没有用的!那么,就把文章加到申报材料上去吧。你还能指望她以后对你怎么样?看来,还是先拿到一点实惠比较合算。你的职称评上了,那也就上去了,而且永远都坐在上面,又有谁会知道这个职称后面所发生的故事呢?所有申报职称的人都知道这一点,水湄当然也知道,所以她对自己所做的这一切,才会显得这么松弛和沉着。

她的这种心态让丁毓既气恼又嫉妒,他想学也学不像。他不知道这种区别是由年龄和性别造成的,还是仅仅与各自的个性有关。但不管怎么说,他和汪水湄的这种关系早已定位,虽然别扭,但也毫无办法,现在他唯一能做的,只是尽力使这样的关系早一点结束而已。至于日后能否顺利地建立起一种寻常意义上的、标准的同事关系,他已经懒得多想了。

这样想着,汪水湄再进来时丁毓已经神闲气定了。他接过水湄复印好的证明,折好,放在自己的包里。他笑着告诉水湄,他老婆前天下午把那张假钱用掉了。水湄说:是吗,她倒真是挺有办法的嘛。丁毓说:是啊。她还是在那个菜场用掉的。我是不行。她可是比我强多了。水湄说:她一看上去就挺能干的。丁毓意味深长地说:现在真是阴盛阳衰呀!女人们一个比一个能干。汪水湄佯装昕不懂。丁毓好奇地问：你上次想跟我把钱要去，你拿去又怎么办呢？水湄说：你老婆不是用掉了吗，还问干什么？丁毓说：随便问问嘛。怎么，你还有什么绝招要保密呀？水湄说：我能有什么绝招。还不是拿去用，用不掉就自己认了。她幽幽地说，我求你帮忙，能不拍你马屁吗？丁毓一听这话，连忙言过其实的说：你这是哪儿的话？我不敢想你以后还念我的好，只要不记恨我，我就心满意足了。是吗，水湄说，那你放心，职称能上，我肯定念着你的帮助，上不了，我也不会记恨你。我凭什么呢？你把我当成什么样的女人了？丁毓说：我把你当成好女人了。水湄斜睨他一眼说：什么当成不当成，我本来就是个好女人嘛！

丁毓听着这些话，看着水湄那张仿佛年轻了十岁的娇红的脸，一时间，内心积聚了多日的烦忧和不快似乎立即烟消云散了。但他这时心中已经没有丝毫邪念。任何的花心都是烦恼的根源，他明白这一点。他想的是：那段往事发展到现在，终于快要到达尾声了。这真不错。

丁毓在家里，很少跟杨惠谈学校里的事情，倒是杨惠常跟他唠叨唠叨商场的事。这天回去，他的心情不错。文章他已经决定加到自己的申报材料里去，这样，他的正高职称又上了一道保险。他觉得这差不多是凭空得来的好事，本想跟她吹一吹，但几次话到了嘴边，还是忍住了。想想，还是不说为妙，线头一扯，不知道后面会扯出什么来。等职称评上了，妻子也就可以住上大房子，每月拿到手上的钱也就会多一点，自己也就算尽到了一个丈夫的义务了。女人们总是更关心男人奋斗的结果，奋斗过程中的那些烦恼她们一般不感兴趣——至少他丁毓的老婆是这样的。

　　第二天一大早，丁毓就到职称办去，准备把这篇文章加到材料里去。他刚要进门，发现汪水湄也在里面。他迟疑了一下，还是进去了。管材料的人不在，汪水湄正在等。水湄冲他笑了下，说：这才到上班时间，你也是个急性子嘛。她是随口说的，但丁毓总觉得她话里有点讥诮。他实在是有点尴尬。他想说什么，但没吱声。他们随手翻着报纸，一会儿，管材料的小马来了。小马脸上很不高兴，一大早就有人等在办公室，显出自己迟到。汪水湄说明了来意，小马说不行，已经过了期限了。水湄赔着笑脸，说了不少好话，小马的口气有些松动，但就是不去办。汪水湄有点发急，拿眼不住地看丁毓。丁毓和小马平时就有交情，他不说话，小马觉得更不应该办。丁毓见汪水湄脸都急红了，这才站起来帮她讲话。小马一连卖了两个人的面子，不好再夹生，一面强调自己的难处，一面还是动手把材料找出来了。汪水湄手忙脚乱地把材料弄好,交给小马。丁毓说,谢谢你了小马。对汪水湄说,我们走吧。汪水湄诧异地看看丁毓,眼睛里充满疑问。出了门,水湄问:你的呢?你怎么不弄啦?丁毓说:我就是来给你办这事的呀。我本来就没打算加进去。水湄觉得大出意外,一时都不知说什么好。门口人来人往,站在那儿说话太扎眼。下了楼梯,丁毓没等她开口,就说:事情全办好了,这下你放心了吧?我下面还有课,我先走了。不等她答话,就急匆匆地出了行政大楼。

丁毓在职称办一见到汪水湄就觉得特别别扭。然后一刹那,他的头脑顿时清澈澄明。回头想想,整个事情到了现在,一切都是源于那段往事。因此,在目前的状况显现以前,其实故事早就开始了。那么,现在的事情到了将来,也必将成为往事,或许,又将成为一种埋伏。自己是不是现在就应该特别小心呢?

所以他给了汪水湄一个惊诧,而且不加解释。汪水湄当时那种一脚踩了个空的表情让他觉得十分快意。他觉得自己很果断,也很聪明。

当然,机会也不应该放过,不过他另有办法。他准备把刊用证明交给评委会主任,请他在会上出示一下,那样,其实效果也是一样的。

他当天下午就去拜访了评委会主任。主任原本就对他很赏识，见他又有论文发表，非常高兴。老先生还顺便问了一下文章的第一作者汪水湄的情况，丁毓轻描淡写地介绍了一下。他几乎没有帮汪水湄讲一句好话，他怕犯忌。

从主任家出来，丁毓心情非常愉快。心是轻松的，步子也是轻松的。中午下了一场雨，所有的景物都很明亮，梧桐树上的绒毛也被雨水打湿了，再也不来烦人，而且它们的季节也快过去了。

对　方

一

　　天气预报说近期本市将以阴雨天气为主，而杭州则天气晴好。三天前马骏接到了一个会议通知，邀请他去参加全国科技出版协会的学术研讨会，会议的地点就在杭州。按说这样的会他可去可不去，他已经犹豫了好几天，但晚上看了天气预报后，他决定，还是去。他已经五十几岁，虽然因为没发胖，又一直没有孩子的拖累，看上去还风度翩翩，但他自己心里清楚，他已经快老了。头发虽黑，但老要染，牙一个没少，可牙龈已经有些松动；一到阴雨天，浑身酸痛，腿脚也就不得劲儿。杭州天气好，正好去休息几天。

　　马骏做出了这个决定后马上心闲气定了。妻子上夜班不在家，他开始动手收拾要带的东西。忙了一会儿，他自己有点发笑，后天才走，现在就收拾行装，也太心急了一点。妻子要是看出来，肯定又要起疑。明天上班自己也要注意，不能给别人落下讲闲话的口实。本来嘛，单位里谁都知道他怕阴天，本市天气不好，去杭州休息几天，这个理由不光能说服自己，也能够说服别人。至于要带苏叶同行，那是因为会上交流的论文是他们俩合作的，他当然不该一人掠美。

他躺在床上，心里有一种温润的兴奋。苏叶是一个与众不同的女人，她肤色偏黑，不漂亮，但是很性感。她走路时踩一种平民化了的模特儿步子，双乳微微弹动。人过去了，还留下一丝香水味儿。她三年前从一个县的科委调到这儿，很快就引起了编辑室主任马骏的注意。应该说她的业务能力很一般，但她热情、主动，没有一般少妇通常的矜持。这对五十出头的马骏是一种难以抵抗的刺激和诱惑。这种诱惑是强烈而残酷的，毕竟他已经年过半百，即使在目前的社会，他和苏叶的任何绯闻也肯定会弄得满城风雨。他应该小心。

但他对自己的提醒在活生生的苏叶面前显得那么的虚弱，不堪一击。编辑们下午不坐班，但苏叶下午经常到编辑室来找他，这时候编辑室里就他们两个人。门虚掩着，苏叶请教的问题常常简单得可笑。她靠得很近，脖子里的香气弄得他心猿意马。马骏心里透亮,他几乎认定前面是个陷阱,但他并不十分害怕掉下去,他的潜意识里大概还有点希望早点跳下去。

第二天上班,编辑室里乱哄哄的,他把苏叶喊过来,说:"小苏,你把这篇论文拿去打印一下,出十份激光稿。"

"要那么多?"苏叶接过去翻了一下,脸上腾起一片红色。她看见论文上马骏的署名前用铅笔加上了她的名字。论文所论及的精装书虽是她和马骏共同编辑的,但论文她几乎没写一个字。她明白地猜出了马骏的用意。

"会上交流要用,十份还不一定够。打印好你就回去准备一下,上午不必再来了。下午我们来研究一下开会的事儿。"

其实这种短距离出差并没有多少准备工作要谈,无非是要不要提前买票,乘火车还是汽车,明早在哪里会面之类,几句话就解决问题。马骏约她下午来谈,无非把两人独处的出差在心理上提早了一天。他们把论文又放在桌上再看一遍,这时苏叶渐渐变得大胆起来。马骏坐着,她把手搭在椅背上,另一只手撑在桌上马骏的手旁边,长长的头发垂下来,在马骏耳边晃悠。马骏的心跳变得急促有力,他慌乱地推开苏叶的手,站起来,走到窗户那儿,他躲闪地看看苏叶,发现她含着笑,脸上竟呈现出一种天真无邪的表情。他呻吟般的说了一声:"回去吧,明天见。"

马骏对这次出差产生了一丝胆怯。他有点怕。

第二天清早，马骏准时来到市中心的旅游公司门口，他远远地看见苏叶在那儿向他招手。苏叶穿一件豆沙色马海毛的上衣，下面是一袭灰色长裙；马骏在羊毛衫外套了一件绿隐条的毛料西服，显得庄重而不失潇洒。他们的行装都很简单，苏叶只在后面背了个小背包，马骏手上拎的包甚至就是他平时上班用的，这使他们的这次出差显得有些暧昧含义，更接近于一次旅游。汽车在高速公路上奔驰，阴郁的天气不知不觉中被抛在了身后。公路的两旁开满了绵延不绝的油菜花，汽车在花香中轻盈的滑行。马骏和苏叶紧挨在一起，汽车的每一次轻微的颠动都给他们两人的肉体带来愉快的刺激。在平坦的路面上这种颠动的节奏和规律是有迹可循的，他们应和着这种节奏，陶醉在这温和如华尔兹的身体接触当中。车上其余的人都昏昏欲睡，他们不知道还有人用心在跳舞。马骏和苏叶在单位曾经一起跳过舞，但马骏显然不习惯这样的场合，虽然他在苏叶的再三邀请下勉强上了场，但他的心还留在座位上注视自己，舞场上方的顶灯也仿佛是睽睽众目。他感到浑身不自在。苏叶的腰肢并不柔软，在他的手里显得相当丰硕，有力。她带着他跳华尔兹，一步一步往前进，拐个弯，又一步一步往后退，华尔兹被她带成了近似于直线的运动。马骏在尴尬中强烈地感到了年轻的欲望的力量。这是苏叶最早给他留下的深刻印象……车内的音乐打开了，舒缓的音乐立即弥漫在整个车厢内，苏叶冲他一笑，身体又挨紧了一些。马骏随身带了一个大茶杯，里面泡好了花茶，他把杯子递给苏叶。她喝了两口，还给他，说，不敢多喝，喝多了没法上厕所。马骏微微一愣，她在对男人说上厕所，但没有丝毫的羞涩，马骏从根子里并不习惯这样的女人，但他此刻却感到了莫名的兴奋，甚至还闪过了一丝猥亵的念头。苏叶从她的小包里拿出了两个梨，削好一个，递给他，马骏说太大了，要她分开来，苏叶嘴一撇，说，不作兴分梨的。这是一个众所周知的谐音，马骏吃着梨，清晰地预见到他和她即将发生在杭州的故事。故事的框架也许落入俗套，但细节永远无法预知。事实上，自从他和苏叶登上这辆旅游车，他们的故事就已经开始了。

华灯初上时他们到达了杭州。会务人员已经把他们的住宿安排好。马骏是正编审，和杭州大学出版社的老陈同住一个两人间。老陈家就在本市，马骏还没有看见他；苏叶同房间的两个人早来了，她们互相招呼着交换了名片，苏叶就下楼喊马骏上街吃饭。

他们在一个小饭馆里坐下来，要了几个菜和两瓶啤酒。苏叶问，你妻子做菜的手艺比这饭馆怎么样？马骏说，她从来不做饭，上夜班带的饭菜都是我给她弄好的。苏叶略带夸张地说，那怎么办，你出差她不是要饿饭了吗？马骏说，她可以上街去吃，我总不能不出差吧。他的语气里流露出恰如其分的怨气。马骏的妻子比他小五岁，这本来没什么，但因为他们一直没有孩子，他妻子也就习惯于把自己当成孩子。马骏本人特别喜欢小孩，但他妻子只会生气、生病，就是不会生孩子。这是他心里的隐痛。现在他乐意把这种隐痛说出来。马骏说，我哪里是跟妻子在过日子呢，我是既要当哥哥，又要当父亲。苏叶扑哧笑起来。马骏问，你跟小张的手续办了吗？苏叶恨恨地说，他不肯办，那就拖着吧，反正我不跟他住一块儿，他愿拖就拖好了。马骏不再说话，他举举杯子，示意喝酒，两人碰一下杯。声音很响，邻桌的人看他们一眼。这时店堂的电视里已经开始播晚间新闻，十点了，他们该回宾馆了。苏叶起身的时候，马骏瞥见她裙子的阴影里丰满肥白的双腿闪出一道银狐似的白光。

回去的路上，他们遇到了相识的同行。马骏和他们亲热地打着招呼，彼此开着无伤大雅的玩笑。他注意到苏叶静静地跟在他们身后，闲散地张望着两边的街景。他立即变得心不在焉，他想和她说点什么，但一直到宾馆，他都没有机会分身。在宾馆灯火通明的大厅里，苏叶懒洋洋地朝他挥挥手，道声"晚安"，眼带怨尤，径直到自己的房间去了。马骏的心沉下去，兴味索然地上楼，进了自己的房间。同室的老陈还没有来，看来今天是不来住了。马骏认识到苏叶是个热容量很小的女人，仿佛一块金属，热得快，冷得也快。这是没有办法的事。马骏和衣躺到床上，把身体放松下来。他今天其实很累，但大脑里乱糟糟的。他眯瞪了一会儿，突然他的床前好像有一个白色的赤裸的身体站在那儿，他倏然一惊，醒了。抬腕看看表，已经十一点半了。

这时候电话铃响了，他吓了一大跳，立即抢步上前抓起电话，喂，是哪位？他问。没有人回答，听筒传来清晰的呼吸声。小苏——他直呼其名了——我知道是你，你还没睡吗？苏叶说，我睡不着，在看书，我有个问题要请教你一下，不打搅你同屋休息吗？马骏说，他今天不来住了，你上来吧。苏叶应了一声，马骏从听筒里听见她含糊其辞地请同屋留门，然后电话就被挂断了。

马骏的心脏急促有力地跳动着，他感到微微有些晕眩。他平静了一下，关掉了顶灯，把台灯打开；他稍一犹豫，又脱掉了西服。他听到门外有轻微的脚步声,然后门铃响了,叮咚叮咚像敲在他的心上。他几乎迈不动脚步了。

马骏打开了门,苏叶轻着身子闪身进来,反手把门关上了,苏叶静静地倚在门上,歪头看着他。她刚洗过澡,湿漉漉的头发披散在肩头,给她平添一股妖媚之气。他们谁都没有说话,空气仿佛凝固了。

来了,终于来了。一切真的就要开始了吗?

他们离得很近,又似乎很远,横亘在他们面前的无形障碍把他们冻结在那里,他们对峙着。马骏的心脏似乎已经无法承受这种冲击,他把逐渐软化的视线从苏叶的脸上游移开来,看着她手里的那本书,他几乎想挑起话头,躲到书里去了。他嗫嚅着刚要开口,苏叶手一松,书掉在了地上。仿佛堤坝决了口,他们紧紧地拥抱在一起,狂潮立即把他们淹没了。

地上的那本《编辑学发凡》被他们,两个编辑,踩在地上。可怜的书!

苏叶的身体慢慢软了下来,好像弱不胜立,马骏紧紧地搂着她,他们同时想到了那张席梦思床。床垫含混地呻吟了几声,把两具火热的躯体稳稳地托住了。

然后是一阵无法遏止的手忙脚乱,平时装饰着他们肉体同时也隐藏着他们内心的衣服被一件件扔在沙发上、地上。床上的毛毯被蹬到一角，宽阔的场地被腾出来了。马骏感到他浑身的细胞都在短时间里开放了，而某一部分的细胞则在刹那间放大了七八倍，十几倍，乃至无数倍，最后他仿佛通体都变成了一根坚韧而又得心应手的棍子，由本能指挥着像蛇一样昂着头在草丛中奔突、搜寻，然后它一头扎进了一个温润的沼泽。

在昏睡中马骏的心脏回复了平静，当他醒来的时候，房间里只剩下他一个人了。你真行，你真行啊！他的耳边苏叶原本含混的话此刻清晰起来。是的，我还没有老啊，这一点我自己原本不知道，但我现在终于知道了。这多么好！要不，我自己不是还被自己蒙在鼓里吗？不知怎地，他想起了他曾听人说过，美国人挂在嘴边最多的一个词是，try，try again！对的，有些事是应该去尝试一下，比如，堕落——这个词使他的心哆嗦了一下——可堕落又是多么地刺激和快乐啊！

他突然一激灵，他眼前出现了妻子紧咬的嘴角和锥子似的目光，他慵倦而又适意得仿佛浴缸里的水的思维被立即冻住了。他从床上坐起了身，呆呆地盯着房间门口的地上的一片白光，他知道那是今夜故事的引子，那本《编辑学发凡》。他把它捡过来，捋平了。他想苏叶睡着了吗，明天他就把书还给她。他们要注意不能流露出什么。会议往往是绯闻的策源地，但只要小心就什么事也不会有。堕落就和坠落一样，是源于一种难以挣脱的"万有引力"。堕落的过程是快活的，但它的结果则十有八九是头破血流。所以他要小心，要有节制，要把坠落的过程变为滑滑梯的过程，这样既愉快又没有风险。这就需要控制，对速度的控制。明天大会开幕，下午还要交流论文，他一定要坦然，一定要若无其事，他自信他能够做到这一点。他明天将会早点起来，在盥洗室梳理好头发，穿上他的西服，神情自若地走到人群里去，那样一切就会重新正常了。

人们往往习惯于忽略黑夜。

二

太阳出来了，天空依然是晴朗的。

风和日丽的天气使苏叶感到非常愉快，昨夜的放纵并未使她感到丝毫疲劳，相反，她有一种身轻如燕的感觉。早晨在大厅里集体用餐，她主动走过去和马骏同桌。他们两个意味深长地对视了一眼，苏叶甚至调皮地朝他挤挤眼。马骏低着头吃着稀饭，假装没看见，但他的脸上还是默契地漾出了一丝暧昧的笑容。大厅里人声喧哗，熟人们彼此打着招呼，谈着一些无关大雅的话题。苏叶轻声地说，喂，我发现你身上挂了点东西，要不要我告诉你？马骏说，什么？他的头甚至都没有转动一下，只是饶有兴致地看着她。苏叶不满马骏过于平静的神态，她突然恶作剧地提高了声音，扭头对同桌的另一个熟识的女孩说，你看，我们马主任的身上挂了幌子，瞧，这么多的羊毛须须，是夫人的羊毛衫蹭在上面的吧？那女孩立即兴致勃勃地凑上来，哪里，哪里，我看看。她们两个笑成一团，引来了好些人的目光。马骏的头轰了一下，他简直吓呆了，他不知道苏叶究竟想干什么！她难道不知道这是他们昨夜疯狂的印记吗？！她疯了吗？！马骏的意识几欲崩塌，他铁青着脸阴沉地说，别胡闹！苏叶装着赌气地撇着嘴，说，好了好了，马主任发火了，不讲了，不讲了。马骏这时才注意到，苏叶今天穿的是一件西服，昨夜的毛衣被她换下来了。这换了的西服好比消防队员的石棉衣，怪不得她竟敢引火烧身。没有人会疑心到什么，马骏放了心。

　　苏叶很扫兴，她没想到马骏的胆子这么小，这么虚弱，竟然连个玩笑都经不起。在众人的玩笑中共享两人的秘密，本是一件多么有趣的事！她闷闷不乐地吃完了碗里的稀饭，径自出了宾馆。

　　宾馆就在西湖附近，苏叶独自沿着湖边走。她看见有几个孩子正在湖边的长椅上读书，他们读得很专注，琅琅的书声隐约传来。这是一种温柔和平甚至是感人的场面，但苏叶丝毫不以为意，她读书的时候条件比现在艰苦多了，她也是这么过来的。书不能读得太差，至少要考上大学；但只会读书是不够的，社会这本书有趣也有用得多。她瞧不起读死书的人，书会消解人的活力。有的书里还充满了捆人手脚的绳子，她可不愿意从书里拽根绳子来捆自己。束缚已经太多，再作茧自缚的是注定的失败者。苏叶的这些想法是从她的经历中得来的，慢慢地就上升为理论，最终成了一种渗入血液的习惯。她小时候家境并不富裕，但她总要想办法打扮自己，还在小学时，她甚至搜集亲戚们不屑再用的毛线给自己拼成了一件入时的毛衣。女教师们不喜欢她，甚至说她是小妖精，但她却很得几个青年男教师的喜爱，不管怎么说，她的成绩并不差。苏叶就这样在性别的缝隙里游刃有余地度过了她的学生时代。

苏叶在湖边找了张长椅坐下来，她在等马骏，她知道他会来找她。上午的开幕式去应个景就可以，但下午的论文交流就不能掉以轻心了。她料到马骏会把论文宣读的机会让给她，但不等到说定，总是放不下心。这对她而言是个机会，她决不能放过。马骏是个什么样的人，苏叶并不完全了解，全面了解一个人太费事了，她只需要了解他的某一个或某几个方面。他喜欢自己，他能帮助自己，这就够了。交同性朋友要睁大眼睛，因为你不能指望和一个自私的女孩成为真正的朋友；和男人交往就不一样,他很坏,甚至卑鄙,但这没关系,只要他真正地喜欢你,你尽可以和他很投入地交往。当然男人跟男人不一样,那些瘦精精的、讲起话来眉飞色舞表情丰富的男人在苏叶眼里只是一枚枚青涩的果子,她认为他们酷爱表现自己正是因为他们的弱小和缺乏自信。正像没有多少人愿意当果农而个个都喜欢吃成熟的水果一样,苏叶喜欢那些成熟的男人。她把目光罩定在马骏身上,并主动走近了他,是因为他的体态衣着,他的举止神态,他的学识经验,当然也包括地位,都让她动心。

宽阔的湖面烟波浩渺,水中的亭台楼阁美得仿佛海市蜃楼,湿润的春风一阵阵地扑面而来。苏叶用双手抖抖自己的头发,这时她透过垂柳的枝条看见了身后的大路上马骏的身影。她坐着没动,马骏显然没有看见她。待马骏急匆匆地走过去,她才绕过长椅,轻轻追上他的背影,说,哎,是找我吧?马骏猛地回过头,满面惊喜。他立即又沉下脸说,你出来也得跟我说一声,再找不到你,我就要去报失踪了,那可就热闹了。马骏把他的焦急适度地夸大了。

"是吗,知道会有这么热闹的事我就在长椅上再坐一会儿了,让你再找找。"苏叶说。

"吃饭的时候你生气了吧?可你也太大胆了,太冒失了。"

马骏说。

"你这么急着找到我就是要来责怪我的吗?"苏叶说,"我没见过像你这么胆小心虚的……人!"她的声音很激动,但她的话很节制,她差一点就滑出了"男人"这个词,但她没有。马骏叹口气道:"好了,我们不说这个了好吧。我是从开幕式上溜出来的。下午是论文交流,我们安排在第四个……"他顿了顿,他知道苏叶关心这事。

苏叶没有应声,她的视线似乎指向湖中的某个地方,马骏循着看过去,他只看到满目的湖水。苏叶看起来还在生气,其实她在很注意地听着。"本来我们被安排在第六个,那时都快结束了,肚子咕咕叫,谁还坐得住?我找了管会务的老孔,商量了好一会儿他才答应。以我们出版社的地位,这几乎是最好的可能了。"

"我知道你的能耐,我还以为你会甩手不管呢。你不是生气了吗?"

"生气归生气,工作归工作。"

苏叶忍不住扑哧笑了出来。她突然想起了马骏昨天夜里努力得近乎忘我的"工作"。

马骏满面疑惑,不知道她究竟笑什么,但他随即心有灵犀,他的脸发红了。一个五十多岁的男人为了性或爱而红脸,这是一种特别的风景。苏叶饶有兴味地看着他。两个人都不说话。有一种融融的春意弥漫在他们四周，鼓励着他们做出一些亲昵的举动。他们已经离会场很远，开幕式正在进行，他们不必担心被熟人碰见，苏叶十分自然地挎起了马骏的胳膊。她察觉到马骏下意识地躲闪了一下，她坚定地挎紧了他。马骏的胳膊显得有些僵硬。

他们往前走了好一段路，但显得勉强，很别扭。苏叶感到她不像是和人在垂柳拂面的苏堤上散步，倒像是送一个病人去医院。她心里掠过一丝失落。我们到前面的那个亭子里坐坐吧，她说。

亭子里只有一个银须髯髯的老人在闭目养神，像木雕一样，一动不动，可能在练气功。他们在远离老人的一角坐下来。马骏冲她笑着甩甩有些发麻的膀子，说："下午的论文你来宣读吧。"

"不行，我讲不好怎么办？我会紧张的。还是你来吧，何况这是你写的。"

"所以才叫你来读呀。我写，你读，这才是真正地合作。"马骏眯眼微笑着说，"你不会紧张的。你不要讲解，只要读就可以了。读一下你总不会紧张吧？"

"可我想讲得好一点。"

"对啊,你明年就要评副高职称,这次评委们几乎全到了。这是个留下好印象的机会。你当然要讲好。"他掏出论文,"我在上面做了一些符号,你可以先熟悉一下。"

苏叶伸手接了过去。她眼睛的余光里那个一直纹丝未动的老人此刻忽然抬起了头,一瞥之下,双眼有如电光石火。那是一双洞若观火的眼睛。苏叶的心被火烫了似的哆嗦了一下,她手里的论文掉在地上。这时候有一阵轻微的旋风从湖面上吹过来,在亭子里打了几个旋儿,地上的论文飘到了老头脚边。苏叶想去捡过来,但她的腿软软地使不上劲。马骏犹疑地看看她,去把论文捡起来,递给她。苏叶没有接。她的脸色煞白。

马骏怔怔的,他不明白苏叶怎么转眼间就心不在焉了。他狐疑地看着老头。

那老头无声地站起来,伸伸筋骨,旁若无人地在亭子中间走起了圈圈。老头不紧不慢,不疾不徐,双手做着一些似有若无的动作,他白色的衣袂在风中飘动,带起了一阵微风,马骏和苏叶都不由自主地往椅背上贴了贴。

马骏因为年龄关系曾经学过一阵太极拳,他首先看出老头的脚步似乎走的是阴阳鱼的图形,以他的见识他还无法看出老头打的是什么拳,或者弄的是别的什么玄虚。他暂时把苏叶丢在了一边，饶有兴趣地当一个旁观者。

苏叶的双眼随着老头的身影旋转，慢慢地，她的大脑，她的全部身心也随着旋转起来。她感到一阵晕眩。她把眼睛紧紧地闭上了。她隐约听见老头含混地说："……天地阴阳，两仪四象……男女之事，全是孽障！……"此刻她身下的长椅也似乎旋转起来，她紧闭着眼睛，无力地倚在柱子上。

良久良久，她听见了马骏关切的声音："你怎么啦？不舒服吗？"

"那个老头走了吗？"苏叶睁开眼睛，迷茫地问。

"那不是，已经走了。"马骏指指远去的老头的背影，"这是个怪老头，你看出他走的是阴阳鱼的图案吗？就是这样。"他做着手势。

"我不知道。你听到他说的话没有，什么两仪四象、男人女人的？"

"我没听清。他好像没说什么嘛。你今天怎么有点怪。是不是有点累了？"马骏说。

"不是累。我问你，这老头是个什么人，你知道吗？"她突然住了口，她看到远去的老头停住了脚步，扭头朝他们投来了尖锐的目光。苏叶从他的目光里读出了鄙视、不屑和怜悯。这真是个老怪物，西湖的妖怪！她晓得这老妖怪投来的目光里鄙视和不屑是针对自己的，而怜悯则属于马骏。老头，你凭什么?！你误解了我，你没有权力谴责我。你不了解我们的感情！我，爱他。对，就是你怜悯的这个人。

爱吗？

是的，爱。

这种爱也许有点复杂，但也是爱。老怪物，不要以为你饱经沧桑，世上还有好多事你未必就全懂。苏叶轻轻挽上马骏的胳膊，大声说，我爱你，你听见了吗?！

马骏听见了，他呆在了那儿。

那老头也听见了。他歪歪头，嘿嘿一笑，走远了。

马骏被苏叶突如其来的爱的表白弄得手足无措。他方寸大乱，不知道该怎么办才好。他觉得这表白突兀得近乎滑稽，简直像儿戏一样。他几乎连脸上的肌肉都不知道该怎么控制了。苏叶把头倚在他的胸口，双手轻轻地抱着他，说，我们走吧。

马骏觉得他无法理清苏叶的思路。她小小的脑瓜子里究竟装了些什么，大概就和这西湖一样，永不会有见底的一天。他狐疑地问："你不会是认识这个老头吧？"

"怎么会呢，我过去从没有见过他。"苏叶说。

"但我知道就是他引发你说出了你刚才说的话。一定是的。"

"是又怎么样？也许我早就想说了。"

马骏的双手按在苏叶的肩上，他看见亭子边的路上行人慢慢多起来了，有一对年轻的恋人想进来，犹豫了一下，又走了。他有点心虚，脑子里喝醉了酒似的晕乎乎的。这个亭子像个舞台，太显眼了，不能再待下去。他说："哎，你说那个老头说了句什么两仪四象，倒像是个对联，没准就是亭子上的，我们找找看。"

他挣开苏叶的手，绕着亭子找了一圈。他不光没找到对联之类的东西，连亭子上本该挂亭名匾的地方都是空的。他说，这是个无名的亭子。

"我们走吧。"苏叶说。

"你不在这儿把论文再准备一下吗？"

"还是走吧。这儿风太大了，我有点冷。"

他们并肩走上了杨柳夹拥的大路，朝宾馆走去。

事实上，苏叶在来杭州前的那个晚上开了个夜车，她已经把论文准备得相当熟了。她成竹在胸。

三

　　无论如何,密度太大的生活对一个像马骏这样年龄的人来说是不太相宜的。也许他还可以狂欢,但他的心理已经难以承受这短短的两天来纷至沓来的那么多身心的冲击。那个仿佛由西湖的千年精气幻化成的老人给他原本晴朗的心境蒙上了一层阴影。情由心生,心被情累,这道理他懂,但这样一个年轻的女人,她的躯体,她的主动和放纵,她有意无意表现出来的娇痴,都令他那么着迷。他不想失去她,虽然他心里很清楚,这是在玩火。这团火是由他们两个共同点燃的,他有点害怕,怕这火会失去控制,过于迅速地蔓延开来,但这团火使他周身温暖,满面红光,在火光的映照下,他的身影被无数倍地放大了,他迷恋这种带有自恋性质的幻觉。

　　苏叶说,我爱你,你知道吗?!

　　可是——马骏不断地在心里问——你真的爱我吗?

　　你为什么爱,你到底爱我什么?

　　他在心里不断地追问着苏叶。奇怪的是,他倒没有拷问他自己。拷问自己是痛苦的。马骏只知道,他是在半梦半醒间走到这一步的,他好像是着了魔。当天苏叶的论文宣读是非常成功的，成功得让他觉得意外。他了解她的工作能力，可当时的苏叶简直像换了一个人。她沉着、自信，不慌张，不张狂，声音手势、起承转合都掌握得恰到好处。宣讲结束时，掌声骤起。好几个老熟人拍着他的肩膀半开玩笑地说，强将手下无弱兵，老马你行啊。他心里暗暗吃惊，他自思即使是他本人上场也未必能达到这样的效果——不，不是未必，而是他根本就不可能达到！他至少没有苏叶的激情。他真是小看她了！

唯一可能的解释是，苏叶事先已经下了大力气。她背着自己做好了一切准备。

也就是说自己把论文宣读的机会让给她的时候，她的推辞是装出来的！她的无助和天真也是做给自己看的！

一切都在她的预料之中。连他自己也在她的掌握之中。

这似乎有点可怕了。

马骏提醒自己要沉住气。他满面春风，似乎全身心都在为苏叶的成功而高兴。事实上，从某一方面讲，他的高兴也确实是由衷的。只要苏叶和他的感情掺杂了别的东西，他就有办法驾驭它。纯的酒精是不能喝的，对了水才能使人微醺。在一个物欲横流的社会里，过于纯净的感情往往反而令人生疑。这也许有点苦涩，但是很实在。晚饭后，苏叶要马骏一起出去散步。这次他们走了另外一条路。路灯昏黄,绵延着伸向远方。走到一处杂树生花的阴暗处,走在前面的苏叶突然反身扑在马骏的怀里,她的嘴唇随着送了上来。

马骏无法躲避,事实上他立即也就不再躲避了。他迷恋这个肉体,以及那些充满情欲的器官。他们紧紧地吻在一起。他们的手激动地抚摸着,互相恨不能嵌进对方的身体里去。马骏的嘴和脸颊有些发木,舌头也有些发酸,但他没有停下来,他只是下意识地悄悄地睁开了眼睛,这时他惊异地发现苏叶竟同样睁着眼睛,而且在观察他。在黑暗中他们的眼睛都动物般闪亮,他们的目光一碰,都反弹似的跳开了。

这个无意中的发现暂时败坏了他们的情绪。他们都心照不宣。

她一直都在观察你。她在最激动的时候也是睁着眼睛的,她时刻在观察着你的反应,你可千万不能忽视这一点。

他们两人分开了身,一前一后走到一张长椅那儿,坐下来。

他们依偎在一起。马骏的情欲再次升腾起来。此刻他的大脑异常清晰。他一面把手伸向苏叶裙子里,一面坚决地说,我要你,现在就要!

苏叶显然有些吃惊。她稍稍地推拒了几下,马上就顺从了。

马骏的动作坚决、冷静而又有条不紊。他充满激情同时又心安理得地享用着这具肉体。不远处的湖水传来哗哗的拍击声,皎洁的月光透过浓密的树叶银粉般迷漫在他们的四周,春天的虫子们身心舒畅地唱着歌,所有的一切都在怂恿他,鼓励他,将爱进行到底。

你真是一匹好马呀!

马骏听见了她含混地惊叹。是啊,我是马呀!是一匹让你骑的好马呀!我会载着你到达你的目的地的。她这是报答,肯定也是进一步索取的开始,但这没什么,只要不过分,我会让你满足的。

终于,他们从顶峰上滑下来,顺流而下,漂到了一片微波不兴的湖面上,他们全部的身心都松弛了下来。

奔腾的马放缓了脚步,停住了。他们的心脏一时还无法安静,他们似乎都能听见自己心脏有力的跳动,仿佛抵达了终点的马欢快清脆的击蹄声。他们深长地呼吸着,在春夜清新的空气里,他们彼此都嗅到、也感到了对方和自己身上发出的汗酸味,这和凉爽的天气太不和谐,有一种很浓烈的动物气息,他们都感到有些不好意思,内心深处甚至闪过了一丝羞愧。

他们简单地把自己整理了一下,走出了偏僻的树丛。他们都需要尽快洗个澡，宾馆的热水到十二点就停止供应了，他们要抓紧时间。在匆匆回去的路上，苏叶提出要马骏明天给她引见一下那些与会的副高职称的评委们，马骏不假思索地答应了。他此刻只想尽快地把自己洗洗干净，让今天早点儿清清爽爽地结束。他心里对她可能的要求是有所准备的。他当然会答应她。

　　这是一夜无梦的睡眠。早晨起来，马骏神清气爽，只是昨夜的剧烈运动造成的肌肉酸痛还在提醒他，使他的头脑里不断闪出他们纵情的情景。他的心情很愉快。上午，他利用会议的间隙给苏叶引见了两个素有交情的老朋友。下午分组活动，他又带着苏叶走了几个房间。苏叶着意打扮了一下，显现出一种年轻的职业妇女的风韵。马骏很中意她的这一身打扮。苏叶跟着他，他的感觉很好。苏叶很会交际，她会找话题，会奉承人，会在恰当的时机装一装天真，甚至发一发嗲。她掌握了成熟男人的心理，几乎每一个评委都对她留下了一个好印象。

　　马骏却渐渐感到了一丝不快。他察觉出有个别同行对他的态度有些古怪。原来十分熟识的人也和他们开一些暧昧的玩笑。他装着听不懂，同他们打着哈哈，但他的脸泄露了他的内心，他的表情有些僵硬。苏叶满不在乎，她装出一副不谙世事、天真无邪的样子和那些人谈笑，彼此交换名片。她简直弄得有点像老友重逢了。

出了房间，马骏的脸色有些阴沉。他希望苏叶能发现这种阴沉，但她显然还沉浸在达到目的的兴奋里，她暂时疏忽了他。马骏自顾自地走在前面，他突然间发现了自己心里竟有些酸溜溜的。我在吃醋吗？他不得不问自己。可这也太幼稚了，太可笑了！她和你做爱，但并不是因为爱，你可千万别把幻觉当成真相。你这又是何苦呢？

他们一前一后走进了马骏的房间。

同屋的老陈正在看电视。看见他们两个进来，热情地起身和他们打招呼。他看着苏叶说，老马你不用介绍了，这是我们交流会上的明星，现在是天下无人不识君啊！他紧紧地握着苏叶的手，请她在沙发上坐下来。他言过其实的话弄得马骏和苏叶都有点不大自在。他昨天才到宾馆来住，马骏夜里回来时他已经躺下了，当时马骏急着洗澡，也没顾得上和他叙叙旧。老陈忙颠颠地洗杯子泡茶，他说宾馆的袋装茶叶是骗人的玩意儿，用自备的茶叶盒里"正宗龙井"泡了两杯。马骏喝着茶，觉得自己仿佛也成了这个房间的客人，他觉得有点好笑。关于老陈，同行里有不少传闻，其中最著名的一个就是他们单位的打字员找到他家里，和他老婆当面谈判的故事。说是老陈闻讯赶到时，两个女人已经打得不可开交。他一出现，两个女人一齐掉转枪口，合力把他打了一顿。这事马骏本只是姑妄听之，现在他倒觉得可信的成分很不少。这是一个典型的所谓"瘾大水平低"的男人。他的作派确实让人有点恶心，马骏心里甚至有点可怜他。

老陈自我感觉极佳，他滔滔不绝而又不着边际。苏叶有一句没一句地搭着腔，明显地在敷衍他。平心而论，老陈的茶倒是真不错，马骏品着茶，微笑着冷眼旁观。其实作为一种陪衬，老陈的表现倒是可遇而不可求。他从精致的名片夹里取出他的香水名片给苏叶，马骏也伸手要了一张。名片印得非常考究，上面还有他的彩色照片。马骏指着他的一大串头衔说，老陈啊，你这么赏识小苏，明年她的副高，可就包在你这个评委身上啦。老陈说，没问题，开会的时候有我们两个联手一呼吁，那就八九不离十了！又闲扯了几句，苏叶就和老陈道了再见，马骏想起了什么似的，也跟了出来。老陈也跟他挥挥手，还说好走。马骏忍俊不禁，到门外就笑了出来。他想今天他在自己的房间做了一回客，倒也是一件趣事。

其实，老陈要真的为苏叶大声疾呼，倒反而可能会坏事。以老陈的名声，难保别的评委不去胡乱猜测。不过这是以后的事，马骏犯不着提前担心。他现在终于明白，为什么有很多年轻人不喜欢自己这辈人，像老陈这样，确实令人讨厌和鄙视。这种人的名片考究而庄重，上面的头衔会令你肃然起敬，但你看着面前这个给你递名片的人，常常会误以为他只是一个冒名顶替的骗子。马骏自思他跟老陈决不属于同一类。要那样也太惨了。

明天会议就要结束了，苏叶要上街买点东西。马骏陪她逛街。他每次出差都要给他妻子带点礼物，这已经成了习惯，这一次更不能例外。苏叶买了不少女人的小玩意，她在那儿报尺码、挑颜色，马骏就稍微站开一些，他微微有点发窘。虽然这些玩意儿将要贴紧的部位他已经不再陌生，但要他在众目睽睽之下和她一起挑选、付钱，他做不出来。他想老陈也许可以，但自己不行。他要给妻子带的礼物也正是苏叶买的这一类，可是他一直没有开口，和情人一起给妻子买礼物，他的道行还没这么高。苏叶付了账，他们又转到了时装柜那儿。她看上了一件价值不菲的米黄色外套，她穿在身上，站在试衣镜前上下左右打量着自己，她有意把它买下来。她准备去开票付款时，马骏已经为她付好账了。苏叶也没有推辞，她索性把新衣服穿到了身上。好看吗？她问。马骏说，当然，就像为你定做的。

他们走出了商场。

这时夜色已经降临，满街的霓虹灯繁星般闪烁。苏叶在丝绸店门口停下来，歪头看着马骏。马骏说："你怎么啦?"苏叶说："你可能还有件事没办吧，你难道就不打算给你夫人买个礼物吗?"

马骏语塞。他期期艾艾地说："我不知道该给她买什么，她好像什么也不缺。"

"她可能是什么也不缺，"苏叶说，"可她就是缺你出差应该带给她的礼物。你真的这么不懂女人吗?"

"我真的不知道买什么好。倒不是别的。"

"你可不要做样子给我看。我不是那种小心眼的女人。"苏叶边往丝绸店里走，一边说，"给她买块料子吧。"苏叶耐心地请营业员帮她参谋，最后，她挑中了一块绛黄色的重磅真丝料子。她把衣料在自己胸前比画着，说，"她比我白，定做一件外套肯定好看。"

马骏的心情很古怪。他真不知道说什么才好。他机械地付了钱，把衣料收好。他觉得现在的情景既荒唐又滑稽，仿佛动画片或者木偶戏，很不真实。他不知道苏叶内心究竟是怎么想的，但不管怎么说，他总觉得自己买的不是衣料，而是一块遮挡视线的窗帘，或者干脆就是一块遮羞布。

在回宾馆的路上，苏叶说，我说个故事给你听听。她说，我原来在县科委工作时，我们单位有个管电教的小伙子，姓王，三十多岁了，还没对象，他经常一个人躲在电教中心的值班室里看黄色录像。有一天晚上他正看得起劲，突然有人敲门。他吓坏了。他本来想熄了灯假装没人，不开门，可已经来不及了。他听出来是我们科委的主任。主任是个小老头，他成天板着张脸，不苟言笑，下属们都很怕他。主任敲门的声音已经很生气了。小王手忙脚乱地把录像机关掉，带子塞在枕头底下。开门的时候他两腿发软，魂飞魄散。主任铁青着脸说，怎么不开门，你干什么呢?！小王脸色煞白，说，我睡了，没干什么。主任走过去摸摸发热的录像机，说，哼，把带子拿出来，从头放。又命令小王把门关好。那是个纯黄片，动物世界的那种。小王如坐针毡，浑身像有蚂蚁爬。他不知道领导会怎么处置他。主任板着脸看了两个小时，最后严肃地对他说，以后有这种带子就喊我来，不要一个人看，一个人看不好。这次就不追究你了。小王说他怎么也不敢相信，事后想起来简直像做了个荒诞的梦。苏叶说，这事有意思吧？

马骏说，我可没看过这种片子。

你出国的时候也没看过吗？算了，你……昨天晚上——马骏心里闪过了昨晚西湖的一幕，脸唰地红了。苏叶说，看过怎么样？没看过又怎么样？她说，你们总习惯于戴着假面具生

203

活,真是没劲透了!

她径自加快步子走在前面。

马骏讪讪地跟在她的身后。

这个女人啊,真是不知让你怎么办才好。马骏觉得身心疲惫。他想明天还要乘车,他今晚确实应该好好休息一下了。

四

汽车在到达目的地前的一个多小时的路程中,遇到了一场暮春罕见的豪雨。雨水把沾满尘土的车身冲刷得明净鲜亮。城郊接合部的洗车站到手的钱又被冲丢了,远远看上去有些死气沉沉。汽车进城后,又在被雨水修饰得闪闪发光的路面上开了十几分钟,停在了城中心旅游公司门口的停车场上。苏叶透过模糊的车窗玻璃,隐约看见了三三两两的接车人中速加高大的身影。她把车窗摇下来,冲外面挥挥手,回头对满面疑问的马骏说,我知道这边在下雨,昨晚打了个电话让速加来接我们。他们两个随着人流下了车,速加撑着伞迎了过来。他还带来了两把伞,三顶伞靠在一起,向人来车往的路口移动。他们要在那儿等车。

苏叶显得很高兴,她给速加介绍说:"这是我们出版社的马主任。"

"我知道，我知道。去年校庆，我听过马老师的学术报告，题目好像是《符合出版要求的科技论文写作》，"速加说，"我还提过一个问题，马老师您可能不记得了。"

"提问的人太多，我确实不记得了。"马骏淡淡地说，"你是哪个系的？"

"速加是土木系的，教'土力学'。"苏叶代他回答。

"我是去年从同济分来的，学校里认识我的人不多。"速加把马骏手里的包接了过去。

"那你们是怎么认识的呢？"马骏问。

"我有个大学同学也在同济读硕士，他和速加同班，我去上海出差时同学聚会，就这么认识了。"苏叶解释道。

"哦——"马骏点点头。

苏叶连连挥手，终于拦下了一辆出租车。他们把伞收起来上了车。汽车在细雨中飞驰而去。

三个人在学校大门口下了车。马骏的家在"教授楼"，位于学校家属大院的最里边。他对速加说，伞我明天请小苏带给你吧，就先走了。苏叶和速加都住在单身教工宿舍，他们同路，但并不住同一栋楼。这场雨把路边小山上的浮土都冲洗干净了，路却因此而变得泥泞起来。两人小心翼翼地挑着落脚点走，都没顾上讲话。到了苏叶的楼下，她看出速加有跟她上楼的意思，就说，你看我们身上，都成什么样子了！天不早了，我们都回去收拾收拾吧——明天见！说完轻快地上楼了。速加在楼下站了一会儿，他看见三楼苏叶的窗户里的灯亮了，她打开窗户朝他挥了挥手。他抬抬手，做了个拖泥带水的手势，拎着伞，走了。

苏叶在房间里忙了一阵，疲乏地躺到了床上。她心里暗自庆幸刚才没有让速加跟上来。她开门的时候并没有发现那张纸条，打开灯后才看见脚上的鞋底沾着一张纸。纸条肯定是小张从底下的门缝里塞进来的。如果让别人看见了总不太好。她对这样一个黏黏糊糊的男人简直腻味透了，真想不出当年怎么还会跟他海誓山盟、结婚成家的。纸条上说要再谈谈，其实早已没什么好谈的了。他们分居已经一年多，她去房产科要房子时，那个混蛋科长肯定打定了主意要捉弄她。他说房子太紧了，这种情况不符合分房条件，实在想要的话，你们现在那一层的顶头倒有一间堆旧家具的房子，可以腾出来给你搬进去。苏叶从科长的脸上看出了促狭和刁难，她咬咬牙，说，好，那就麻烦你了，我想尽快搬进去。科长没想到她真的答应，倒有点尴尬，好像他看准了别人帽子里的长头发，本想上去揪一把，不想那帽子里却是个光头。苏叶反而揪住他，不让他缩回去，说，你答应了的，不能反悔，拿我开玩笑！拿到房间钥匙时，她觉到了快意和解脱。

这是一种荒唐得近乎滑稽的处境。他们分居了，但他们的住处却仍然在同一层楼上，无论如何这是一种折磨。他们的感情已经破裂，但在距离上他们没法分开，他们几乎每天都会不可避免地碰上面。有几次夜很深了，小张来敲门，苏叶不开，他就一直这么敲下去。他既然已经不怕别人听见，苏叶也就拿他没有丝毫的办法。他继续敲着，后来这敲门声仿佛人的心跳的放大，慢慢地激起了苏叶沉在心底的欲念。她开了门，他们就在一起……不，这不能算是做爱，只能说是性交！她对他已经没有爱，可是有很多时候人的高级的心是说服不了低级的身体的。谁能跟自己的身体讲道理呢？每次事后她都很沮丧，很懊恼，恶狠狠地让他赶快滚开。

这是一个疲软、黏糊糊的男人。这样的事每发生一次都加重了苏叶对他的鄙视。她从外地调回来后不久，老天首先从身体上打垮了他。先是急性心肌炎，后来又是慢性肝炎，然后由身及心，整个儿委顿下来。远远望去，他仍然仪表堂堂，但这是虚的。跟他生活在一起，苏叶无法忍受他时不时的唉声叹气和萎靡不举。苏叶觉得男人应该挺拔、有力，可供女人倚靠。

她断定，他是再也不能让任何人依靠了，相反，只会成为自己的拖累。苏叶提出离婚后，他可怜巴巴地哀求她，处处看她的眼色。苏叶烦透了，她甚至感到有点恶心。

苏叶把那张脏乎乎的纸条捏成团，扔到墙角。她躺在床上想，这事该了断了。拖泥带水不是她的性格。而且，按常理，已经多次调解无效，法院也该开庭了。

第二天，苏叶早早地去上班。她先到社办公室，找到办公室主任，问，有我的信吗？主任是个脾气很好的老太太，她轻声说，没有你等的那个信儿，有一封信，可能是你家里的。苏叶出差前曾托过她，如果有法院的信，请她先收好，赶快打电话告诉自己。她明知老太太很负责，但还是忍不住问一问。

她今天来得太早了，室里还没有人来上班。她打开编辑室的门，坐在自己的办公桌前看信。信是父母写来的，拉拉杂杂写了好几张，总而言之，劝女儿决不能离婚。在他们看来，离婚不是新生活的开始，而是体面生活的结束。在高校工作的女儿是他们的骄傲，虽然小时候他们并不太拿她当回事。信上说，你可不能让我们丢脸啊。

你们的面子比我的幸福更重要吗？苏叶愤愤地想，你们不离婚，也就不让女儿离婚，这太可笑了！她的母亲是个高大、健壮，又十分刁蛮的女人，欺负了她父亲大半辈子，在苏叶的记忆里，吵架是她父母共同生活的主要内容。但他们从没有提过离婚，以后也不会离婚，而且反对女儿离婚。苏叶决定不理睬他们的意见。父母是要孝敬的，养育之恩也应该报答，但这不意味着必须百依百顺。作父母的希望儿女孝敬他们，听他们的话，否则就伤心，骂儿女忤逆。但他们年轻时并不听祖父母的话，也并不一定懂得孝敬。现在的社会上充斥着这种指责晚辈的声音，但如果把眼光放高一点，你就会发现，绝大多数人是收支平衡的。你被父母爱了，又去爱自己的儿女，人类也就是这么延续下来的。

　　苏叶发了一会儿呆，随手拿起桌上一张包稿件的旧报纸。这是一张皱巴巴的晚报，上面有一篇文章引起了她的注意。题目是《西方社会道德堪忧》，文章说，西方社会尤其是美国，离婚率不断上升，已经引起有识之士的极大关注，这是道德沦丧和社会退步的标志。苏叶忍不住冷笑两声，用她编书的红笔在文章的空白处批道：一派胡言！她意犹未尽，又龙飞凤舞地写了一句：与这种胡说相反，离婚率的提高，正显示了人们婚姻质量意识的觉醒、经济的发展和文明的进步……她想了想——还有法律的人道。

　　这时同室的小李来上班了。一见面小李就说，啊呀，你的脸色可不太好，是在杭州累坏了吧。他嘿嘿笑着说，你可要注意身体呀！苏叶听出了他话里有话，不冷不热地说，谢谢你关心了，我有点晕车，要是坐火车就好了。小李说，下次买火车票找我，没问题！苏叶含糊地答应着，一面把被自己批注过的报纸撕成两半，再一点点撕掉。她好像是无意识地把报纸撕成了碎片。小李狐疑地看着她，又不好问什么。苏叶知道自己是小李心里的竞争对手，社里可能会给马骏配个助手，小李非常想当这个室副主任。但苏叶知道自己暂时还坐不了这个位子，她更希望的是尽快把职称解决。这才是更坚实的台阶。如果说自己真是他的对手的话，那也只能算是他用望远镜找来的对手。苏叶慢腾腾地把桌上的碎纸片扫到了废纸篓里。

走廊里渐渐嘈杂起来，同事们都来上班了。苏叶和他们打着招呼，聊聊关于出差的话题，显得挺热乎。她到社办公室拿了几份这几天的报纸翻翻，觉得心里空落落的。按惯例，出差后可以休息一下，她今天本可以不来上班，她突然发现自己是在等马骏。不过他现在还不来，今天上午是不会再来了。

想到这里，苏叶反而松了口气。她本来隐约有点担心，两人在办公室见了面会有些不自然，现在好了，她先来上班，和别人打打招呼，隔半天或者一天马骏再来，这样就不会强化同出同回的印象，别人也就不大好开玩笑了。像小李那样，说些含义暧昧的话，苏叶只当没听见。

她又顺手处理了几件杂事，就提前下班了。

下午，苏叶去上班时在宿舍楼的大门口碰到了小张。他像个影子一样无声无息地从拐角处飘了出来。在阴天里，他的脸色像被雨水打湿的纸一样晦暗而苍白。苏叶朝他点点头。没等她走远，小张在她身后说，我塞在你房间里的条子你看到了吗，我们应该再谈谈。你应该再给我一个机会……我们有误会。苏叶说，好了，你说应该谈，那是你的想法，我觉得没有这个必要了。我正在等法院的通知，你也会收到的。我们到时候再说吧。她走了好几步，又回头说，请你自重一点，以后不要再来敲我的门了。你难道不觉得这没趣得很吗？

苏叶没有再回头看他。她可以想见，他的身躯无形中肯定又矮了一截。他的脸色肯定是煞白的。她的恻隐之心刚要冒头，就被她坚定地摁了下去。

马骏下午来得挺早。她一眼就看见窗户下的那把黑伞，她走过去把自己带来的伞并排放在那儿。马骏看见她，说："上午我没来，太累了。没想到这边还是阴天。知道这样，我们还不如在杭州再待两天。"

"再待一百天你还是要回来。再说，那边现在说不定也在下雨，下得还比这边大哩。"

"这倒也是。"马骏说，"伞在那儿，耽误了你还伞了。有句话我不知能不能问？"

"什么？"

"那个速加，他是你的男朋友，或者说是你的候补丈夫，对不对？"

"不对。我有男朋友，不过不是他。这个男朋友是不是候补丈夫，我还没有跟他商量过。"——这时有一串脚步声走了过来。苏叶放低了声音——"哎，你想知道他是谁吗？"

马骏的脸有点发烫。他没有答话。办公室主任走了进来，说："小苏，有你的信。"

信是区法院来的。苏叶接过信，说："真是太谢谢你了。"办公室主任说："你要忙一阵子的了。有什么事跟我说一声。"她看他们两个像是有事要谈，就准备走。临出门时她关切地对马骏说："你脸色不太好，要当心身体，我知道你怕过阴天。不过天气预报说明天就天晴了。"

"那就好。今天回去早点儿睡，明天一睁眼就是个大晴天，这太好了！"

马骏夸大着他的高兴，目送办公室主任出了门。他觉得在办公室里不适宜继续谈论刚才的话题,就把一大堆稿子摊在面前,不再说话。他担心苏叶一旦兴致或者脾气上来,嘴里会没遮拦地乱说。这不是在杭州了,这可是在本单位。

苏叶并不放过他,她走到他桌子前说:"你不关心我的男朋友是谁,是因为你心里本来就知道。不过你就不想看看这封信是哪儿来的吗?"

马骏无可奈何地问:"哪儿来的?"

"法院。下周一开庭。"

"那我应该祝贺你。"

"你先别忙着祝贺,"苏叶说,"这上面说要单位派一个领导旁听,我只能请你去。"

马骏吓了一跳,"这……不合适吧,我可不是社领导。"

"你不能推的。别人去听了,不知道会传出什么新闻来。你不还是工会主席吗,这本来就是你分内的事情。况且……"

"好了,我去。不过,得你自己去跟社里说。我总不能自己主动请缨吧?"

"当然。这我想过了,我们出差回来不是还要去社里汇报一下吗,一会儿我们一起去,你讲,我旁听。最后我提一下这事儿。"

"他们要是不同意呢?"

"不会的。没有人好意思抢着去旁听,他们只敢背后议论罢了。"

去社长办公室时,马骏在前,苏叶跟在后面,但马骏的感觉是,自己是一匹马,被女主人牵着走,甚至连马都不如,是一头驴子!

他们只在社长室待了不到二十分钟,就出来了。社领导们对他们在杭州参加的研讨会很满意,这当然也因为社里对这次会议原本就没有要求,对一个出版社来说,这样一个会确实是无足轻重的。令苏叶感到略微有些吃惊的是,马骏刚谈到苏叶论文宣读很成功,社长就说,听说了,听说了,这也是给社里争光啊!苏叶奇怪的是,消息怎么就比汽车跑得还要快呢!?这消息一定不是尾随而至,而是先期到达的。她担心还不知道有些什么不堪入耳的闲言碎语已经传到了单位。没有人肯那么卖力地为别人传递荣誉,一句好话的后面,往往跟着一大桶污水。马上就要开庭了,这个时候传出的任何闲话都是颇具杀伤力的。

马骏表现得很沉着,他附和着和社长一起夸奖苏叶,让她把论文尽快修改一下,寄给《编辑之友》。他顺理成章地把他内心极易泄露的吃惊和尴尬轻描淡写地抹掉了。这对苏叶而言是个相当轻松的铺垫,她适时提出了法院即将开庭的事。苏叶好像开玩笑地说,我想请马主席去。社长不解道,马主席?噢——他马上反应过来,说,好,那老马你就辛苦一下吧。

马骏虽已答应她代表社里去旁听,但现在事情真的定下来了,他还是很不高兴。他太被动了,简直不像个五十多岁的男人!苏叶作为当事人,她处在旋涡的中心,反而有一种泰然和平静,至少事儿是她引起的,她无可逃避。但他不一样,他犯不着在这个时候跟她靠得太近,靠近旋涡中心的地带是最危险的。他极不愿意陷到这种是非里。马骏径自回到编辑室,坐在那儿看稿。他什么也没看进去,他只是做出一种姿态,以此来表现他的不满。苏叶坐到他旁边的沙发上,轻声说,我知道你不愿意去旁听,但我没办法。难道你就不能在这个时候帮我一下吗?这时的苏叶身上,平时的神气荡然无存,完全是一个娇柔无助的弱女子。马骏说,你也应该理解我。如果在我们去杭州以前开庭,我说不定还会主动要去,但现在不一样了。不!苏叶冲动地打断他说,现在你更应该去!你不能让我一个人去承担这件事!她的脸涨得通红,马骏一时间竟被她镇住了。好一会儿,他才讪讪说,你不是可以叫速加去吗?他不是你的好朋友吗?苏叶站起了身,气冲冲往门口走去,她回头压低了声音说,他要是能代表出版社去我也不会来求你,她再一次走近马骏，说，如果有和你们长得一模一样的机器人，花多少钱我也去租一个。不就是因为你们是领导吗？不就因为你们有权力吗？你不去就算了！

好啦，我去，行了吧。马骏对她的背影含混地嘟哝了一句。

他的声音里透着一股无奈。

苏叶没有料到马骏事前已经答应的事，过后还会讲出这么多的废话。这是一个怯弱、心虚而又自私的男人。她前夫的虚弱表现在日常生活里，而马骏的虚弱体现在事到临头的逃避。但这只是五十步和一百步的区别。苏叶鄙视着马骏，鄙视着这些男人们，她的心情很快地轻松起来。她甚至有点得意，她觉得自己是有办法的，是强大的。自己是自己的玩具，可她过去玩得不够开心，她现在正努力摆脱过去，马上换一个玩法还来得及；自己同时又是自己的工具，妙就妙在这个工具还可以去指挥调动别的工具，这多么的好！一切都正按照她的意愿往前走，不是吗？

五

天气已经转晴了好几天，可马骏觉得特别地累。这是多年来从未有过的感觉。以前，他的劳累可以被一个格外好的晴天治好，但现在显然不行了。他悄悄把别人送的"鹿茸精"找出来吃，也不知是不是心理作用，他觉得稍稍好了一点。腿还有点软，不过不那么重了。

开庭的那天并没有出现难堪的场面。他坐在旁听席上，如坐针毡。他非常担心双方辩论时的唇枪舌剑会像流弹一样伤到自己。事实证明他的担心是多余的，双方都是第一次上法庭，那种气氛立即把他们的嘴封上了一大半。苏叶陈述了他们夫妻感情破裂的三点理由，看得出她进行了充分的准备。这是一次比起杭州的论文宣讲来毫不逊色的表现。虽然语气平和，也没有掌声，但效果更为直接和显著。小张明显地气馁了，他的反驳虽然也算得上有理有据，可明显地缺乏底气，较量一开始，他的斗志就已经有些涣散了。

马骏的心理松弛了下来。他拉拉衣服的下摆，动动身体，使自己坐得更舒服一些。法庭的审理还在按程序进行，马骏逐渐成了一个闲适的观众。他仿佛正坐在云端里，远眺着一场古装戏的上演。他想,这才是我真正的位置,苏叶离婚,与我有什么关系呢?事实上,她既不是为我而离婚,也不会嫁给我。我原本就是一个观众。这种心理上的距离感使马骏觉到了一丝快意。

　　法庭上,苏叶正对她的理由进行补充。马骏本没有留意,也没有听清她说的是什么。但苏叶略带扭捏的表情提醒他,她提到了那个涉及隐私的问题。马骏警惕起来,他捕捉到了周围听众的窃窃私语。苏叶低着头,当她再一次抬起头时,她的语调更加明确了。她说小张有毛病。他不行!

　　马骏差一点笑出来。他急忙低下头,下巴紧紧地抵在衣领上,把笑勒在胸腔里。幸亏没有人注意到他。

　　苏叶说,你真行,你真行啊!

　　苏叶在杭州的那个狂乱的夜里的惊叹,曾经使他迷惑过,也陶醉过。现在他才算揭开了谜底。她丈夫不行,所以她跟你睡觉。一个阳痿的丈夫,当然需要一个"真行"的情夫来代替。他只是一个代用品,跟"成人玩具"商店里出售的东西没有什么两样。原来就是这么简单啊!

　　马骏感到了羞辱、滑稽,最后,他竟产生了一种如释重负的轻松感。

　　他并不是完全没有预料到这一点,但这仿佛看书或者看电影,你心里有了一个猜测,可一旦你的猜测在结尾被完全证实,你反而会产生一丝失落,甚至会感到无聊。马骏现在清楚地知道了自己所担任的角色——工具。是的,是工具。

没有人愿意做别人的工具,但进一步想,如果这工具在被别人运用时自己也有快感,则不妨一做。马骏决定把这个角色继续担任下去。

马骏面带微笑地看完了后面的审理过程。苏叶的话对小张的打击是摧毁性的。他已经无心恋战,在后面的讨价还价中,他几乎是一触即溃。这样,法庭反而对他有点同情了。最后,苏叶在财产分配上作了一点让步。她终于达到了自己的目的。

走出灯火明亮的法庭,马骏这才发现,天已经快黑了。马骏去推自行车的时候,看见小张垂头丧气地走下了高高的台阶。小张的自行车正巧和他摆在一起,马骏看见他走过来,突然心里闪过一丝慌乱。他好像偷了别人贴身内衣口袋里的什么东西,虽然对方暂时还没有发现,但他仍然感到理亏和心虚。他没等小张走近,只远远地冲他点了点头,就匆匆推车走了。

马骏蹬着自行车,他的头脑里残留着小张迎面走来时脸上那尴尬的苦笑。这个男人真是太可怜了。苏叶说他"不行"了,要是传出去,让他以后还怎么再成家,怎么生活?开庭以后不久，小张很可能就在心里默认了最后的结果，担心的没准正是苏叶的嘴不留情面，语涉隐私。可苏叶终于还是伤了他。这真是一个狠心的女人。她已经伤害了道德。她也许是一道美味的菜，但是这菜里面确实是有刺的。

马骏听见后面隐约有人在喊他，他略略减慢了速度，不一会儿，苏叶赶了上来，身后还跟着速加。速加肯定一直等在外面，他看来就是那个最关心审理结果的男人了。苏叶问，你怎么走得这么快？我们还在停自行车的地方等了一会儿哩。马骏说，我的任务不是已经完成了吗。我祝贺你开始新的生活——对了，也祝贺你，小速。速加脸红了。苏叶说，别开玩笑了，我其实心里挺难过的。我想今天请你吃饭。马骏说，不行，我还得回去给老婆烧饭呢。你们两个去吃吧。马骏说完，挥手道了声"再见"，就骑车汇进了下班的人流。

无论从哪个方面讲，马骏都不愿苏叶离婚这件事在自己的生活里留下过于深刻的印记。对苏叶而言，这一天是新生活的开始，是新一个段落的开头，那就让速加和她一起去开这个头吧。这是一顿有着特殊意义的晚餐，马骏知道自己坚决不能去吃。

暮色无声地降临了城市。马骏回到家时，天已经全黑了。

他把朝着楼下马路那一边的房间的灯全都打开了,然后去厨房择洗刚才在路边的小菜场买来的蔬菜。这是他每天下班后的家务,天长日久已经形成了习惯。妻子下班总是从楼下的大路上回来,看见家里亮着灯和看到黑灯瞎火的窗户,心情上是大不一样的。稳定是第一位的,对一个国家和对一个小家,在这一点上并无二致。马骏炒着菜,弄出了一股浓烈的家的气氛,等着妻子下班回家。

马骏从杭州回来后,立即感到了心理和生理上的双重压力。倒不是妻子听到了什么风言风语,或者起了什么疑心,事实上她也并不知道马骏这次出差有苏叶同行,从这一点看,她是过于放心而失之于粗心了。他们一直没有孩子,马骏的妻子经常在逗别人的小孩子时表现出过分的挑剔:这个挺漂亮的,可惜不太机灵;那孩子倒是挺聪明的,不过牙齿是个"地包天"……她更多的是嫌他们脏,不讲卫生。其实这一切,正泄露出她对自己生个孩子的渴望。她也许并不喜欢孩子,但他们的家庭需要一个孩子。近一时期来,马骏发现她又不知从她那些护士朋友那里找来了什么生育资料,他也懒得去管她,但他很快从他们同枕共眠的床上感到了压力。她带了一些透明的、棕色的药水回来,那种奇怪的口感令人生疑。她在夫妻生活上也变得格外热衷和主动,她还从一本书上学会了一些古怪的动作，这使马骏感到十分滑稽。他经常在她高潮将至的节骨眼上突然忍不住地笑出来，紧接着自己也变得沮丧、无奈和不振。更为败兴的是，她在夫妻生活的时间安排上也变得极为苛刻。她有一张表，她经常用这张表把满怀兴致的马骏挡得远远的。马骏吃惊地发现，他在家里也成了一个工具，一个创造孩子的工具。而且这个使用工具的主人是合法的，理直气壮的。他当然想要一个孩子，这是延续生命的本能，但现在他倒经常想，现在即使生了个孩子，叫自己爸爸还是爷爷呢？当然这是个很小的问题，但他确实感到太累了。

妻子虽比他小五岁，但也已差不多人过中年了。保养得再好，耳根后面和手上已经掩饰不住地松弛了。她的脸还算得上漂亮，这一点使苏叶相形见绌，但是苏叶年轻，滋润，这是无与伦比的诱惑力。马骏有一次和妻子做爱时，脑海里突然闪出了苏叶丰满鲜活的躯体，他警告自己，千万不能失口叫出苏叶的名字。

马骏斜倚在床头，他心里泛起一片潮水似的罪恶感。他把身体留给了妻子，心却溜走，又去偷了一次欢，这是怎样的一次身心分裂呀！他被自己震惊了。他看看身边满足地熟睡的妻子，他想苏叶无论如何也不会料到，她今天也给别人当了一回道具。想到这里，马骏感到了一丝快意。

马骏的妻子见过苏叶，印象并不好。出版社组织过几次舞会，她也去参加了。作为舞场上的行家，她首先看不上苏叶的舞姿，而苏叶偏偏又那么活跃。其实对她刺激最深的是苏叶的年轻、鲜艳，还有稍嫌过分的轻佻，但她对马骏却说，"你的这个部下不懂色彩搭配，她肤色不白，就不能穿浅紫色的衣服。好好的身材，弄得像个灰影子似的。"马骏付之一笑，不说什么。马骏知道，他和苏叶不宜接触太多，早在去杭州以前，他就注意了这一点。苏叶到他家去过几次，他发现妻子不太高兴，经常爱理不理。有一次，妻子甚至以老大姐的口吻不太客气地对苏叶说，我看你挺喜欢串门的，其实你们年轻，正是读书的时候，多看看书多好呢？这近乎于逐客令了。马骏和苏叶一时间都非常尴尬。虽然那时他们两个还没有越轨，但已经很有些暧昧，马骏心里发虚，以为妻子已经有所察觉。苏叶搭讪着走后，他小心翼翼地试探了一下，这才知道妻子并没有疑心什么，她只是本能地不喜欢苏叶这个人。她自视甚高，她想都没想自己的丈夫会和这么个档次不高的女人弄出什么事儿。

但这件事还是引起了马骏的警觉，他的言行更加谨慎。他在单位里尽可能回避和苏叶单独在一起的机会。当然他并不过分，在大庭广众下的正常接触他表现得十分坦然，该表扬的表扬，该说两句的也并不护短；他批评的都是一些小枝小节，并不损害苏叶的实际形象，要不，他就可能给苏叶以后的职称评定造成麻烦。苏叶很默契地配合着他，她当然理解马骏的用心。她再也没有单独到马骏家去过，有两次工作上有急事，她都是和编辑室的同事一起去的。私情使他们变成了技艺高超的演员。闲暇时，马骏经常为自己的表现感到得意，而苏叶也是一个称职的搭档。

在家里，马骏表现得更加殷勤、体贴。看起来他真是一个好丈夫。妻子爱跳舞，以前他还说两句，现在他不光不说，有时还鼓励她去。跟她跳舞的大都是一些年轻英俊的小伙子，马骏相信她不会有什么事儿。妻子直率、粗心，还有点自视过高，但她绝不至于幼稚到去跟小伙子谈爱，还误以为他们会娶自己的程度，这一点马骏很放心。他绝不希望自己的家庭之舟遇上任何风浪。他在船上放风筝，但船决不能翻掉。如果那样，可就太狼狈了。那可不就是活生生的现世报了吗？

妻子跳舞回来一般都很晚。她换掉跳舞的装束坐到沙发前，马骏已经为她微微发酸的脚腕打来了洗脚水。马骏看着妻子洗脚。他们两个人的心里都充满了温柔和宁静。马骏对这幅场景和它所代表的家庭状态十分满意。

再一次的偷欢是不期而至的。快下班时，马骏接到了一个电话，是妻子打来的。妻子说她今天夜里有一个大手术，作为值班护士长，她今晚肯定不能回家了。她叫他不要等她。接电话时办公室还有两三个人，苏叶也在场。他的心仿佛一团火焰，腾腾地跳动起来了。从杭州回来后，他们一直没有机会。他对着话筒问，你不能请个假吗？哦，那我明天上班的时候把饭菜温在电饭锅里，你回来就先吃饭吧。他相信苏叶肯定听到了。

他放下话筒很无奈地冲同事们笑笑。他的目光飞快地掠过苏叶的脸，他发现她的脸上毫无他所希望的那种表情，她好像什么也没听到。他很失望，也有点诧异。他耐着性子等到下班，同事们陆续走了，这时候他喊住了她。

"你没听见刚才的电话吗？"他问。

"我听见了。怎么啦？"她好像什么也不懂。

"我……我想今天到你那儿看看。"

"是晚上，对吧？我今天晚上已经有安排了，我要去看电影。你应该提前通知我。"

马骏气得说不出话，只直直地看着她。他一时间觉得站在他面前的是个陌生的女人。他们之间发生过的一切似乎都不是真实的。

"我以为你早已把有些事给忘了。"苏叶慢腾腾地说,"你今天晚上不要来找我。我不会在家的。"她看着怔怔的马骏说,"那再见了。"

马骏觉得摸不着头。他怀疑这段时间里有一些变化被他在不经意中忽略了,或者说他被别人忽略了。但苏叶是没有权力这样对待自己的!马骏心中被冷水突然浇灭的欲火变成怒火又呼呼地蹿了上来。他忍不住地想质问她,但苏叶的身影已经在拐弯处消失了。

整个晚上,马骏都陷落在一种极为沮丧和烦躁的情绪之中。他觉得自己太唐突了,他轻率地把自己的尊严送给别人戏弄了一回。他坐在沙发上一动不动,把自己沉浸在黑暗里,只有电视机发出的冰冷的光线在他脸上跳动。看上去他像一个蜡人。电视里正在演一部都市爱情片,马骏把电视的声音关掉了,这样看上去,所有人物的喜怒哀乐和他们的动作,都显得夸张和可笑。那仿佛是另一个世界的故事,马骏看不懂。

电话突然响了起来,寂静里声音显得特别大,马骏吓了一大跳。他以为是妻子。他拿起电话,里面一片寂静。喂,你哪一位?许久,传来了苏叶的声音。是我,你那儿没有别人吗?我马上就到。

电话断了。马骏拿着话筒站在那儿发愣,他心里平静如水,没有一丝的激动。苏叶的声音无疑是真实的,真实得好像伸手可及,但他觉得这声音好像是从电视机里发出来的,和自己搭不上什么联系。他坐到沙发上,头脑里空空如也,没有欲望,没有等待,十几分钟的时间以秒为单位,像来自上游的水一样,非常流畅地从他身边滑过了。

他听见有人上楼。然后门铃响了。

打开门,苏叶站在门口。这时候马骏才发现了自己内心的紧张和不安。他暗暗责骂自己,刚才接电话时,为什么不拒绝她,这个胆大包天的女人!

昏暗的灯光下,马骏的脸色铁青。他一言不发地把苏叶让进了门。

他把厅里的吊灯打开了,这样,房间里那令人紧张的暧昧气氛减轻了不少,马骏感到稍稍安全一些。晚上十点,正是一个敏感的时间。这个时候如果有人来访,看到苏叶在这儿,虽然还可以找到理由自圆其说,但已经有点不明不白的味道了。

如果妻子有什么事突然回来呢?

马骏的心慌张得乱跳起来。他感到他的心脏有点不够用了。

这是他们的情史中相当糟糕的一夜。妻子没有回来,也没有不速之客,甚至连一个打搅他们的电话都没有,但马骏的心仍然紧张得乱哆嗦。苏叶显然精心打扮过,她浑身的黑衣服消融在黑夜里,有一种难以言说的魅惑力。马骏全身肌肉僵硬,仿佛有密密麻麻的绳子把他捆住了,他的欲望很大,但是很软弱,他无法凝聚它们,把它们挺拔地展示出来。他知道他今天肯定不行。为了掩饰他的虚弱,他问:"你不是今天有安排了吗?"他加重了语气说,"你不该到我家里来。"

"为什么?"苏叶直视着他说,"我为什么不能来?我早就该来了。"

"你不要不顾后果,万一有人撞见怎么办?"

"你害怕了?"苏叶讥诮地说,"我反正不怕。大不了嫁给你就是了。"

马骏盯着那张满不在乎的、泛着邪恶的脸,心里充满了恐惧和仇恨。嫁给我,那还得看我要不要哩。不过,今天可是你自己来找我的,你自己送上门的。他脸上浮出了笑容,慢慢向沙发另一头的苏叶靠了过去。还没有接触,苏叶已经倒了过来。

他们在沙发上抱在一起,两人各自的手、嘴唇、舌头……

这些富于表达同时也善于感受的触角忙碌起来。突然马骏的腰部被什么东西扎了一下，很疼，他猛一哆嗦。苏叶问，怎么啦？马骏说，没什么。他腾出手，从背后把像一个大鱼骨架的毛衣扔到沙发的背上。这是妻子一时心血来潮给他织的一件毛衣，打打拆拆已经三个多月，平常就被扔在沙发上，今天终于趁机戳了他一下。

这一戳他好像泄了气，果然不行了。他的意识集中不起来。他抚摸在苏叶身上的手还在动作，但已经变成下意识的惯性。他的手和他的心之间的联系被阻断了。他深吸一口气，抬起头，墙上的一幅油画向他的视野扑过来。那是妻子的朋友给她画的一幅肖像。那个家伙手艺很不错，把人的眼睛画得幽远而迷离，马骏曾打趣说这人是个画近视眼的高手。现在画上妻子的眼睛变得犀利而冷峻起来，似乎有一种无形的光罩在他们身上。光是冷的，马骏的心迅速冷了下去。

苏叶也看到了这幅画。她扭过头，用目光对马骏暗示了一下。马骏懂了，他逃难似的首先往房间走去。

他们扑倒在宽大的床上，一股熟悉的气息立即占领了马骏的嗅觉，那是妻子的体味。他感到透不过气来，仿佛要窒息。苏叶黑压压的长发铺在雪白的枕头上，那黑色头发簇拥的脸在马骏的视野中渐渐幻化成妻子的脸庞，马骏的眼睛有点模糊了。他的脑海里出现了不久前也在这个房间里,他和妻子做爱时苏叶的幻影的出现。这种不尽相同的重复使马骏感到了混乱和迷惑。家里的房间是夫妻性爱的场所,但绝不是偷情的好地方。不光是床,就连梳妆台、穿衣镜,乃至房间里的一切,到处都留着妻子无形的印记。这些印记对马骏的情欲有着致命的杀伤力。奇怪的是,他并不害怕,只是提不起精神,有点犯困。他好不容易才制止了一个冲到嘴边的哈欠。

苏叶却异乎寻常地兴奋。这个房间的特殊氛围显然强烈地刺激了她的某根神经。还没有真正开始,她已经大声地呻吟起来,马骏不得不用嘴去堵住她。苏叶误会了他的意思,她攫住了他的舌头,主动担任了这场戏的导演。马骏被动地应付着她,他无法进入角色。他的意识一直游离于这场戏之外,他只不过是一个观众,一个缺乏领悟力的观众。这时候,他突然想起了他们的那个西湖之夜,想起了那个神神怪怪的长须老人。他感到有一股凉风从遥远的西湖刮过来,刮到这个房间,刮到他的心里。他总觉得有一些眼睛在黑暗中偷窥他,但这些眼睛的主人就是不走出来。

很快,苏叶就感到了疲乏和沮丧。她竭力用她的身体鼓励、激发着马骏,但这没有效果。到后来,她从马骏身上强烈地觉察到了他的敷衍了事,她顿时感到了没趣和无聊。她仍然没有停止，但只是要把一件事情或者说一件仪式完成罢了。

终于，马骏的身体抽动了一下，长叹了一声。苏叶随之也不易觉察地松了一口气。

一切都静了下来。

这是一次拖泥带水、疲疲沓沓的过程。他们两人躺在床上，谁也没有看对方一眼。

天微微发亮的时候，苏叶走了。马骏送她出门，她回过头轻声说："我就是要到你家里来。我早就想来了。我要在你家里留下我的记号。"

马骏愣了一下。待他反应过来，苏叶已经下楼了。他不敢在早晨寂静的楼道里大声说话。

一下子，他整个人都清醒起来。苏叶也许在这儿留下了什么痕迹，而且很可能是故意的。马骏有些害怕，他曾听说过一个故事，有个女人在和她的情夫做爱后，悄悄地把自己的头发绕在他的扣子上，每个扣子上都绕了几道。然后她打电话给他，说要和他的妻子面谈。她用纤细的头发做成了最坚固的圈套。马骏在家里仔细地搜寻。他的重点是床，这是妻子最为重视的领地。苏叶如果要做什么手脚，床肯定是她首选的目标。战争是要把自己的国旗插到别国的象征性建筑上，对家庭的渗透和颠覆，也是同样的道理。

　　枕头、被子、床单，马骏一个个看过去，他在枕头上发现了一些头发，他一时没法断定是谁的，索性把它们全部捡掉。他又到处检视了一遍，确信再没有什么遗漏，又去把窗户打开通通气，这才坐下来。

　　他相信苏叶没有能力破坏自己的家庭，她也未必就想这么做。她说要在这里留下她的记号，无非是出于女人的一种奇怪的心理。这个女人，不弄点事儿可能就不舒服，应该安抚她，尽早打消她的幻想。这应该是一个坚定的策略。

　　马骏想起了那个速加。不知道他和苏叶到底怎么样了。如果说婚姻是个围城，苏叶现在正需要有城墙把她关起来。当然，马骏并不反对以后她再偷偷地从城门里溜出来和自己偷欢，但他首先希望她尽快结婚。

　　马骏躺到床上。这时候，他的身体仿佛故意要捉弄他似地，有些亢奋起来。他简直又好气又好笑。晨曦初现的时候，他终于迷迷糊糊地睡着了。

六

　　苏叶从来就没有想过要嫁给一个比自己大二十多岁的男

人。婚姻是需要配套的，虽然有人说鞋子合不合适只有脚知道，但二十多岁的差距，如果换算成尺码，那种不合适却是谁都能看出来的。丈夫也不是一般的商品，要退，要换，都不是那么容易。这一点，她并不是不懂。

那天，速加说晚上要到她的宿舍来，她本来是答应了的，所以她拒绝了马骏。但她后来一想，觉得不行。她早就觉得，她和速加有婚姻的可能，速加已经多次期期艾艾地向她表白过，她一直假装听不懂。既然可能跟他结婚，那他们之间的性关系，只能放在结婚以后，这才是聪明的。夜晚的宿舍里，有太多的诱惑。她的宿舍很小，一张床就占了四分之一的地方，这太容易使人绮念横生了。她即使能够控制自己，也未必能控制身体强壮的速加。她草草地吃了晚饭，给速加发了个短信，就出了家门。时间还太早，她先到附近的夜市去逛了一圈，打了个电话，然后她就去了马骏的家。

苏叶已经很久不单独到马骏家去了。去马骏家的路上，苏叶心里隐约有一种快意。她了解马骏妻子工作的特殊性，一上手术台，绝不可能中途下来，因此，这是一次没有危险的冒险。她到马骏家，是为了性，但也不全是。也许她从来就没有仅仅是为了性而去和马骏做爱，那天也不例外。

马骏那天的心虚、委顿让她很不畅意，但同时她得到了另外一种满足。她终于在别人的床上完成了一次性的过程，这确实具有非同寻常的意义。她对自己很满意。她战胜了另一个女人留在那个房间的无形的敌视和威压，她料定这将会对自己今后的漫长生活产生良好的影响，从此以后，她肯定可以以居高临下的姿态傲视马骏夫妇了。临走时她说她要在马骏家留下记号，其实只是随嘴说说的。一个实在的记号对她并没有实在的好处，也许还会惹麻烦，她懒得费那个心。不管有没有记号，这一夜的经历已是实实在在地存在了。

仿佛是一夜之间，好多人对苏叶的婚姻关心起来。马骏表现得特别热心。

马骏并不是一个经常关心别人的人，但他对苏叶的关心却相当到位。他不光是嘴上说说，甚至还托了办公室主任，请她出面张罗。主任有一天拿了两张照片来给苏叶看，苏叶好不容易才使她相信自己真的已经有了，不需要再介绍了。老太太很热心，但是有点多嘴，苏叶不得不耐着性子，费了不少口舌。她要让老太太明白她真的有了未婚夫，但又不能给人留下自己是先有了婚外恋然后再离婚的口实，这使她感到有点难堪。而且她担心大家对她婚姻的注视会使她在不知不觉中成为风言风语的目标。苏叶对马骏的这种关心感到十分恼火。

她不能再坐视这种状态。等到一个两个人单独在办公室的机会,她几乎是恼羞成怒地说:"我的事不要你那么操心。我觉得你有点不太正常。"她这句话没有任何铺垫,马骏一下子愣了。好半天他才反应过来。

"我觉得你应该结婚。关心你也不好吗?"马骏讪讪地说。

"你不会关心一个与你没有关系的人的。我有男朋友了,你知道的。"

"谁?"马骏显得有点紧张。

"你真的不知道吗?"苏叶脸上现出一丝讥诮,"我想你应该是知道的。"

马骏面对着苏叶,但他不敢看她的眼睛。他低声说:"我猜不出来。"

"我知道你害怕什么。你别怕,我不会嫁给你的。"她嘲弄地说,"我早就看出你是个胆小鬼!"

马骏哆嗦了一下,脸一下子红到耳根。他猛地站起来,又压低了嗓音说:"你别自以为是。我并不是因为胆小,才——我想你应该明白我的意思。"他看见苏叶的脸色顿时变得煞白,改口说,"好了,是不是那个速加?"

"是又怎么样!不关你的事!"

苏叶提了她的包就走。门被她咣的一声甩上了。

235

马骏稍稍觉得有些歉疚，但他马上就感到了一片轻松，好像，还有点失落。

苏叶对马骏的情绪有一种特殊的敏感。她看出他的脸色阴沉，心里好像有什么事儿。她并非不知道他们之间的关系是缘何而起，但她是个女人，她需要在坚硬的内核上包上一层玫瑰色的奶油巧克力，哪怕是假的，那也比没有要好。况且，他们之间也并非绝无感情的成分。马骏那天的话深深地伤了她的心，她又羞又气又恨。她本以为马骏心情不好是因为他们那天的争执，她不想去理他。但她很快就嗅出编辑室里的空气有些不太正常。

马骏的面前出现了一个对立面。在短短的几天里，小李就和马骏发生了好几次摩擦。在室里的例会上，他对编辑室的选题计划执行情况提出了质疑。他口气强硬，胸有成竹，显然有所准备。社里曾考虑在他们编辑室设一个副主任，后来也就不再提起。小李现在站出来掀起风浪，明显地与此有关。没有人会仅仅为了工作而如此顶真。

马骏显得很沉着。他一连几天阴沉着脸，保持冷静；他和别人大声谈笑，故意冷落小李，他想以此造成一种威压。小李不为所动，他频繁地出入社长室，满面春风地在社里走来走去。社里的领导仿佛毫无察觉，也许还没到他们出面的时机。

他们就这样僵持着，别的人都在袖手旁观，背地里传递着谣言。已经有风言风语说马骏有私心，他想推荐和他私交更深的人。

这种空穴来风是十分阴狠的。苏叶还没有想到要当副主任，但她决不愿意小李当上。马骏已经五十多岁，小李跟自己差不多，这种梯队一旦形成，以后就再也没有自己插脚的地方了。苏叶坐不住了，她要采取行动。况且，她也不能再任流言蜚语在她面前飘来飞去了。自从那天她和马骏发生不快后，他们再没有单独接触过。苏叶找到一个机会，对马骏说，我想要一本《企业管理备要》，就是小李编的那本。马骏说，你要这个干吗？苏叶说，我想好好学学。你不是有主任的样书吗，我用完了再还你。马骏打开橱子，把书找出来给她，说，这书编得不好。苏叶说，我知道。马骏的眼睛似乎亮了一下。

几天后，室领导马骏收到了一封措词痛切的读者来信，信中说他作为一个经济很不宽裕的大学生，买到这样一本差错极多的书，感到非常气愤。"十块钱一本书，相当于我两天的伙食费了。"信中还附了一份详尽的差错表。写信人要求出版社提高责任感，对读者负责。

马骏看完信会心地笑了。下面的文章该由他来做了。

他果然做得很漂亮。小李吃了个哑巴亏，立即偃旗息鼓。

如此默契的配合，只有有过最深层交流的两个人才能做到。这种默契一旦形成，将是外力永难打破的。

一晃几个月过去了。

在这个四季分明的城市里，陪伴了一夏的蝉鸣仿佛在一夜之间就全部消失了，人们猛然发现，秋天已经来临了。

天气逐渐让人觉得有些寒意，所幸的是，空气也变得干燥了，这使人不那么容易生病。和春天比起来，马骏更喜欢秋天。而且，经过了一段时间后，他和苏叶的关系也相对安稳了。妻子上夜班或出差时，他偶尔也去苏叶的房间过夜。他总是赶在天亮前离开。他看见苏叶房间里为结婚准备的东西慢慢多了起来，这时候，他们的心态都已经趋于平和。他们一般不谈速加，但有时他们做爱后，也会就某一件东西的价格、款式谈上一会儿。马骏有时还会告诉苏叶，某个商场有一件东西，很不错，建议她去买。其实马骏对新潮的商品并没有多少了解，他的信息往往来源于他喜欢逛街的妻子。

苏叶结婚的日子还没有定，但确实一天天临近了。他们都不知道，他们这种暧昧而温和的关系还能持续多久。不过有一点很清楚，那就是他们之间的关系，正面临着一次变化。苏叶的新婚姻不可阻止地推过来了，马骏避开了，但他仍然不是局外人。他们的关系可能会因为这次婚姻而固定下来，但也可能一触即溃。

苏叶忙着她的事儿。她的内心十分平静。她结过一次婚，对结婚前那些繁琐的事情心中有数，她有条不紊地准备着。她基本上没有要速加插手，速加好像也乐得轻松。他正对自己的博士论文进行扩充整理，把它弄成一本书。她很乐意她的未婚夫是个勤奋的男人。

当速加把厚厚的一本书稿放在苏叶面前时，她还是吃了一惊。她倒不光是惊叹于他的效率，这一点她原本就知道。可速加的书稿也太正规了、太完整了。他已经请专家作了序，后记也写好了，甚至连内容提要这种很易忽略的东西他也自己准备了。至少从形式上看，这是一本完全符合出版要求的稿件。苏叶有点预感。她放下稿件，似乎是漫不经心地说："全好了吗？"转身去收拾当天刚买回来的东西。

速加走过来帮她。他说："你们下一年度的选题计划拟好了吗？"

"还没有。正在弄。"

"这本书我费了不少心血，我就想着它能够出版。你能不能报一下选题，赶上明年出版？"

"可以啊。可是——"苏叶突然间有点烦躁，"我们现在还不够忙吗？为什么一定要现在呢！而且这本书肯定是要亏本的。"

"这种专著的亏损学校可以负担的吧？茜芳，今年赶不上，一拖就是一年。我真的很想让它早点出来。你先把选题报上，这不会耽误我们结婚的。"

苏叶停下手里的事，叹了一口气，"即使我报了，社里也未必就会批准。"

"你们室主任不是跟你不错吗？可以请他帮帮我们。"

速加语气很平静，但态度十分坚决。苏叶无可奈何地默认了他的话。她很少被别人安排，但她发现今天终于有人安排了她。她知道，新婚初期两人关系的定位，将深刻地决定以后漫长的家庭生活。她不能过于顺从他。她说："最好你自己直接去找他。我出面不太好。"

"那好，我明天就去。"速加很爽快地答应了。

苏叶的心里有点怪怪的，说不出是什么滋味。

苏叶不知道第二天速加和马骏是怎么谈的，速加只对她说，马骏已经答应了。室里开选题讨论会时，苏叶发现马骏已经以他自己的名义把速加的书报上了。这件事儿，也许他们三个人都有点心照不宣。

天更冷了。

冬天的脚步已经逼近了，风一吹，枯黄的树叶哗啦啦地飘下来。路上倒是挺干净，可树根底下的落叶就没人去管了。人踩上去，显得特别松软。

后天，就是苏叶结婚的日子。马骏和她约好了，在离单位五公里以外的南林公园见个面。就像结婚登记是一项必不可少的程序一样，他们今天的约会也是不可省略的。他们沿着林间小道走了很久，等到夜色渐渐浓重起来，他们坐到了一张长椅上。

晚风从他们头顶的树林上呼呼地掠过，他们都觉得身上有点发冷。他们很久都没有开口说话，就这么坐着。

苏叶怕冷似的把身体靠了上来，她轻轻地咳嗽了几声，马骏伸手拥住了她的肩。树林里实在有点冷，马骏已经准备提议回去了。这时候，苏叶像片树叶似的倒在了他的腿上。

马骏把手放在她的头发上，他没有抚摸她。他的手没有动。他们的与性有关的默契和灵犀今天暂时被冻僵了。马骏感到他的腿有点发麻，他把手从苏叶的头下面插下去，他想让她坐好。这时，他的手感到了一股温热，一片潮湿的温热涂在他的手心。他一下子没反应过来那是什么。这时候，他听见苏叶吸溜了一下她的鼻子。

她好像在流泪，又好像是感冒了。他不动声色地用手帕把手擦干净，又把手帕递给苏叶。

"还有几个月你就要评职称了，"马骏自己也不知道他怎么突然说起这个，"你放心，你肯定能上的。"

苏叶抬起头，看了他一眼，说："你就想起这个吗？"马骏没有答话。好一会儿，她说："这儿太冷了，我们回去吧。"

他们走出树林。林外的星空是明朗的，脚下松软的树叶给马骏微微发麻的双腿带来了一种虚幻的感觉。马骏仿佛看见很多往事的碎片鱼贯而来。他试图把这些碎片按某种逻辑连成一串，画出轨迹，以便预测他们以后的故事，但它们恍若疾速的子弹，穿透他的脑袋，呼啸着远去了。

他们没有再说话。在这里，语言肯定是要失去分寸的，要么过于庄重，要么失之于轻佻。事实上，这次约会既不是了结，也不是开端，它只是一个漫长过程中的小小停顿。

路很窄，他们一前一后地走着。夜色里，你只能看见两个黑色的影子在移动。

青玉案

1

选择7月6号夜里下手,并不是焦距的本意。点是早就踩好了,但他一直拖着没有动手。那片坟地离钱塘村只有一箭之遥,很可能会被深夜乘凉的村民看见,他想拖到秋凉后再说。说不定再拖一拖,他的生活就会出现一些转机,也就不必再干了。阿山几乎天天都要催他一次,有时是打个电话,有的时候索性亲自上门。下手的前一天,也就是7月5号的晚上,焦距知道推不过去了。他没有说他是怕被别人发现,那样显得自己太胆小,不光阿山会笑话他,就连小霖也会朝他撇嘴。他推托的理由主要有两个,一是天太热,坟里可能有瘴气,说不定会中毒,二是自己配了副隐形眼镜,还没拿到手,戴着副二饼实在是太不方便了。阿山说:"操,你还要戴上防毒面具,背着氧气瓶去干啊?我不能再等了!"他的手伸向口袋,焦距本来以为他会摸出那张租房合同,幸亏他掏出的只是香烟,但焦距知道他话里的意思。慧通艺术公司楼下的房子租给他开书店,但房租已经拖了半年。阿山没掏合同,那是给他留面子。焦距咬牙点点头说:"那就干吧。"有些事不是想拖就能拖过去的,焦距活了三十多岁,这个道理他算是懂了。小霖高兴地捅捅他的腰说:"没事,明天我给你去拿隐形眼镜,给他们加急费还不行吗!"阿山赞许地看看小霖说:"妈的,配镜费加急费全算我的好了!"这话焦距听了有点刺耳,但他没说什么。

为了保险,7月6号中午,焦距又到现场去看了看。从早上开始,天就阴了,刮着风,气温明显地降了下来,这使焦距稍稍放了点心,他不必担心被深夜乘凉的人发现了。焦距鼻子上的眼镜已经摘掉,换上了隐形眼镜,但一时还不适应,这使他产生了一种虚幻的感觉。视野中的景物,那些树,远处的村庄,那些在草地上蹦跳的蚂蚱,一切都是那么清晰,清晰得很不真实,他好像是走在一个梦境里。走下大路后他拐上了田埂,不一会儿他就走进了齐膝深的草丛。风行草偃,周围传来阵阵蛙鸣,此起彼伏的声音携来一派浓重的水意。进入坟地的时候,焦距有些茫然,他一时还预见不到他今后的生活走向,他今后将会怎么样。视力是增强了,但他看不见。这是两码事情。到后面我们就会知道,这副隐形眼镜不但为焦距在夜间的行动提供了方便,也无意中给案件的侦破进程设置了一个小小的障碍。

坟地里草木茂盛,大群的蚊子被他惊动了,嗡嗡地在耳边飞来飞去。整个坟地虽说很大,却很有规则。沿着河边数过去,第五个坟就是他的目标。这是整个坟地里最为破败的一个坟,不光没有墓碑,连砖砌的坟体都坍塌了。第一次来这里看过以后,他不相信阿山的话。阿山说:"这你就不懂了。一代做官,三代要饭!这是规律!这坟不光值得搞,而且没有危险,他的后代肯定是绝了,要不能破成这样?"

焦距说:"要真有好货色,还轮到我们去搞?这是什么世道,人全都疯了。"

阿山说:"他们都疯了,我没疯。"他牛皮哄哄地扬扬手上的一本烂书说,"我是专家呀!"事实上,阿山的准备也确实算得上充分,洛阳铲之类的家伙不说,他还给焦距准备了一副夜视镜,就是司机夜里开车戴的那种。但不管怎么说,焦距还是心里发虚。他拎着那把装样子的气枪,在坟地里转了一圈,出来的时候他才发现,天上不知什么时候下起了小雨,不一会儿他的身上就湿了。刚才在坟地的时候,他已经仔细察看了地形,把去路和退路都想好了。坟体上的砖大都已经风化,动手时看来费不了多大劲。焦距闭上眼睛,仔细推测了一下整个过程的细节,他估计,要是顺利的话,个把钟头也就完事了。

一阵鸟叫引起了焦距的注意。他看见坟地边缘的一棵歪脖子榆树上栖着一只黑鸟,正"鸪鸪"地乱叫。他知道它叫"鸠",鸠山的鸠。他小时候一直不知道它叫什么,后来有一次他看见它们蜂拥而上,跟两只喜鹊争窝,他才知道这就是鸠。焦距从小就讨厌这种鸟,现在撞上它,他觉得很晦气。他骂了一声,举起了手里的气枪。

他开始瞄准。准星微微晃动着。然后稳住了。

"乓!"鸠被打中了,一头栽在地上。

焦距高兴地奔过去,捡起了血糊糊的鸟。这是个好兆头啊!焦距觉得今天夜里的事已经有了九成的把握。鸟儿在他手上扑腾着,鸟嘴上往下滴血。他兴冲冲地回过身,突然看见一个老头正站在他刚才开枪的地方。焦距吓了一跳。

老头穿着蓑衣,正饶有兴趣地看着他。焦距不知道这个老头是从什么地方冒出来的。老头眯着眼睛,看着他手里的鸟说:"你打鸟啊?"

焦距含混地"啊"了一声。突然想起了什么,把手上的死鸟拎了拎。

"哦,"老头说:"你知道这叫什么鸟?"

焦距说:"这不是鸠吗?鸠占鹊巢。"

老头说:"什么鸠?我倒没听说过。我们叫它警报器。"

焦距有些发木。老头说:"这鸟儿你还没到它身边,它在树头上老远就叫起来了,把别的鸟都吓跑了,我们就叫它警报器——你们城里叫什么?"

焦距摇了摇头。他的头脑里有一盏警灯在闪烁。他支吾了几句,把枪背上,拎着鸟开始往大路上走。老头跟在后面。他后面的话再次让焦距吓了一跳:

"你知不知道,这块坟地保不住了啦,马上就要挖啦!"

焦距脸都黄了,差点软下去。幸亏下着小雨,老头没在意。

"那条公路要从这儿过,上次来了几个人,线样都拉好啦。"

焦距松了一口气。他加快了脚步,不想再听这个老头唠叨了。走出好远,他听见老头在身后气冲冲地说:"妈拉个×,挖了好!这个鸟风水,不动动就别想发旺!"

焦距真是怕了这个老头了,这个没头没脑的老家伙!他行色匆匆地上了大路,或者说是逃离了那个老头。他沿着大路走了约莫五分钟,突然觉得了某种危险。这种危险来自身后,和他不即不离。那是一只狗。一只皮毛奄拉的黄狗跟在他后面。咬人的狗不叫,它确实一声不吭。焦距紧走几步,黄狗阴险地跟着,保持着一个一扑可至的距离。他有点慌了。就在这个时候,他看见前面的村口出现了一个半大不大的小伙子——其实焦距把手里的死鸟扔给狗就是了,可他当时就是没想到这个——焦距停住脚,朝那个对着墙根撒尿的小伙子说:"我是来打鸟的,这狗跟着我!是你家的狗吧?"小伙子诧异地说:"不是。"焦距说:"它肯定认识你。你把它喊住。"小伙子奇怪地笑一下,咕噜了一句什么,有板有眼。情急之下焦距没听清他的话。他连声催促说:"你快点。"

小伙子说:"把鸟给我。"焦距连忙把鸟递给他。小伙子冷冷地接过鸟,看看,往远处一扔,那鸟似乎再次飞翔起来。黄狗"呜"地一声,蹿跳着追了过去。

危险解除了。焦距连声说着"谢谢,谢谢",要不是那个小伙子转身进了自家的院门,焦距可能还要再说几声。那狗斜眼看看焦距,目光里并没有谢意,也不吃,自顾自地在田里拨弄着鸟玩。焦距走出好一段,才想起小伙子那句有板有眼的话,他说的好像是:"子非狗,安知狗识我?"焦距忍不住笑起来。

这是一个小小的插曲,事实上它同时也是一条线索的开端。这个小伙子后来再一次出现在这个案件当中，而且起了相当重要的作用。作为一个曾经高考落第的人，焦距当然知道7月6号是全国高考的前一天，只不过那几天他纷杂的大脑里实在是太乱，没有掠过这个信息。即使他曾经想到过，也不可能预料到这和自己会有什么关系。

2

那个夜晚是一场真正的狂欢。折腾到后来，连一贯不知疲倦的小霖都瘫软了下来。上床以前，焦距要把隐形眼镜拿掉，小霖按住了他的手，"看看我，看清楚一点，看看你的漂亮老婆。"睡衣从风情万种的小霖身上滑了下去。然后他们都累坏了。焦距拖着疲惫的身子，还是去把隐形眼镜拿掉了。

一切都回复到了从前，模糊然而踏实。这是他自己的世界。那件事情已经搞定了，他现在安全地躺在自己家的床上，但他隐隐有一个预感。他不敢相信，事情真的能这么快就完全结束。焦距抽着烟，看着墙上自己巨大的影子，突然感到眼睛刺痛，痒痒的很难受。他使劲地挤着眼睛。在他断断续续的视线中，小霖趿着拖鞋松松垮垮地进了厕所。她的背影非常好看，和她的正面一样好看。小霖确实是漂亮的，可以说相当诱人。那还是在她辞职以前,有一次,她在全市最大的金鹰商城里逛荡,她看中了一件紫罗兰色的大衣,但她不想自己掏钱买下它(也许是兜里没钱,这一点焦距始终没有搞清楚)。就在她在商城门口晃悠时,她发现了一个三十多岁的男人。她走上前去,很不好意思地对他说:"您能不能帮个忙?我给我丈夫买衣服,看上了一件大衣,却弄不准尺码,您能不能帮我试试?他和你身材差不多。"她脸色酡红,很是惹人怜爱。他同意了。事后他叹道:她真是厉害,真是厉害!但不管怎么说,他同意了。他们走到柜台前,取了一件男式大衣,果然很合他的身。

这时候小霖让营业员取出她中意的那件紫罗兰大衣说:"那件也不错,我穿上试试?"她把大衣穿在身上,确实非常美艳。她挺胸弄姿对他说:"怎么样,老公?我漂亮吗?"那个男人看呆了,他轻薄地说:"漂亮!你真是漂亮!"小霖乍然变了脸色,她抬起玉手,"啪"地一个耳光扇过去!"你流氓!"捂住脸,呜呜地哭着,一扭身跑掉了。那男人呆了。好半天他才清醒过来,追过去喊:"喂!喂!"营业员早已跑出柜台,一把揪住他:"你别走!付钱!"他一愣:"付钱,付什么钱?"他扒着大衣说:"我不买还不行吗?"营业员扯着他说:"那你老婆身上的,你总得付钱吧?"那男人傻了眼,只好乖乖地掏出钱来。

这真是一件活丑的事情。那个男人也不是个等闲人物。他在各大商场里转了几天,终于还是把小霖找到了。他发现小霖时并没有声张,而是先去买了件价值800多元的衣服,等小霖出了商场门,才悄悄地走了过去。他从后面把衣服往她身上一披说:"漂亮的老婆确实该穿漂亮衣服。"一句话就把小霖镇住了,只得乖乖地跟在他后面。

这个男人并不是焦距,焦距至少没有那么粗的财气。小霖跟在阿山后面,一直跟到他的慧通艺术公司。后来,她就在慧通公司当了秘书,一来二去,就和楼下的焦距认识了。一年过后,他们就结婚了。

焦距的眼睛有点发花,发胀。小霖慵懒地在他身边躺下,嘴里有一声没一声地唱着:"……跟我走吧,天亮就出发,梦已经醒来,你不必害怕……"也不知道是哪里学来的鬼歌。她不能唱歌,一开口词就乱蹿,调子乱跑,固定的耳朵跟不上。她满足地看着焦距说:"我现在算是知道了,人就是要得手,得了手干什么都厉害,连床上都棒。"焦距"唔"了一声。那两只玉镯现在戴在小霖的腕上,她不时还美滋滋地凑到台灯前看看。至少在胆量上,焦距承认自己比不上她。他现在很怕见到这两个东西。玉镯是青翠半透明的,有一种妖邪之色,看着看着，小霖的手臂也渐渐透了光，成了白森森一根枯骨。昨天夜里，玉镯确实就是戴在一根枯骨上。焦距原本以为，玉镯肯定是枕在那个骷髅底下的。阿山告诉他，玉器可以辟邪防毒，枕在头下面尸身可以不烂不坏。这回阿山错了。焦距一把摸去，什么也没有。当时他有些着慌。他爬出墓穴，抽根烟定了定神，然后又钻了进去。这一次他没有管那个骷髅，直接到它手上找。几下一摸，就摸到了一只玉镯。那只玉镯是不是就是小霖腕上这一只，他现在也搞不清了。找到第二个玉镯，完全是一个意外。他伏着身子往外爬的时候，手无意中又按到了一个圆圆的东西。焦距吓了一跳，发脆的骨头在他手下"叭"一声断了。他没料到墓里还有另一只玉镯，直到他爬出墓穴，两只玉镯一起抓在他手里，他才真正大喜过望。

　　除了这个令人喜出望外的意外，整个过程无惊无险，连一只老鼠都没有看见。梦境般的蛙鼓尚未停歇，一切就都搞定了。他收好玉镯，用原土把墓穴回填起来，还拉了根树丫扔在上面。然后他把洛阳铲、大锹、撬杠全都扔下了河。

　　一切真的就像是做梦。只有小霖腕上的这两只玉镯还在提醒他，他确实是干成了一件事情，他"得手了"。7月7号这一天，他的心一直悬着，咚咚乱跳。玉镯早已洗净了，看上去和街上卖的那种东西也没有多大差别。它们唯一的区别也许就在于一个是从营业员手里接过来的,而另一个来自死人的腕骨。人人都说这东西是宝贝,它也就是宝贝了,阿山赚钱靠的就是这个原理。7月6号深夜,他刚刚从坟地回来,正和小霖一起趴在桌上欣赏那两只玉镯,阿山的电话就打过来了。"顺利吗?"阿山紧张地问。"顺利,顺利。你来吧。"焦距放下电话不久,阿山就开车赶来了。

阿山高兴得没处抓痒。他就像一头捡了苞米的狗熊,在屋里乱转。焦距很慌张,眼睛有些躲闪。幸亏阿山得意忘形,没有注意他的脸色。阿山还没进门以前,小霖就把焦距说动了。她让焦距不要把两只玉镯都交给阿山,因为反正他也不知道坟里有两个玉镯。"只有白痴才会那么干!留下一个,够我们下半辈子吃喝了!"

阿山一屁股坐到椅子上,捧着那只玉镯,那神情活像是得了联络图的座山雕。"你功劳大大,大大的!那五万块定金就归你了。"阿山说,"我明天再给你五万。房租的事也就先别提了!"小霖端来酒杯,说:"唷,这么小气!什么提不提的,就把后面的两年全免了不行啊?你看我们老距这眼睛,这可是毒气熏的!"阿山说:"好,好,就依你!"小霖眉开眼笑地倒上酒,三人举杯相碰。只听"砰"的一声,阿山兴奋过度,焦距手上的杯子一下就破了,手顿时就出了血。

焦距在以后的潜逃途中，多次回忆起杯子碰破的那一瞬间，那"砰"的一声后手上的钝痛。在那一瞬间以前，他钻在坟地里干了个把小时，不但没有遇到任何麻烦，连一块皮都没有碰破，不想得手之后，倒在家里把手划出了血，说起来这真令人难以置信。焦距认为，那明摆着是一个不祥的预兆。

3

警方在7月7号晚上就介入了这起案件，但几天之后他们才算基本弄清案情。那几天，全市正在举行高考，他们除抽调了大批警力加强社会治安外，还不断地接到考生家长的投诉，举报某些工地仍然在深夜施工。"请你们马上来一趟，把他们弹压下去！"一个中年人气冲冲地在电话里说，"我儿子得过市奥林匹克竞赛二等奖，他考砸了那是国家的损失！"那些警察用这句话互相打趣，开着摩托车在街上狂奔。

打那个报警电话的并不是阿山本人。他昏迷了大概三个多小时。醒来后，他睁开眼睛，一片漆黑，什么也看不见。他立即就呻吟起来：天啦，我的眼睛被他们打瞎了！我瞎了！他到处乱摸，哭出了声，瞎了的眼睛居然仍然会流眼泪。当然不久他就适应了室内的光线。他看见了屋里狼藉的桌椅。他愣着神，慢慢想起，那是打斗的结果。他没瞎，是天黑了。他擦着脸上的血污找到自己的手机，把电话打到了家里。他老婆拿着电话摸不着头脑，她想不出除了她自己还有谁敢朝她丈夫身上捅拳头。她心急火燎地赶到焦距的家，一眼就看见了站在防盗门后面的阿山。他头上血糊淋拉的。他老婆问："怎么回事？他们两个呢？"阿山有气无力地说："跑了。"他老婆顿时一蹦老高，指着阿山咬牙切齿地骂道："好你个骚狗！我早就知道你和那个骚狐狸不清不楚，'现世报'，活该！"

阿山说："你别乱扯，先把我送医院去。"

"没门！你说，是不是老距打的？"

阿山说："是。可是——"

"那你自己擦屁股吧！"

阿山急了："不是这么回事！是为了玉镯！"他头发散乱，活像个刚从墓里爬出的鬼。他老婆看着终究有些不忍，向阿山要防盗门钥匙。阿山气呼呼地说："我也没有。"两人折腾了好一阵，门还是打不开。没办法，阿山只好让他老婆回家取家伙。他老婆回来的时候，不光拎着一根撬杠，身后还跟了一个农民工。也不知道那农民工怎么就有那么厉害的手段，他哼着小曲，三下五除二就把门撬开了。

农民工拿了五十块钱先走了。这时候对面的邻居正悄悄拨着电话,阿山和他老婆忙着包扎伤口,完全没料到会有人报警。等阿山扶着他老婆的肩头走下楼梯时,警察已经在楼梯口等着他们了。

阿山的伤势确实很重。一见到警察,他就晕过去了。警察们只好先把他送进了医院。阿山被缝了八针,头皮里还挑出了不少玻璃碴子。一直到这时,警察们还只把这个案子当成一个普通的治安案件来对待。他们虽说感到有些蹊跷,但阿山一直时昏时醒,他们暂时也没有什么办法。事实上,这给阿山提供了可乘之机。他找个机会避开了看守他的警察,叮嘱他老婆说,千万不要说是为了古董的事,就说是喝醉了酒被焦距打了,为了女人的事儿。他老婆咬咬牙,答应了。

警察们还是相当干练的。对付这类事情他们有自己的一套。还在把阿山送往医院的路上,那个姓陈的警察就对阿山和他老婆进行了搜身。除了撬门的工具,他没有发现别的可疑物证。还在阿山昏迷之际,他带到焦距家的那只玉镯就被小霖拿走了。

就在阿山被打伤的第三天中午,公安局接到了钱塘村的报案。下午时,老陈领人赶到了盗墓的现场。这已经是7月9号了。焦距对现场的简单伪装,大大拖延了案发的时间。当时围观的人很多，一个老头正指手画脚，侃侃而谈。见到警察来了，人群闪出了一条通道。警察们大致察看了现场，提取了一些有用的痕迹。正如焦距踩点时看到的那样，这是整个坟地最为低矮破败的一座墓，案犯对它下手，说明是有备而来；他干完了，还把土填上去，这说明他得手了。一个白干一场的家伙一定是气急败坏，不会有这个心思。这一点，老陈猜对了。他走近河岸，下意识地向水里张望着。突然间，他的目光跳动了一下。

水边有一根小小的木棍，浅浅地露在水面上，很像是什么工具的木柄。老陈揪着树根小心翼翼地下了河岸。围观的人群全都涌了过去。

是一柄镐头。几根水草粘在上面。焦距当时用的力气稍小了一点。

老陈拎着镐头往岸上爬。他几乎立即就想起了前天在抓住阿山时发现的那根撬杠。这真是一个天才的想法，可惜他刚一上岸就把它放弃了：镐头是镐头，撬杠是撬杠，一个撬死人的门，另一个撬的是活人的门，这不搭界。这时那个老头说："肯定是那小子干的，我知道！"

老陈饶有兴趣地问："谁干的？你怎么知道？"

老头得意地说："我看到他在这儿晃悠，还扛着一杆枪。"

"什么？枪?!"

"是气枪。他是扛着装样子的。我一看就知道。"老头开始了滔滔不绝的叙述。他手势不断，口沫乱飞，看上去很像是一个预言家。我们从那些长期被人冷落和忽略的老人身上常常可以看到他这样的表现。他的话里不断出现这样一个词："鬼黢黢"的。这是当地对"鬼鬼祟祟"的简化说法。出于某种考虑，老头没有告诉大家他对焦距说过的那句话："妈拉个×，挖了好！这个鸟风水，不动动就别想发旺！"他最后是这样说的：他娘的！要不是这小子，修公路的时候我们自己当民工，这里面的宝贝就是我们村的了！这下可把我们村的风水给破了！

他这话一出口，人群开始骚动起来。"喂，这家伙挖走了什么？你们知不知道？"老陈对围观的人群解释说，案情现在还不清楚，还需要继续调查。然后他问老头道："你能不能把那个人的长相回忆一下？"

老头摸摸他的光头说："三十多岁。白白的，小眼睛，不胖。"

"有多高？"

老头打量着老陈说："就像你这么高。"

老陈从包里拿出一块硬纸板，在上面画了起来。片刻间，一个简洁的容貌出现了。老头凑在前面看着说："不像，不像。"

老陈沉吟着。这时，一个小伙子挤了过来。他红着脸说："我也见过这个人！他让我帮他赶过狗。"

老陈说："是吗？那你回忆一下他的相貌。"

小伙子说："他颧骨还要高一点。是个剑眉。"

老陈的炭笔在纸上修改着。小伙子说："还是不像。"他的脸更红了，"你能不能让我试试？"

老陈惊讶地把纸和笔交给他。小伙子把纸板反过去，在上面勾勒起来。他的笔停停，又动一动。老陈清晰地听到炭条在纸上划动的声音。小伙子还没画完，老头已经在旁边叫了起来："就是这个人！"他咋咋呼呼地叫道，"好小子，真有你的！"他抢过纸板，举在手上说："差不多，就是他，就是他！"

老陈好不容易才从围观的人群里把纸板要回来。他疑惑地看着小伙子说："你怎么会这一手？你学过画画？"小伙子说："我喜欢画。我瞎画的。"老陈的两个同伴也奇怪地看着他，弄得小伙子手足无措。这时候，有一个念头掠过了老陈的思维，他觉得好像在哪里见过纸板上的这个人。人群乱哄哄的，小伙子神奇的表演暂时阻断了两个案件内在的关联。他们上车以后，老陈在汽车里极力追忆他究竟在哪里见过这张脸。汽车在乡村公路上颠簸，老陈理不出个头绪。可他确实好像见过这个人。仿佛森林着了火，他发现了浓烟，却一时找不到着火点在哪里。事实上，如果小伙子再在焦距的画像上加上一副黑边眼镜（就像老陈在焦距家墙上看到的那张结婚照那样），一切就会扣得严丝合缝了。但是焦距踩点那天没戴眼镜。直到现场勘探后的第三天，焦距身份证上没戴眼镜的照片被调出，老陈才兴奋得从椅子上跳了起来。他几乎立即就猜出了阿山被打的真正原因。他抄起电话，报了那个正在医院看守着阿山的警察的寻呼号码，说："留言：加强监视，防止逃跑！"

但是阿山后来还是跑掉了。

4

传媒的反应并不像人们通常想像的那样迅速，至少在这个案件里是这样。在焦距夫妇打伤阿山弃家潜逃以前，传媒没有对盗墓的事做出任何反应，事实上它们也确实一无所知。直到焦距所开的"考试书店"一连几天都关着门，一个经常逛书店的记者才敏锐地发现了一点苗头。

如前所说，焦距的书店开在慧通艺术公司楼下。它叫"考试书店"，并不是说它里面卖的都是学生的考试用书。这类书当然也卖,但是焦距的书店是包罗万象的。人生哪里不在考试?焦距有一次对那个记者说,考试是考试,找工作也是考试,做生意、赌博、送礼、谈恋爱、生儿子,哪一样不是考试?这番话虽说有些牵强附会,却使那个记者成了他书店的常客。他经常到这家书店转转,还带来了不少同行。这天,他发现"考试书店"大白天还关着门,正觉得奇怪,突然又看见一辆警车疾驶而来,停在慧通公司门前。职业的敏感促使他走上前去,和一个警察攀谈起来,然后他又找到了公安局。第二天,《麦城晚报》的第三版刊出了一条消息:

　　本报讯　本市西郊钱塘村的一座清代古墓日前被盗。不法分子趁深夜挖开古墓,盗走了一些珍贵文物。据村民反映,在古墓被盗的当天,曾有人借打鸟为名在现场踩点。就在警方进行调查的同时,一桩因为分赃不均引起的内讧也被发现。本市慧通公司总经理王某被考试书店老板焦某打伤,现正在医院救治。到目前为止,焦某及其妻子均畏罪潜逃。警方正全力追捕。

　　《麦城晚报》是一张发行量超过一百万份的报纸。可以想见,至少有一百万人看到了这则报道,这其中只有少数一些人知道，王某就是阿山。他们或多或少和慧通公司打过交道。正如他们领教过的那样，阿山是个相当厉害的角色。就在这条新闻见报的第二天，也就是在警方已经加强了对他的看管以后，阿山终于还是找到个机会，从医院逃走了。

负责看管阿山的是一个姓李的年轻警察。对阿山的脱逃他负有无法推卸的责任。他一直认为阿山是个死老虎，而且已经被打伤，没什么大不了的。老陈让他"加强监视"，他觉得自己算是大热天摊到了一个轻松差事。他穿着警服坐在护士办公室里，翻翻病人的病历，听护士们聊聊天，心里相当松弛。阿山此时尚为清醒——后来他才知道那是装的——他希望这家伙一直都不要醒，只要不死了就好。后来病区的入口处发生了争吵，声音越闹越大，一个护士来喊他，请他出面干预。护士很漂亮，他又身着警服，不好意思不帮忙。他把那个没有病历说不出要看谁却又硬要进入病区的小伙子臭骂了一顿。等到他满身大汗地再回到阿山的单人病房，才发现刚才还昏睡着的阿山已经不见了！他大惊失色，浑身的热汗立即就变成了冷汗。

老陈接到报告，火急火燎地赶到了医院。当着医护人员的面，小李挨了一顿严厉的训斥（就像半小时前他训斥那个小伙子那样）。他乖乖地跟在老陈身后。老陈说："要是案子最后破了，你就没事，否则……"老陈叹了气，表示自己到时也爱莫能助。

两年以后，那个在病区入口处吵闹的小伙子才自己道出了实情。这时他已是公安学校来刑警大队实习的学员。虽说他已经喜欢上警察这个工作，他的一技之长（画画）也在这个行当里显露出很好的前景，但这并不是他的主动选择。他高考的第一志愿是北大中文系，以下分别是南开和复旦。他本以为自己胜券在握，没想到最终却考得一塌糊涂，连本科线都没有上。他相信高考期间发生的那件盗墓案确实坏了他们村的风水——要不然为什么他们村的几个好学生出了考场全都唉声叹气呢？当然了，两年以后他已经认识到了自己的褊狭，但他当时确实对那个盗墓贼充满了憎恨——也许他还有些好奇吧，他当时确实很想看看这种人的嘴脸。他之所以能够找到那家医院，主要是报上那则消息提醒了他。全市有大小医院数十家，报上并没有说明案犯被送往的究竟是哪家医院，但名气最大的工人医院恰恰离焦距家最近。他没费任何周折就打听到了阿山的病房，这里面确实有运气的成分。他本来只想去看看，那时他还不可能想出什么厉害的招数，不料无意中却为阿山的脱逃提供了机会。当时他吓坏了。他看到那个年轻的警察急得四处乱蹿，立即就悄悄地溜掉了。"我觉得要是再被你看到，你会把我给撕了！"他不无夸张地对他现在的同行说，"但是说实在的，要不是我，你们还不会那么快就把案子给破了哩。"说这话的时候他已经看到了那个案件的卷宗，事实上，如果没有阿山的逃脱也就没有后来的"欲擒故纵"那一说。他这么讲，并没有违背事实。

就在阿山逃离医院的当天晚上，焦距和小霖抵达了千里之外的G市。他们拎着简单的行囊，随着拥挤的人流走出了G市火车站。他们看上去毫不起眼，你迎着人流看过去，可以看见不少这样成双成对的年轻人。他们可能是夫妇，也可能是老板和他的女秘书。但是如果你的眼睛是一个电影镜头，一直追踪着焦距和小霖，那你看到的就很像是某个电影的片段。焦距的感觉就是这样，他觉得自己好像是被逼上场的。有个什么鬼导演，偶然发现了他，对他说：你适合某个角色，你上场吧。不由分说，在他屁股上踹了一脚，焦距就张皇失措地撞到银幕里去了。无数的眼睛注视银幕，盯着他，焦距觉得非常的不自在。自从几天前的那个傍晚，具体地说，自从阿山在他前面倒下，他就觉得自己的确是在滑稽地模仿某一类电影。在他们还在麦城东躲西藏的那两天，他不断地对小霖念叨他的这个感觉。小霖说：都到了这一步，我们还能怎么办？她条理清晰地分析说：要是阿山死了，警察放不过我们，要是阿山没有死，我们就先躲一阵，等手上的东西出了手，事情也过去了再回去。老距惊慌地说：他没死！我试过的，他还有气！小霖说：没死更好。明天我们到摊子上买只玉镯，他要是找我们，还给他就是了。

那天傍晚，阿山怒气冲冲地上了门。他把玉镯往桌上一拍说："老兄，太不够意思了吧?!"他的手往焦距面前一伸说，"拿来。"

焦距跳起来，"什么?"他的脸红了。

阿山得意地瞪着他的红脸说："骗天骗地你不能骗我！这玩意值不了几百块钱，怎么样，把你挖到的东西拿出来吧?"

焦距呆了。这是怎么回事？老天作证，他们是"贪污"了，但并没有作假。小霖也张着嘴说不出话。半晌，焦距说："我挖到的就是这个东西。"小霖也说："就是这个。你不信焦距难道还信不过我?"

"狗屁！"阿山捶着桌子说，"废话少说，把那个真的拿出来。"

焦距说："我怎么知道你没把它换掉，再来讹我?"

"好啊，你终于说了实话了。"阿山阴沉地笑着说，"那你把它换回来吧。"

"我没换！"

阿山说:"你没换怎么会想出这一招?!"他一把揪住了焦距的衣领。

后来就动了手。阿山是一副酒色过度的身坯,很不经打,片刻间就躺到了地上。小霖和焦距看着头上冒血的阿山,全都慌了神。祸确实已经闯下来了。他们简单地商量后,决定立即就走。他们匆匆收拾了一下,趁着夜色仓皇离去。临走前,小霖没有忘记把阿山带来的那只玉镯拿走。

夜幕已经降临了,他们淹没在人海里,淹没在霓虹灯的海洋里。焦距还是第一次到G市。这里的繁华远远超出了他的想象。他走在前面,其实是小霖领着他走。十点多钟时,他们找到一家小旅馆住下了。离小旅馆约莫一公里,有一家"黑鸭宾馆",这家宾馆的名字听上去很诡秘,有一种色情的感觉,其实这里虽然总有一些神秘的男人在出入,倒没有多少我们通常所理解的那种与"鸡"相对应的"鸭子"。"黑鸭宾馆"是小霖以前跟阿山来G市住惯的地方。在小旅馆脏兮兮的前厅登记的时候,焦距迟疑了一下,他没有使用他们的真实姓名。拿着旅馆拴着绳子的破圆珠笔,焦距想,他们这可真的是"亡命"了。

5

　　这个案件被警方命名为"7·7盗卖文物案"。盗墓案发生在7月6号深夜，但警方当时还没有能确定发案的准确时间，7月7号又恰巧与历史上的"卢沟桥事变"相吻合，叫起来很上口，于是就这么定下来了。现在，这个案子的侦破组里又多了一个很卖力的干将，他就是那个失职的年轻警察小李。他是主动要求调到"7·7"案件组的。阿山脱逃后，老陈和小李对阿山老婆进行了突审。阿山老婆一言不发，看上去完全无动于衷。在她心里，自从阿山做古董生意发了财，她的生活目标就简化成了两个，一是帮助丈夫赚更多的钱，二就是防备他被狐狸精勾引，避免家财外流。阿山逃了，她觉得高兴。她怕话说多了漏嘴，索性一问三不知。小李相当恼火，却也无计可施。后来老陈对阿山老婆说："你这么护着你老公，你知道他现在他在哪儿？——他正在快活哩！"

　　阿山老婆疑惑地看看他，不吭声。

　　小李插话说："是啊，他肯定是去找他的那个女秘书了——你瞪我干吗？就是焦距的老婆。"

　　老陈说："你呀，被人卖了还帮人家数钱哩！"

"你什么意思？"阿山老婆终于开口了。

老陈说："什么意思？他找到他们两个，把东西一卖，够他们花天酒地的了。你就在这儿等着吧！"

"不会的，他会回来的！"

老陈嘿嘿冷笑说："你以为他们还敢回来？你真以为我们是吃素的？！"

阿山老婆"嗷"地叫起来，眼泪立马就下来了。她眼泪一把鼻涕一把地骂起来："好你个王八蛋！我叫你跑！我叫你跑！"她猛地站起来，把两个警察吓了一跳。她一把拽住小李的袖子说，"你们帮我把他抓回来！我饶不了他！"小李忍不住，"扑哧"笑起来。审讯结束后老陈问他笑什么。小李说："那家伙不正好姓王吗？她骂得好，王八蛋！"直到结案以后很长时间，小李都没有忘掉阿山的脱逃给他带来的压力。

阿山老婆卖力的配合给破案提供了一个明确有效的通道。实际上，也只有她才了解他们可能的行踪。否则，先后潜逃的罪犯消失在茫茫的人海里，很难发现他们的踪迹。当然了，察觉了踪迹，未必就要立即将他们擒获，这是警察惯用的手段。在审讯阿山老婆的同时，老陈和小李先后去了两个地方，他们急需了解案件更为详细的背景。市文物局的官员一见他们就气呼呼地说：你们知道那条公路为什么耽搁到今天还没有修吗?——就是为了那片坟场!我们正要组织挖掘,没想到还是迟了一步。他不无惋惜地抱怨说,要是交通局早点想到发彩票的点子就好了,钱一到手他们就会催我们,他们一催,我们就会动手。他反反复复说了好一阵,最后总结说:关键还是钱啊!这下因小失大了!他语气肯定地告诉老陈说,那只玉镯(他也还只知道一只)即使谈不上价值连城,至少足够修那段公路了。

他的话让两个警察吸了一口凉气。他们对视了一下。这是一件大案,他们无法抑制住他们的激动。我们在那些警探片中常常可以看到警察们这样的表现。遇到了大案,尽职的警察就会高兴,这确是实情。在驱车前往第二个目的地的路上,小李兴奋地搓着手说:闹大了!这案子闹大了!老陈说:闹大了有什么好?要是抓不住他们,你就麻烦了。小李不服地说:怎么抓不住?我就不信他们能跑到天上去!汽车进入乡村公路后颠簸得相当厉害,快进焦家镇的时候还熄了一次火。修车的时候小李急得在车下乱转。你说,我们会不会在焦家镇抓住那个姓焦的小子?小李急切地问。

"这顶多只有百分之一的可能,"老陈的回答很干脆,"除非他是个百里挑一的傻瓜。"

老陈的判断没有错。焦距并不是一个头脑简单的莽夫,这一点,他们在日后终于有了领教。

焦家镇是一个离麦城近一百公里的集镇。十年前老陈为了一件命案曾经来过这个地方,那个时候它还叫"焦家村"。随着人口的急剧增加,它已经膨胀为一个集镇。现在它的居民中,还有大概百分之十的人姓焦。

他们当然没有在焦家镇抓住焦距等人。据反映,焦距已经好多年不回镇上了,即使回来,他也没有落脚点。他的父母早已不在人世,镇上只有一些远亲。这些人一听说他犯了事,都躲得远远的。焦距家的老屋现在由他一个表兄开着一家"富春包子店",看起来生意很不错。他表兄一提起焦距就是一个"狗日的",此后一直骂着没停。他信誓旦旦地说,自己很拎得清,"亲兄弟明算账,房租我是一分钱也没少过他,一个季度寄一次。所以——"他急急忙忙去找汇款单,被小李制止了,"——所以这小子与我一点关系都没有!"

当地派出所的人要留老陈他们吃饭,他们谢绝了。送他们出镇的时候,派出所的人讲起了有关焦距家的一些事,听起来相当有趣。焦距这个名字当然是他父亲取的,他还有个弟弟在美国留学,叫焦点。"就是'焦点访谈'的那个焦点!"那个介绍情况的同行自己先笑了起来。焦距的父亲叫焦人杰,是个中学物理教师,书教得很棒,非常有名气,焦家镇的人很少不知道他的。说到这里,那个当地警察又笑了起来:"他有个外号,你们知道叫什么吗?——叫焦耳!"他比画着解释说,"就是那个外国的物理学家。"

焦人杰小时候家里非常穷,却很爱读书。他在县城上学,成绩一直很拔尖,他是个书呆子,从小就很出名。他常常在灶前一边烧火一边手里还捧着本书(小李和老陈同时想,肯定是物理书)。他的老爹看不出他能读出什么名堂,经常从灶前把他的书抢下来,可他还是要读。有一次,他烧火时又在看书,看着看着睡着了,火从灶里烧出来,引着了地上的草,烧了个一塌糊涂。等他醒过来,他的耳朵已经烧掉半个,像个卷心菜。焦耳这个绰号就这样叫出来了。

焦人杰最后死得有些不明不白。"文化大革命"的时候,村上出了一条"反标",内容很反动。"反标"是粉笔写的,就写在中学的黑板报上,查来查去,就查到了焦耳身上。他是个怪人,平时牢骚又多,大家一想就想到了他。那个"反标"是个"五字反标",里面至少有三个字确实是他的笔迹,他还不赖,案子就那么定下来了,他怎么叫冤也没用。三一审两一判,就判了他个死刑。

公审大会一开,焦人杰就被拖走了。拖去枪毙。村上的人是后来才听说他在刑场还闹出了事,而且第一次还没敢毙他。他往地上一跪,验明正身后枪对着他,刚要开枪,焦耳突然呼起了口号,声嘶力竭,他呼的是:打倒日本帝国主义,……万岁!……万岁!拿枪的人一下子就呆了。枪要是一响,不活脱脱就是李玉和被日本鬼子杀害那场戏了吗?!在场的几个人一商量,决定这一枪还是不能打,先请示上级再说。就这么着,焦耳的命又拖了几天。

"后来呢?"老陈问。

"后来他当然还是被枪毙了。"

这一次他们三个都没有笑。这是一段没有进入案件卷宗的故事,对"7·7案件"的侦破也确实没有什么实在的价值,但在此后不久,它就在警察们中间流传开来了。直到两年以后,警察们在提起"7·7案件"的时候,还会有人提起它。

6

焦距和小霖在惊恐和不安中开始了他们在 G 市的逃亡。钱很充足,除了阿山预付的那五万元定金,他们几乎把全部家底都带了出来。最要紧的是那两只玉镯,小霖坚持把它们放在自己身上。"这是我们的身家性命,"她拍拍自己贴身的两个口袋说,"我就是身家性命。""是啊,是啊,你是命。"焦距在她屁股上拍了一下。到达G市的当天晚上,他们不断地这样开着玩笑,点菜,开啤酒,洗澡,一点点小事他们都要互相打趣。也许这样,他们心里那种无时不在的恐惧就会减轻一点。第一天夜里他们实在是累坏了。上床不久,小霖就响起了鼾声。隐隐约约的市声透过薄薄的纱窗传进房间,焦距睡不着,他躺在床上吸着烟。一辆汽车疾驶而过,突然间一刹车,又驶向远方。房间里浮动着若明若暗的光线。他想起了自己远在千里之外的书店。他知道它现在关着门,而且自己是永远不可能再去把那扇卷帘门拉开了。此前的生活在7月6号那天其实就已经中断。他挖开了别人的坟墓,却把自己的生活给埋葬了。那些老顾客,他们还会找到另外的书店,什么书他们都可以买到。慢慢地他们就会把自己彻底淡忘,就像自己的弟弟那样,变成与自己彻底无关的人。弟弟在学校的时候还时不时地来一封信,后来出国了,信就渐渐稀了,终于就没有了音信。焦点读书厉害,焦距就不行。焦距想起这两个名字,脸上泛起一丝苦笑。他躺在黑夜里,恍惚中看见焦点正在美国的某个地方忙着什么,一缕明亮的阳光照亮了他的面颊……焦距感到刺眼,然后他就醒了。

天亮了。一缕阳光透过窗帘投射在他脸上。厕所里传来了小霖响亮的小便声。

这一天他们有相当紧凑的安排。他们在街上的大排档吃过早饭，先去找一家珠宝行，打算把身上的玉镯鉴定一下。小霖很细心，她出门以前从自己身上的连衣裙上抽了一根丝线，在阿山还来的那只玉镯上拴了一圈。这只玉镯不会是个值钱的东西。从阿山手上还回来，他们几乎不需要再去鉴定了——即使原来是真的，也肯定被他换过了——但是另一只呢，他们迫切想知道它真正的身价。在去珠宝行的路上，两人一直小声地谈论着究竟多少钱就可以出手。一百万！焦距恨恨地说，没有一百万我决不出手，要不然太不值了。小霖讥诮地笑笑。焦距问：怎么，你觉得卖不出去？小霖说：你呀，小家子气！她伸出三根手指在他面前晃晃说，如果卖了这个数，多出来的那一半就归我，怎么样？焦距"嗤"一声，表示他不相信。

办这类事情小霖确实要懂行得多。附近的珠宝行有很多家，其中有几家以前小霖跟着阿山时曾经有过接触。焦距担心被人认出，最后他们找到了一家偏僻的店铺。

这是一个面临小街的门面。也许他们来得太早了，店里一个顾客也没有，这使焦距稍稍感到了安心。柜台里只有两个人，一个小姐，坐在收银台前打瞌睡，另一个是个胖子，他拿着块红绸布在店铺里擦拭。看来他是个爱清洁的人，焦距他们进去时,他正仔细地擦着收银台前的电话,不时还撮起嘴吹吹。小霖笑吟吟地走了过去。

"两位老板来看看?"胖子的口音有浓重的粤菜味,幸亏他们都还能听懂。

"是啊,来转转,"小霖搭讪着,在店里踱了一圈,然后直截了当地说,"你帮我们看看,这两个东西值多少钱。"她从口袋里掏出了玉镯。

"是一对?"胖子接过玉镯,仔细端详起来,从他的脸上看不出任何表情。

焦距说:"你估个实价,价钱合适我们就卖给你。"

"知道,知道。"胖子找出个放大镜,对着光线眯起了眼睛。玉镯在他的胖手上,显得格外晶莹翠绿。焦距的眼前浮现出了那个深夜。那腐朽的棺木和沉重的泥土。出淤泥而不染,他的心头竟跳出了这样一句话。

接下来事情发生了意外。在此后的一段日子里,所有的梗概和细节不断在焦距心里翻转,呈现出一种混沌的状态。当时电话铃响了,收银台前的小姐懒洋洋地喊了一声,胖子放下了手里的玉镯,跑过去接电话。他叽里呱啦地说着话,还回过头冲两个客人歉意地笑笑,按按手,大概是请他们别着急。他讲了一阵,焦距注意到他手在电话机的叉簧上按了一下,又拨出了另外一个电话。焦距的头顿时嗡了一下,他觉得要出事。他飞快地冲小霖使了个眼色,可小霖没看见。他抢步上前,抓起了柜台上的那两只玉镯。"快走!"小霖不解。焦距突然朝门外喊:"阿山!你怎么来啦?!等一下!"拽过小霖,做出追朋友的样子,跑了出去。

胖子并没有追出来,焦距事后想起来,觉得这相当奇怪。他完全听不懂胖子那两个电话的内容,特别是第二个电话,天知道他打给谁。这不由他不惊慌。他已是惊弓之鸟。小霖对他的过敏十分恼火。"阿山在哪儿?阿山在哪儿?"她气冲冲地走在前面,撇着嘴说,"阿山来了倒好,他比你能成事。只要有钱赚,什么话不好说!"焦距恶狠狠地说:"他死了,来不了了!"小霖说:"死了你就完蛋。"焦距说:"好,好,我全担下来,行了吧?"

焦距其实还是很怕阿山的。真要在这里见到他,事情肯定不可收拾,至少对他焦距来说是这样。后来他从G市的《南方日报》上看到了一则消息,他在上面看到了自己的名字,觉得很陌生,一种奇怪的感觉。他知道了阿山确实没有死,而且从医院跑掉了。他知道阿山决不会放过自己。直到被捕以前,他一直在街上有意无意地寻找,但始终没有看见阿山的影子。这是个陌生而隔膜的城市,焦距没有见到过一个熟人,只有那些在路旁的椰树间迂回穿梭的黑鸟还算得上是旧时相识。

　　珠宝店的意外经历暂时延缓了他们的计划。首先是心情被破坏了。在最初的慌乱和争吵中他们甚至还迷了路。他们先后向两个行人打听了道路，第一个是个老太婆，她根本听不懂他们的普通话，加上再多的粤菜味也白搭；后来遇到了一个小伙子，他说，你们向前走，往右边拐个弯，到了派出所那儿再向左拐就到大街了。十分钟后他们走上了大街，但"派出所"这三个字和他们在门口见到的那几个警察还是让他们感到了别扭。这是比迷路更坏的感觉。小霖要另找一家珠宝店再去看看，焦距没有同意。他不满地说："你在慧通公司干了这么久了，怎么就不学学？你要是学会了，我们哪会这么麻烦？"小霖说："你别说外行话好不好？玉器多难鉴定你知不知道？"焦距嘟哝道："要是我早就学会了。"小霖哼了一声。他们在路口商量了一下，决定先去买几件衣服。不用别人提醒他们也明白，身上的衣服实在是过时了。这种穷气冲天的样子既让他们自己感到羞愧，也会使别人一眼就看出他们是外地人。这是个势利而又敏感的城市。

　　买衣服的过程相当轻松。他们有钱，而且会有更多的钱。有钱当然什么都能买到。焦距还是第一次如此轻松地陪小霖逛街,在麦城的时候他不愿意多到商场去,实际上他的书店确实也离不开人。有时实在挨不过陪她去了,他也会找个借口站在商场门口抽烟,等小霖满面遗憾地从里面出来。现在不一样了。走不多远,他们走进了一家金碧辉煌的商店。

这是一家名叫"念奴娇"的服饰专卖店。这个店名不知曾吸引过多少好奇的顾客。焦距走进店门后才知道,原来世界上现在又多了一个名牌,它是"中国的梦特娇"——迎面的广告上就是这么写的。真不知道这个牌子是谁想出来的。店里卖的主要是男女服饰,款式和花样非常新潮,当然价格也相当昂贵。两个漂亮的女营业员迎了上来,小霖兴致勃勃地开始挑选她中意的衣服。不一会儿,她就挑好了好几件,朝焦距指指,意思是让他等着,自己钻进了更衣室。她出来的时候,焦距已经挑好了自己的东西,而且戴上了一副墨镜。小霖差点没认出他。焦距指着自己的墨镜说:"你知道这是什么牌?——卜算子!"小霖夸张地"哇"一声说:"像,像个算命的。"

他们挑好的那堆衣物让他们花去了八千多元。如果你知道焦距曾对诗词发生过兴趣(那是好多年以前的事了),就会理解他为什么买好东西后又在那家商店里耽搁了好长时间。这确实是一家新奇的商店。"念奴娇"只是其中的一个品牌,它其实应有尽有:"浣溪沙"真丝系列,"蝶恋花"情侣装,"菩萨蛮"白领女装,"摸鱼儿"儿童系列……就连橱窗里一对模特儿身上的婚礼服也各有一个名号:"贺新郎"(男装)、"虞美人"(女装)。焦距觉得,他今天是大大开了眼界了。他很希望能见到那个取出这些怪名字的人,说不定他们还可能会成为朋友,但他心里也清楚,那个人早就不需要再亲自露面了,他肯定已经成了大富翁。自己又算个什么?挖开古墓和挖掘词牌是无法相比的。

买好东西以后,他们重又走上了繁华喧闹的大街。焦距一直处于一种神神悠悠的情绪里。危险暂时被他遗忘了。回想在麦城的日子,就像是一个梦,或者说现在他是走在梦境里。两个梦是如此虚幻,令他无法想象今后的生活。相比之下,倒是周遭的一切,头顶毒辣的阳光,让他寻找出某种坚实感。那两只玉镯,现在正安静地躺在他口袋里,随着身体的节奏,轻轻地晃动着……衣袋外面,是两只硕大的购物袋,里面装满了古为今用的词牌,它们凉爽、多情而且昂贵。

一天的时间很快就过去了。内心深处的恐惧早已先于追击他们的罗网笼罩了他们。焦距知道要抓紧时间,但是他们的计划却不能违背日落日出的规律:在一个陌生的城市,他们不敢在夜晚带着玉镯出去。他们回到小旅馆,整个晚上一直待在自己的房间里。这是一个无聊而难耐的夜晚。当小霖披着"如梦令"睡衣走出浴室的时候,焦距已经脱掉"破阵子"内衣在床上迎接她了。

7

和所有最后在"大案揭秘"、"焦点追踪"之类栏目公之于众的案例一样,"7·7盗卖文物案"最终当然也被侦破了。和其他案件不同的是,传媒在"7·7"案件中起到了相当重要的作用。它是一个重要的角色。那天上午,小霖是被浓烈的烟雾从睡梦中呛醒的。那是个阴雨天,厚重的窗帘被焦距拉得严严实实,她睁开眼睛,看见焦距正坐在茶几前的沙发边吸烟。她揉揉眼睛,逐渐看清了他灰蓝色的影子。他穿得整整齐齐,显然早就起床了。小霖气呼呼地拉开窗帘,把窗户推开。一股清洌的空气吹了进来。"你干嘛抽这么多烟?"小霖气哼哼地骂着,走进了厕所。

焦距没有搭腔。小霖走出厕所,盯着他的脚。凉鞋是新买的,鞋帮上溅着几点泥水。小霖狐疑地问:"你出去过?"

焦距把目光撇开去,续上一支烟说:"你看看这个。"他把面前的报纸往前面一推。

这是一张昨天的《南方晚报》。小霖问:"你出去买报纸的？不会吧？"

焦距突然焦躁地说："我还干了别的！我早就出去了，还找了'鸡'，这下好了吧？"

这一说小霖倒不再追问了。"我想你没这么厉害。"她娇声说着，眼睛定在了报纸上。突然她张大了嘴。

如果焦距和小霖见过几天前的《麦城晚报》，他们就不会过于惊讶。两则消息几乎没有差别，只不过《南方晚报》的文章将"本市"换成了"麦城"而已。小霖怔怔地看着焦距说："阿山肯定追过来了，"她想起了昨天在珠宝店的一幕，"他真的会追来的——你说怎么办？"她不断地追问，"你说，怎么办？"

"怎么办，我也没办法！"焦距恶狠狠地说，"不光是他，还有警察、交警、武警、巡警、防暴警察，还有那些多管闲事的家伙，他们全会追上来的！"他呻吟道，"我也没有办法，随他们追吧。"

房间里充满了难耐的寂静。小霖也点上了一支烟。烟还没抽完，她站了起来："我去联系一下，"她找到她的通讯本，坚决地说，"不管怎么说，我们要早点出手——咦，玉镯呢？"

"在我这儿。"焦距从口袋里掏出了玉镯。

小霖接过去，奇怪地说："不是在我口袋里的吗——"

"我拿了看看，不可以啊?!"焦距不耐烦似的打断了她的话。看到小霖已经拉开了门，等着他，焦距摆摆手说："我不去了，你一个人去吧。"他的神情看上去非常暗淡。他扔掉烟头，脱掉脏兮兮的凉鞋，索性躺到了床上。

"窝囊废!"小霖不满地骂了一句，"嘭"地甩上门走了。

直到小霖哭丧着脸回来，焦距一直独自待在房间里。他甚至没有下楼去吃中饭。这一天的经历深刻地影响了案件此后的发展，它甚至部分改变了案件的性质，也就是说，"盗卖文物案"这个名称变得不那么贴切和全面了。在大概四个小时的时间里，焦距在房间里差不多抽了两盒香烟，他的嘴唇发麻，到后来牙龈似乎也肿了。他随意地拿起烟盒，几乎立即就发现烟是假的。他恨恨地骂了一句，手一扬，把手上的半截烟扔到了窗外。但不一会儿，他又拆开了一包。他实在是不愿意再下楼去了。可以设想，焦距独自待在房间的这段时间里，他经过了激烈的思想斗争。在小霖回来以前，他的想法也许还没有完全明确，但最终，他还是悄悄地打定了主意。

小霖一回来，话还没讲几句就哭了起来。她头发散乱，结结巴巴地说："我被抢了!"

"什么?!"焦距吓了一跳，他一把抓住她的肩头说，"抢了什么?"

"玉镯!"小霖扑在床上号啕大哭。

"抢得好。抢得好。"焦距轻轻嘟哝了一句。他厌恶地看着小霖抽泣的身体。这个女人,终于遇到了更棘手的家伙。他皱起眉头拿起床上小霖随身带着的包,他看见了包的带子上被割断的碴口。"你不是一直放在口袋里的吗?"他厉声问道。

"要不是你早上拿一下,我肯定还放在口袋里。"小霖止住了抽泣,口气也硬了。

"好,好,怪我。"焦距端详着手里的包,突然问,"奇怪啊,包怎么又在你手上呢?"

小霖显然知道他有这么一问,脱口道:"我在后面追,他们摔给我了。"

焦距沉吟着,半晌没有说话。小霖不时察看着他的脸色。"你不怪我吧?"她可怜巴巴地说。焦距低着头没有搭腔。

小霖说她是在去"黑鸭宾馆"的路上被抢的。只要经过那条小巷她就走上大街了。走到小巷中间的时候,突然从前面过来了几个男青年——她一个也不认识——小霖回忆说,那几个人走过身边时,一个高个子突然拽住了小霖肩上的包,手一划,带子就断了。等她反应过来,他们已经跑出了十几米远。小霖追了几步,摔了一跤。她刚爬起来,那个高个子就把包朝她摔过来了。可是——小霖伤心地说，"包里的玉镯已经被他们拿走了。"

"是阿山干的。"焦距肯定地说。

"为什么？抢包的事多了。"

焦距说："那不一样。"小霖还要争辩，焦距没有理会，他问："有没有别人看见？"

"我在小巷口遇到过一个老头，等他们全都跑了我再去找他，已经找不到了。"她沮丧地说，"这下全完了，"她小心翼翼地问，"你说要去报案吗？"

焦距反问："你说呢？"

小霖期期艾艾地说："我看还是去报案吧。阿山要找我们要东西，就让他去找警察好了……还有，阿山反正也没死，公安局不会把我们怎么样的。"

焦距说："就算是阿山相信你，警察会相信你吗？大白天，像个故事。"

小霖霍地跳起来："你什么意思?!"

焦距讥笑着说："我是说警察不会相信的。他们抓不到抢劫犯，玉镯还是要落在我们身上。我们去报案，正好自投罗网。"

小霖不吱声了。"那怎么办？你说怎么办？"她喃喃地问道。焦距点着一根烟,猛抽一口说:"你让我想想,让我再想想。"

对焦距来说,小霖那天早上出门以后的经历一直是一个疑问。他反复琢磨这个谜团。即使当时他还没有能完全窥见这件事的端底,但至少也猜出了大半。事实上,那几个小伙子确实是阿山派去的,小霖至少认识其中的一个,她还和他在舞厅跳过面贴面的"老萨"。在那条小巷里,他没费什么口舌就说服了小霖,合作演出了一出双簧。那两只玉镯第二天就送到了潜藏在麦城的阿山手上。小霖原本打算说服焦距去警方报案,一来可以早点结束眼前危险的逃亡生活,二来最终她还可以悄悄从阿山手中再拿到一大笔钱。她料定这最终将是一件不了了之的无头案——抓不住那几个"拦路抢劫犯",一切都无从查实,而且玉镯确实不在她和焦距身上。没想到焦距不但一口就咬定是阿山指使,而且不肯报案,她一下子失去了主张。她担心焦距已经怀疑到自己身上。她讨好地往焦距身边靠了靠。焦距僵硬地抚着她的肩说:"疯了,他们都疯了。"他自言自语地说着,吹出一个硕大的烟圈,一伸手,把它戳破了,"那咱们就疯下去吧!"

打定主意以后,焦距开始软语轻款地安慰小霖。"没什么,抢了也好。带着这种东西实在是太不安全了。"他的脸上布满了笑容,小霖倒觉得有些不自在。

8

对小霖的疑心之所以没有让焦距在此后的行动中撇开她,主要是因为他需要一个帮手。离开了小霖,他实现计划的难度将会大大增加。为说服小霖一起干下去,他准备了一整套软硬适中、有情有理的说辞。他以为会很费劲,没想到她只稍一迟疑,几乎立即就答应了。没有人嫌钱多,小霖也没有逃脱这个可怕的规律。阿山当然会给她一笔钱,下面所要争取的,就是焦距和她的"夫妻共同财产"了——她当时头脑里闪过的,很可能正是这个法律术语。"这才像个男人!你真厉害!"她不断地夸赞焦距,脸上已经提前出现了事成之后点钱时才该有的表情。

他们分了工,先期的准备工作由焦距去完成。焦距在关门出去的时候,回头对小霖说:"你放心睡觉吧,这下不会再有人来抢你了。"

细雨虽然停了,但天气尚未转晴。焦距走上了湿漉漉的小巷。他不知道这条巷子是不是就是发生那个"劫案"的地方，至少现在看来它宁静而祥和，仿佛它自古以来就是这样。这种安详的气氛安慰着焦距，好像在怂恿他，一切都是会过去的，没什么大不了。他在路上不断梳理着自己的计划，他觉得所有的细枝末节都是严密的，无懈可击。唯一让他担心的就是最后那一刻，一手交钱一手交货，万一被对方识破怎么办？——但是，如果就这么歇手，那又怎么收场呢？

应该说，在买那两只玉镯时他对自己的计划信心还不是很足。那个小贩蹲在"宝祥珠宝行"门前的天桥下，兜售着他的货色。焦距看着他摊在地上的货说："这多少钱一个？"

小贩说："五十。"

焦距说："别蒙我了。五十能买两个。"

"好，卖给你。"说着，小贩从兜里又掏出一个，一起递了过来。

焦距原本还准备砍价，没想到他这么爽快。他掏出钱，把两只玉镯买了下来。小贩是个饶舌的家伙，他嬉皮笑脸地对焦距说："老板，你是买给女朋友的吧？——我告诉你，你其实应该让她陪你一起来。"

"为什么？"焦距奇怪。

"你让她站在你旁边，然后你当面给我五千块，一会儿我再还给你。"

"是啊，是啊，"焦距点头道，"你拿了钱撒腿就跑，下面就轮到我干瞪眼了是不是？"

"怎么会哩。"

"怎么不会？——告诉你，我就是个骗子！"焦距不再理会张着大嘴的小贩，摆摆手走了。

天气还是很热，雨稍一停，地上的热浪就烘了上来。焦距手里抓着两只玉镯，感到了一丝特别的凉爽。玉镯碧绿透明，看上去很珍贵，其实它们只值五十元。他现在唯一担心的就是那最后的一环，一个细节，一个眼神，甚至一声无意的咳嗽，都可能导致整个计划的破灭。但这出戏一定要上演。戏台已经在搭了，即使他躲躲闪闪不上场，也仍然是一个角色，一个从7月6号就已经上了场的更可笑的角色。现在他只能继续演下去，争取表现得好一点。他仿佛看见了那出戏的结尾，他正在一个背景暧昧的地方，和几个人进行着交易。那是一些面目不清的人，他现在还看不清他们的容貌……想到这里，焦距突然停住了脚步：那个小贩！——他似乎看见那个卖玉镯的小贩正混在那几个人当中，有不知从何而来的灯光在他脸上明灭着……焦距在商店林立的大街上站住了。

这是他的幻觉。好一会儿他才从这幻想中的一幕中解脱出来。这是不可能的！焦距随意地挪动着脚步。他相信逻辑的力量。小贩是小贩，大老板就是大老板，他们的目的一样，但档次不同，绝不可能会合。这就是逻辑。焦距摇摇头，抛开了这种庸人自扰的情绪。

街上非常喧闹。吆喝声和廉价音响的轰响汇成了一个巨大的声场。人到了这里头就会发晕，晕乎乎的脑袋最容易掏钱，这是一种赚钱的思路。街道两边摆满了招牌，一个比一个大，一个比一个抒情，一个比一个惨，"拆迁含泪大甩卖！""自杀价：全麻五十！"焦距看着那个牌子，有点不明白。一个拎着扩音器的女青年拽住了他："看看吧，看看吧，明天就拆迁了。"

焦距说："什么叫'全麻'？"

"就是百分之百的麻嘛！"

焦距说："我还以为是全身麻醉哩。"

那娘们把话筒往嘴上一凑，扩音器发出一声尖啸："没工夫跟你玩！"

焦距好像挨了一炮。他还要说什么，自己住了嘴，悻悻地离开了人群。他相信如果他明天再来这个地方，还依然能看到这个场面。这种骗局会一直演下去，直到某年某月某日，这个地方真的拆迁为止。可是，自己又是什么好东西呢？

焦距回到旅馆时小霖正斜倚在沙发上看电视。焦距一进门，她马上坐了起来。她接过焦距递过去的玉镯说："嗨，你别说，像真的一样。"

"你认为是真的，它们就是真的，"焦距松松地坐在沙发上，摊开他从街上刚买回的报纸。"你看，又涨了，"他指着报上的股市行情说，"他们全都发疯了。"他随意翻动着报纸，突然，他产生了一种预感。稍稍一扫，他的目光在第三版中央定住了：

本报麦城消息 本报日前曾经报道的盗卖文物案目前又有了新的发展。警方分析，犯罪嫌疑人可能已携带文物抵达本市，意欲将珍贵文物盗卖出境。据麦城文物局人士介绍，该文物为一只翡翠玉镯，极有可能是清代流失的清廷珍品，其价值难以估计。关于本案的最新情况，本报将进行追踪报道。

这是焦距和小霖第二次看到关于"7·7案件"的报道。那几天，中国东南部的很多报纸上都出现了关于盗墓案的大同小异的消息，焦距看到这类报纸，几乎是一个必然。焦距拿着报纸，首先感到的还是恐慌，从脚底直蹿脊梁的恐慌。他最为担心的是，那几个"抢劫犯"已经被警方抓获，如果那样，他的对手就实在是太厉害了。他现在是在黑暗中窥测，他当然不知道这则新闻是警方和传媒合作的结果，文字里那种语焉不详的含糊其辞其实是他们故意所为。焦距知道罗网已经织好，但他以为那张网才刚刚出手，他只要加快步伐，那张网终究还是会落在他身后……让他们"焦点追踪"吧——焦距冷笑着——焦点是我弟，不是我。到那时，我焦距肯定已经如惊鸿一现，不见踪影了。

他从小霖手上把报纸拿过来，说："我们抓紧时间吧，下面该你了。"

焦距再三叮嘱小霖，要注意有没有人盯梢，"你可以装着系鞋带或者是捡手帕，留意一下后面。"

小霖说："你这是电影里的招数，我知道，"她掏出化妆盒描着嘴唇说，"还可以拿镜子照照后面。"

小霖出去了。到了"黑鸭宾馆"，她很容易就能找到她以前曾经打过交道的人。焦距没有让她把玉镯带去。他相信由于以前阿山那些"买卖公平"的交易，小霖是有信誉的。焦距拿着报纸，报纸上似乎出现了一条路径，他看见小霖正在路径上轻轻移动，他看着她走进了"黑鸭宾馆"，然后它的自动门悄然合上了。

等待的时间是相当难熬的。焦距漫不经心地看着报纸。他看到三版的那则报道左边有一篇小文章，题目是《清宫文物流失知多少》。文章以被盗文物为引子介绍说，在清代历代皇帝微服私访、慈禧太后出逃和伪满洲国覆灭过程中，有大批宫廷珍品散落民间。文章还闪烁其辞地说，作为乾隆皇帝数次微服私访经过的地方，麦城的民间和地下很可能保存着不少珍贵文物，言下之意是说乾隆皇帝和现在的某些大款一样喜欢随手赏东西。焦距不屑地把目光撇开了。接下来，他又看到了右边的一条消息，说的是某市一个银行经理挪用公款炒期货，最终锒铛入狱。两百万，焦距看着他挪用的数字，想起了自己给小霖交的底牌。"没有两百万你不要松口。"焦距拿着遥控器，胡乱换着电视频道，心里担心小霖能不能沉得住气。

小霖大概出去了一个半小时。她回到旅馆时焦距并不在房间里。她觉得很奇怪。等她从厕所出来，焦距回来了。他手上拿着两包烟，小霖也就没有再去问他。洽谈的成功实在是太令人兴奋了。事实上，焦距在这段时间还去寄了一封信。警方抓获他们以后，在搜查旅馆的房间时搜到了一封回信。回信是著名的"宝塔烟卷集团"寄给焦距的。警方以为案件又有了新的线索，本已松弛的神经立即又兴奋起来。信上写的是：焦先生，我们对你的意见很有兴趣，如能采用，本公司将有重奖。请来电与我们联系。下面是宝塔集团广告公司的电话号码。老陈——他已经好久没有出现了，但我们知道他一天也没有闲着——在检查了信件后，厉声地问焦距道："你写这封信是什么意思？"

焦距坐在凳子上，眯起眼睛道："我觉得他们笨，打算给他们出个主意。"他眼里的一只隐形眼镜丢掉了，只得不断地眨巴眼睛。

"别跟我们绕圈子。"

"是真的，到这会儿我还骗你们啊？"焦距说，"他们那个宝塔山香烟的广告太臭了。什么'天外有天，宝塔集团'，我想让他们改一改。"

老陈怪异地看着他。直到事后他们和宝塔集团方面取得联系，焦距的话已被证实，他还是难以理解这个人为什么还有这个闲心。焦距自己的解释是,自己有了个好方案,不应该让它浪费了。

焦距说:"现成的一句话他们都想不到。不是宝塔山香烟吗?——山外有山,宝塔山香烟!怎么都比他们的强!"他抬起戴着手铐的双手,在额头上挠了挠说,"你们说是不是?"

"是啊是啊!山外有山,天外有天,"老陈微笑着说,"你怎么到现在才知道这个道理?"

9

回头看看上面的内容,也许我们确实是把以老陈为代表的警方疏忽得太久了。警方卷宗里的记录非常详细,在装订成册的那厚厚一大卷材料里,既有现场勘探报告、证人证言、物证照片、审讯记录之类,还包括老陈所起草的一份经验总结。在那份总结里,老陈把警方和传媒的配合作为一项重要内容,重重地提了一笔。对这些有案可查的东西,我们不必投入过多的兴趣。譬如本案的另一个重要人物小霖,她在去"黑鸭宾馆"和那些文物贩子洽谈时,很可能也有一个一波三折的过程,但其实无非是一些灯红酒绿、讨价还价,也许还有行话切口,这一些我们从那些土的、洋的警探片上已经看得太多了。我们只要知道她最终顺利地完成了这个环节就可以了。

　　双方商定的交接地点是G市的荔枝公园。公园的东南角有一个孤岛，只有进出两座栈桥与陆地相连，游人稀少。孤岛不算大，方圆约莫百十米。岛上绿树掩映，亭台相连，一些做成天鹅、鸳鸯模样的游船在孤岛四周漂荡。约定的时间是傍晚六点，这个时候公园的工作人员正在交接班，而游客们也该回家了。

　　在去公园的出租车上，小霖显得相当紧张。她不断抬腕看表，又时不时地回头看看车后。焦距注视着反光镜安慰她，不要怕，一切都会很顺利。小霖说她不是担心接头，她是在想事情完了他们究竟怎么办。焦距说："不是计划好了吗，钱一到手我们就走，一分钟也不耽搁。"小霖说："你真想去东北呀，还不如从这边直接出去算了。干吗绕那么大圈子？"焦距突然有点烦躁。他早就把道理讲清楚了，但从昨天开始她就一直在这个问题上纠缠不休。焦距压低了声音，语气坚定地说："我反正主意打定了。你要不跟着我也行，你直接从这儿走吧！"小霖尖叫起来："干吗？你想声东击西？——没门！"焦距一把捂住她的嘴："好啦！你先跟着我，到时我们再商量好不好？"

他们提前半小时到达了公园。小霖背着一个小小的旅行包，里面是她舍不得丢下的那些"词牌服装"。焦距拎着黑色的密码箱走在右边，小霖挽着他的左臂，看上去他们很像是一对旅行结婚的夫妇。不知为什么，小霖又哼起了歌，还是那首鬼歌，"跟我走吧，天亮了出发……"焦距很烦她，但他没有制止。她声音发颤，音调飘忽，你以为要断了，陡然又蹿了上去。焦距突然间想笑，他想她的声音倒很像是他们诡秘的行踪。再过一会儿，一切就将了结，那就是曲终人散的时候了。

他们首先沿小路绕孤岛转了一圈，焦距看见，有不少那种叫"鸠"的黑鸟正忙乱地站在枝头聒噪着。透过杨柳的枝条，焦距似乎很随意地观察着对面岛上的景物。

岛上散落着几顶阳伞，那是卖冷饮的摊子；长廊上有个人倚着柱子在打盹，他的胸前挂着一架小摄像机，一个小孩（他儿子？）正在不远处捉蝴蝶；水面上的游船全都靠了岸，其中的一条系在岸这边的一棵柳树上……

一切都是平静的。小霖悄悄看看表，大声说："我们到那个岛上看看去吧？"

她的声音有些颤抖，焦距狠狠捏了捏她的手。他们一前一后走过了栈桥。

他们往孤岛的中间走去。那里有一片树阴，他们虽然没有商定具体的接头方位，但那无疑是一个最为隐蔽的地方。离那片树阴大概还有三十米远时，焦距掏出了一支香烟。他摸摸口袋，喃喃地说："我的打火机呢？我没带出来吗？"小霖说："我不知道。"

这时的时间正好是六点。从现在开始到整个抓捕过程结束，整整持续了二十八分零十秒，不到一盒"Victor"录像带的长度。这个时间非常准确，因为就在焦距掏出香烟的同时，一个家用摄像机的镜头就躲在树林中悄悄地对准他们了。

绿荫下的凉亭里坐着两个男人，一个是小平头，另一个头发很长，松松地束在脑后。他们抽着烟正在聊天。焦距捏着香烟走了上去。"劳驾您，借个火。"

小平头掏出打火机给焦距点着了烟。焦距吸了口烟，问道："两位等人？"

小平头说："不等人。吹牛。"等了一会儿，不见焦距再开口，他摸出香烟，对焦距身后的小霖说："来一支吧，我记得你是抽烟的。"

小霖紧张地推开了他的烟。那个长头发不耐烦地说："闹什么闹?! 东西带来了没有？"

小霖说:"带来了。"

焦距问:"钱呢?"

"钱在这儿。"长头发拍拍身边的密码箱,"快把东西给我们验一下。"

焦距看看四周,在他身边坐下,把密码箱推了过去。

长头发把密码箱打开。箱子里是一个首饰盒,盒子下面垫着一张报纸,一眼就可以看见那篇"最新消息"。小平头拿起首饰盒里的玉镯,眯着眼睛看。

焦距说:"能不能透露一下,你们能赚多少?"他似乎很不甘地说,"我们冒了多大风险啊!"

长头发拿起那张报纸说:"我们能赚多少你不要管。等我们验过货,两百万一分也不会少你们。"对小平头说,"给我看看。"

小平头把玉镯交给他,扭头对焦距说:"你们可以先点点钱。"

"不点了。你们是大老板,不会骗我们的。"说着,手还是伸向了箱子。

就在这时,警察出现了。他们全都穿着便衣,但他们扑过来的架势立即就让几个人明白,他们被包围了。他们顿时就慌了。

警方的布置是周密的。两座栈桥都已被扮成小贩和游客的警察扼守。十多分钟过后,四散逃跑的小霖和两个港客就被抓住了。焦距被逼到了水边。他手上拎着那只装满钱的箱子,一步步地往后退着。

"后面是水,"老陈说,"你还是乖一点吧!"

焦距突然脸色大变,他的左手猛地扣住箱子,拽着把手上的一根细线,尖锐地叫道:"你别过来!你再往前我就要拉线了!"

老陈被镇住了。他停住脚步迟疑着。忽然他明白过来,他说——事后他说当时有句话已经挤到了他嘴边:你为什么不喊口号,就像你父亲那样?但他不忍心说出来——老陈说:"你还是别闹了吧,你抓的那是箱子的合格证!"话音刚落,他就扑了上去。

焦距跌到了水里,扑腾了两下就不再挣扎了。他不会水,超过一人深的水对他来说和汪洋大海没有什么区别。他被拎到了岸上。这是精彩的一幕,但是这还没有完。当时有不少游人在对岸观看,他们以为这是一场表演。"他们是在拍电影,对不对?"一个小孩问他爸爸。"不是,他们在拍电视,"他爸爸指着对岸纠正说,"那是摄像机,不是摄影机。"这时还有更多看热闹的人正在朝孤岛方向汇集。老陈给焦距戴上手铐,似乎突然想起了什么,茫然而又若有所失地朝远处张望着。他突然看到湖里有一条小船正慌张地朝孤岛的对岸划去。老陈的身体顿时发动起来:"抓住他!别让他跑了!"

那个年轻的警察小李还在迟疑。老陈已经推开戴着手铐的焦距冲了上去。这一次他实在是太性急了一点。当他还在水里扑腾时,小李已经从栈桥绕过去,揪住了那个人的衣领。

长头发和小平头被几个警察围着,蹲在地上。小霖突然说:"是你?!"

焦距不断挤着他的眼睛,他右眼的隐形眼镜掉在水里了。这样他的面前就重叠着两个视野,一个清晰,一个模糊,似乎他长了两只不同的眼睛。他冲那个怪诞的影子说:"阿山,你来得很快啊!"

阿山浑身湿漉漉地被推过来了。他恶狠狠地骂道:"我操你妈!你这个骗子!我放不过你们!"

小霖惊恐地说:"我没骗你。"

"呸!你也不是好东西。"

焦距说:"她是没骗你,你们两个是同谋嘛!"他冷笑着说,"你派人抢到了两个不值钱的东西,就追过来了是不是?——这一次你给小霖付了多少啊?"

阿山甩一甩头上的水,没吭声。

焦距拽拽身上水淋淋的"念奴娇",看看浑身精湿的阿山说:"我是骗了你,我挖到了两个。但是两个都是不值钱的东西!"他叹了口气道,"你眼力不错,情报不准,不能怪我。我也是后来才知道那两个东西不值钱的。"他扭头讥笑着对小霖说,"那天早上你还在睡觉时我又找一家珠宝店鉴定过了,你不知道吧?"

小霖沮丧地哭起来。长头发和小平头疑惑地看看焦距,又看看阿山和小霖,有点摸不着头脑。警察们一时也听不出眉目。老陈朝正要制止他们的小李摆摆手说:"你让他们说。"

"说什么说!"焦距歇斯底里地大喊起来,"全是假的!全是假的!"他戴着手铐的手指着阿山说,"你上了情报的当,"又指着老陈说,"你们上了我的当!"突然间他感到了手腕上的疼痛,耷拉下了脑袋。

老陈走过去,从小李手上拿过那对玉镯,对着西边最后的夕阳认真地察看。他是个外行,看不出什么名堂。虽说为了张网捕鱼,他把尚未最终落实的玉镯的价值故意夸大了,但他无论如何也不相信手上的玉镯竟然只值五十块。他当然也不知道另外还有两只玉镯。这个时候他还理不清案件的全部细节。那个麦城来的记者端着摄像机凑了过来，他的镜头对着老陈手里的玉镯。他本想来一个特写，但是他的电池这时恰好没电了。事后他用从当地同行那儿借来的"正规武器"补拍了这个镜头。这段实拍的录像带让他大大地露了一次脸，几乎算得上声名大振。

几天以后，那几个"抢劫犯"也被抓获了，所有涉案人员无一漏网。在老陈看来，这是一个很完满的结局。他和小李都立了功。至于案件所涉及的四只玉镯，前两只虽说是"出土文物"，却也值不了几个钱，但是不管怎么说，那只密码箱里却是实实在在的两百万人民币（其中有两张假钞，可以忽略不计）。案件结束以后，大小传媒上"焦点追踪"之类的栏目又继续做了下去，警方在破案过程中"欲擒故纵"（指"放跑"阿山）和"张网捕鱼"（利用传媒渲染气氛，诱使罪犯进网）成了读者们津津乐道的英雄事迹。这倒很可能使一些蠢蠢欲动的家伙们收住了手脚。老陈对传媒的宣传表现了很诚实的态度，他很少抛头露面。在接受记者采访时，他也只称"涉案金额达两百万",而没有再把那些叮叮当当的玉镯算上。作为案件细节的知情人,麦城的那个记者也对玉镯的真伪保持了缄默。两年多以后,我在面对"7·7盗卖文物案"的卷宗时,实在是有些啼笑皆非。我推开面前厚厚的卷宗,恍惚中看见了很多人,那些罪犯、警察还有记者,他们飘忽的身影,正带着各自的希望迂回着向一个地方汇集。我仿佛曾听到过一阵轻微而尖利的笑声,它来自我老家钱塘村那片坟地的地下,那是白骨幽灵的声音——那个时候,焦距他们正在那个千里之外的孤岛上,束手就擒。